古典文獻研究輯刊

二　編

曾永義 主編

第5冊

《文心雕龍·時序》研究

呂立德 著

國家圖書館出版品預行編目資料

《文心雕龍‧時序》研究／呂立德 著 ― 初版 ― 新北市：花木
蘭文化出版社，2011〔民100〕
目 2+168 面；19×26 公分
（古典文學研究輯刊 二編；第 5 冊）
ISBN：978-986-254-492-1（精裝）
1. 文心雕龍 2. 研究考訂
820.8 　　　　　　　　　　　　　　　100000956

ISBN-978-986-254-492-1

9 789862 544921

古典文學研究輯刊
二 編 第 五 冊　　　　　　ISBN：978-986-254-492-1

《文心雕龍‧時序》研究

作　　　者　呂立德
主　　　編　曾永義
總 編 輯　杜潔祥
出　　　版　花木蘭文化出版社
發 行 所　花木蘭文化出版社
發 行 人　高小娟
聯 絡 地 址　新北市永和區中正路五九五號七樓之三
　　　　　　電話：02-2923-1455 ／傳眞：02-2923-1452
網　　　址　http://www.huamulan.tw 信箱 sut81518@ms59.hinet.net
印　　　刷　普羅文化出版廣告事業
初　　　版　2011 年 3 月
定　　　價　二編 30 冊（精裝）新台幣 48,000 元

《文心雕龍‧時序》研究

呂立德　著

作者簡介

呂立德，1963 年生，臺灣澎湖七美人，國立臺灣師範大學文學博士。作者於就讀高雄師範大學國文研究所碩士班期間，師事王更生教授，撰成「《文心雕龍・時序篇》研究」；攻讀臺灣師範大學國文研究所博士班期間，師事張高評教授，撰成「林琴南古文理論研究」。曾任正修科技大學講師、副教授兼教學發展中心主任，現任正修科技大學副教授兼通識教育中心主任，主要研究領域為古文學與古典文學理論。作者另主編《大學國文選》（2007，三民），並參與編著《實用中文》（2010，三民）。

提　　要

一、研究目的

《文心雕龍》為一部首尾圓合，條貫統序之文論鉅著。其文評論諸篇，崇替褒貶，揚搉古今，為《文心》批評之總薈。尤以〈時序〉一篇，論述文學與時代背景之關係，精到深刻，具體完備，足為後世治文學史者所取法。故矢志研究其義蘊，以宏揚彥和文論之幽光。

二、研究方法

首明〈時序〉命篇之旨意，以為進入正文前之認識與定位。次深入原典，分析其蘊藉之精義，並歸納組合，進行創作。於原典之探究中，再聯繫《文心》他篇及史籍所論，互相生發，比類論證。如此則彥和之論，可得而明矣。

三、研究內容

本論文凡分六章，茲依序撮述其大要：

首章曰「緒論」，敘述撰寫本文之動機、〈時序〉名篇之意旨，及彥和對前人理論承繼與創新之大較。

次章曰「文變染乎世情」，論述帝王愛好、政治隆污、社會治亂、學術思想影響文變之梗概。

三章曰「興廢繫乎時序」，言唐虞以迄劉宋，因時代嬗遞而造成各代文學興廢之真象。

四章曰「由本篇觀劉勰對時君之論評」，探討彥和對時君之評論，其方式又採單論、合論、缺而不論之例進行。

五章曰「由本篇觀劉勰《文心》成書之時間」，分「成書於齊末」、「撰於齊、成於梁」、「撰於梁、成於梁」三說，並覈之本篇之文字，稽求考證，以論「成書於齊末」說之可信。

六章曰「結論」，說明本篇於《文心》批評論中之地位，及其對後世文論之影響，文末更指明本文研究之成果。

四、研究結果

經由本文逐章之剖析探究，有關〈時序〉之義蘊，已多所抉發。而彥和對文學與時代相激相盪之論，及其衣被後世者，亦至深且鉅。至其所涉及成書時間，對後世學術界造成是非兩可之論戰，而迄今不休。

目

次

第一章　緒　論

一、撰寫本文之動機

　　魏晉南北朝，政治陵替，內亂紛乘，朝代之更易有如弈棋。其間文風蔚
起，眾說雜陳，詮次文體，品藻文采之作日增，曹丕《典論・論文》叩其端，
曹植〈與楊德祖書〉、應瑒〈文質論〉、陸機〈文賦〉、摯虞〈文章流別論〉、
李充〈翰林論〉。或臧否當時之才；或銓品前修之文；或泛舉雅俗之旨；或撮
篇章之意，先後間出，各擅勝場。惟文多單篇，且略此詳彼，莫觀全貌。彥
和不滿鮮觀衢路之作，故著《文心雕龍》，其流風餘韻，鍾毓千載。《四庫全
書總目詩文評類序》云：

> 文章莫盛於兩漢，渾渾灝灝，文法成立，無格律之可拘。建安黃初，
> 體裁漸備，故論文之說出焉。《典論》其首也。其勒爲一書，傳於今
> 者，則斷自劉勰、鍾嶸。勰究文體之源流，而評其工拙；嶸第作者
> 之甲乙、而溯厥師承。

彥和辨章文體，評衡才士，自成一家之言。據〈序志〉所言《文心雕龍》文
論體系，卷一〈原道〉、〈徵聖〉、〈宗經〉、〈正緯〉、〈辨騷〉等五篇爲文之樞
紐，乃其「文學本原論」；由卷二〈明詩〉，至卷五〈書記〉，論文敘筆，乃其
「文學體裁論」；由卷六〈神思〉，至卷九〈總術〉，剖情析采，乃其「文學創
作論」；由卷九末篇之〈時序〉，及卷十之〈物色〉、〈才略〉、〈知音〉、〈程器〉
等五篇，崇替褒貶，揚搉古今，乃其「文學批評論」；另有〈序志〉一篇，闡
明著述體例與旨趣，乃全書之「緒論」。全書組織綿密，條理井然，可謂體大
慮周，籠罩羣言，後世之言文論者，莫不取以爲法。

自結緣《文心》，既讚歎其文辭之美，亦欽服其銓次文體，揚榷古今，品藻得失之真知灼見。朝溫夕誦，領會文意，日久則愛不忍釋，遂立下研究之宏願，冀闡揚彥和之文論。

余少好辭章，尤嗜文評。《文心》一書，無一篇非關乎文評，其中尤以〈時序〉、〈物色〉、〈才略〉、〈知音〉、〈程器〉等五篇，評論今古，詮衡才士，其理論足為今日文學批評之借鏡也。五篇之中，尤以〈時序〉一篇，闡述文學與時代背景之關係，足見彥和之宏識卓見。蓋時代之推移，文風必隨之而變，其論足為後世治文學史者所法。然遍索歷來研究〈時序〉之專著與篇章，卻寥若晨星，因而不揣譾陋，專研〈時序〉，深入其骨髓，探究其義蘊，冀彥和之文論，重光於今日。

二、「時序」之意義與篇旨

「時序」一詞之意義，首見於《史記卷六十九蘇秦傳論》，其云：

　　吾故列其行事，次其時序，毋令獨蒙惡聲焉。

此處「行事」乃意謂生平之事蹟，與「時序」謂年代之次序對舉，故此處「時序」，乃謂時年之先後。又《文選·陸士衡贈尚書郎顏彥先詩》云：

　　淒風迕時序，苦雨遂成霖。

據李善注引「《莊子》曰：『陰陽四時運行，各得其序』。」可知此「時序」意謂時節之更迭。至於劉彥和《文心雕龍》，不僅以「時序」命篇，且篇中復云：

　　文變染乎世情，興廢繫乎時序，原始以要終，雖百世可知也。

此處「世情」與「時序」相對成文。「世情」意謂當世之社會情狀；「時序」則謂時代先後之順序，換言之，即指時世之變遷，其意與「時運」相通。

綜上所述，則「時序」一詞凡有三解：一曰時年之先後；二曰時節之更迭；三曰時世之變遷。而彥和《文心·時序》蓋採用第三義，以闡述文學與時代背景之關係，擴展「時序」意義與範疇。

彥和之所以立〈時序〉，據〈序志〉云：「崇替於時序」，言以時序檢論歷代世運，關繫文學風尚之盛衰流變也。蓋時運與文變相會，成其遷變之序，即指文運之升降也。文運固主於時，亦兼會於世，世必隨時而移，時亦與世相融合，始成文學高下興衰之數。

〈時序〉之篇旨究竟為何？彥和以為時代之變遷，政治之嬗變，勢必左右作家之情感與文學之高下盛衰，故以「文變染乎世情，興廢繫乎時序」立

論，即以世情決文風之變遷，以時序繫文學之興衰。而篇中有言及帝王之愛好與提倡文學者；言及政治之隆污者；言及社會之治亂者；言及學術思想之面貌者，彥和皆以爲染乎世勢，文變迭生。

篇中又有所謂：「蔚映十代，辭采九變。」即以朝代爲文變之綱領，以文變定朝之分合。蓋以朝代之次序，分論各代文變之大較，然文風之變，或有不與朝代相始終，嘗有一代前後攸異者；有數代文風略同者。彥和標舉十代九變，蓋欲從歷代朝政世風之盛衰，以示文變之要領也。

三、前人有關文學與時代背景關係之理論

彥和於〈時序〉論述文學與時代背景之關係，其理論實前有所承，如先秦時期之孔子，首言文學與時代之接合。《論語・陽貨》曰：

> 小子何莫學夫詩？詩可以興、可以觀、可以羣、可以怨。邇之事父，
> 遠之事君，多識於鳥獸草木之名。

朱熹注言「興」謂感發志意；「觀」謂考見得失；「羣」謂和而不流；「怨」謂怨而不怒，四者正是文學作品體現當代社會環境與時代風尚之最佳詮釋。孟子繼孔子之後，有更具體之理論，《孟子・萬章》有云：

> 誦其詩，讀其書，不知其人可乎？是以論其世也，是尚友也。

孟子乃從讀書之角度，指陳出誦詩、讀書首以「知人」爲基，即識其作者，進而更須認識作者之時代環境，探究作品與作者之社會歷史關係。《左傳・襄公二十九年》嘗載吳公子季札於魯國觀周樂，〔註1〕依次聆聽〈國風〉、〈雅〉及〈頌〉，論及各國之成敗興衰，即爲探討時代與詩關係之具體評論。《禮記・樂記》更闡揚《左傳》之論述，其云：

> 凡音者，生人心者也。情動於中，故形於聲，聲成文，謂之音。是
> 故治世之音，安以樂，其政和。亂世之音，怨以怒，其政乖。亡國
> 之音，哀以思，其民困。聲音之道與政通矣。

此乃闡述音樂之情調與當代政治之盛衰隆污互爲因果，故以詩樂反映時代治亂與政治之盛衰，爲當時之風尚。荀子亦有同《禮記・樂記》之說，其〈樂論〉云：

> 亂世之徵，其服組，其容婦，其俗淫，其志利，其行雜，其聲樂險，

〔註1〕見《左傳・襄公二十九年》，其云：「吳公子札來聘……，盛德之所同也。」
茲以文長，故不錄。

其文章匿而采。其養生無度，其送死瘠墨，賤禮義而貴勇力，貧則
為盜，富則為賊，治世反是也。

荀子舉出亂世之徵，於聲樂之「險」，於文章之「匿而采」，此乃闡明當時代
衰亂，則音樂、文章皆會受其左右而風氣敗壞。

兩漢時期之《毛詩序》，是先秦詩樂理論之總結，〔註2〕序云：

情發於聲，聲成文，謂之音。治世之音，安以樂，其政和。亂世之
音，怨以怒，其政乖。亡國之音，哀以思，其民困。故正得失，動
天地，感鬼神，莫近於詩。先王以是經夫婦，成孝敬，厚人倫，美
教化，移風俗。故詩有六義焉，一曰風；二曰賦；三曰比；四曰興；
五曰雅；六曰頌。上以風化下，下以風刺上，主文而譎諫，言之者
無罪，聞之者足以戒，故曰風。至於王道衰，禮義廢，政教失，國
異政，家殊俗，而變風變雅作矣。

此全面性強調文學之社會作用，揭示不同時代之政治、道德、風俗、音樂與
詩歌之攸關。其後楊雄《法言·孝至》亦云：

或問：泰和？曰：其在唐虞成周乎？觀《書》及《詩》，溫溫乎其和
可知也。周康之時，頌聲作乎下，〈關雎〉作乎上，習治也。齊桓之
時縕，而《春秋》美邵陵，習亂也。故習治，則傷始亂也；習亂，
則好始治也。

此乃論述文學作品必須具有反映社會生活之作用。王充於《論衡·對作》亦
有類此之言論，其言云：

是故周道不弊，則民不文薄；民不文薄，《春秋》不作。楊墨之學，
不亂傳義，則孟子之傳不造；韓國不小弱，法度不壞廢，則韓非之
書不為；高祖不辨得天下，馬上之計未轉，則陸賈之語不奏；眾事
不失實，凡論不壞亂，則桓譚之論不起。故夫賢聖之興文也，起事
不空為，因書不妄作，作有益於化，化有補於正。

此由文學反映時代政治之角度，論述文學與時代之關係。班固於《漢書·藝
文志·詩賦略論》云：

自孝武立樂府而采歌謠，於是有代趙之謳，秦楚之風，皆感於哀樂，
緣事而發，亦可以觀風俗，知薄厚云。

〔註2〕《毛詩序》之作者，至今尚無定論，而其論實為前代詩樂理論之總結，故列
於此，便於敘述。

班氏以爲詩歌乃描寫社會現實，故其內容亦應隨社會現實而變。

　　魏晉南北朝時期之謝靈運，在其〈擬魏太子鄴中集詩八首〉中，嘗予前代作家如王粲、徐幹、陳琳、應瑒等之作品加以評論，〔註3〕可見謝靈運已體認社會狀況、作家際遇與其作品關係之密切。沈約《宋書·謝靈運傳論》有云：

> 自漢至魏，四百餘年，辭人才子，文體三變。相如巧爲形似之言；班固長於情理之說；子建、仲宣以氣質爲體，並標能擅美，獨映當時。是以一世之士，各相慕習，源其颷流所始，莫不同祖風騷，徒以賞好異情，故意制相詭。降及元康，潘、陸特秀，律異班、賈，體變曹、王。縟旨星稠，繁文綺合，綴平台之逸響，采南皮之高韻。遺風餘烈，事極江右。有晉中興，玄風獨振；爲學窮於柱下，博物止乎七篇；馳騁文辭，義殫乎此。

其論歷代詩賦之繼承關係，並言及道家之玄風對文學之影響。

　　彥和於〈時序〉探討文學與時代背景之關係，其中就政治隆污、時君提倡、社會治亂、學術思想等方面，闡述各代文變之梗概。其理論雖多所承襲，但前人文論，多屬隻言片語，獨彥和之作，架構完整，獨樹一格，不僅前人之所不及就，亦爲後世所不可無也。

〔註3〕謝靈運〈擬魏太子鄴中集詩八首〉中評王粲云：「家本秦川貴公子孫，遭亂流寓，自傷情多。」評徐幹云：「少無官情，有箕潁之心事，故仕世多素辭。」評陳琳云：「袁本初書記之士，故述喪亂事多。」評應瑒云：「汝潁之士，流離世故，頗有飄薄之嘆。」見《文選》卷三十。

第二章　文變染乎世情

　　彥和於〈時序〉云：「文變染乎世情」，言文風之流變必受世情之感染。而所謂「世情」究指何事？根據〈時序〉之析論，可知為帝王之愛好、政治之隆污、社會之治亂、學術思想諸端，其皆足以影響人心，致生文變。茲依序論述其影響文變之梗概，以見彥和之用心。

一、帝王愛好與文變

　　〈時序〉對帝王於文學之態度，多所著墨，如帝王本身參與創作，並積極提倡與拔擢文才，而蔚為風氣，影響至為深遠。如彥和論戰代齊、楚兩國君主尚文，〈時序〉云：

> 春秋以後，角戰英雄，六經泥蟠，百家飆駭。方是時也，韓魏力政，燕趙任權，五蠹六蝨，嚴於秦令，唯齊、楚兩國，頗有文學。齊開莊衢之第，楚廣蘭臺之宮，孟軻賓館，荀卿宰邑，故稷下扇其清風，蘭陵鬱其茂俗，鄒子以談天飛譽，騶奭以雕龍馳響。屈平聯藻於日月，宋玉交彩於風雲。

蓋以戰國時期，羣雄爭霸，或致力征伐，或任用權謀，唯齊、楚兩國之君崇尚才士，頗有文學。如齊宣王開府第於大道之旁，以延攬學人；楚襄王廣蘭台之宮室，以接待文士。以至產生孟軻、荀卿、鄒衍、騶奭、屈原、宋玉等傑出作家。關於齊宣王好文延才之盛事，《史記‧孟子荀卿列傳》嘗云：

> 騶奭者，齊諸騶子，亦頗采騶衍之術以紀文，於是齊王嘉之，自如淳于髡以下皆命曰列大夫，為開第康莊之衢，高門大屋尊寵之，覽天下諸侯賓客，言齊能致天下賢士也。

《史記‧田敬仲世家》亦云：

> 宣王喜文學，游說之士，自如鄒衍，淳于髡，田駢、接子、慎到、
> 環淵之徒七十六，皆賜列第，為上大夫，不治而議論，是以齊稷下
> 學士大盛，且數百人。

又《孟子‧公孫丑下》趙岐注云：

> 孟子雖仕齊，處師賓之位，以道見敬。王欲見之，先朝，使人往謂
> 孟子云：寡人如就見者，若言就孟子之館相見也。

由上可知，齊宣王既喜愛文學，且極力延致天下學人於稷下。〔註1〕至於楚襄
王之接待文士，如《文選‧風賦》有云：

> 楚襄王游於蘭台之宮，宋玉、景差侍。

蓋由於齊、楚兩國君主之拔擢才人，廣交文士，躋於七強之列，文學尤盛一
時。而作家間出，為同期他國所不及也。

漢至武帝，從董仲舒議，立《五經》博士，開弟子員，設科射策，勸以
官祿，定儒術於一尊，罷黜百家，以立儒家之正統。更提倡文學，雅愛辭賦，
嘗讀相如〈子虛〉，恨不與之同時，又以安車蒲輪徵枚乘，束帛加璧徵魯申，
召朱買臣說《春秋》、《楚辭》，於是賦家畢集中央。彬彬之盛，大備於時矣。
〈時序〉云：

> 逮孝武崇儒，潤色鴻業，禮樂爭輝，辭藻競騖。柏梁展朝讌之詩，
> 金隄製恤民之詠，徵枚乘以蒲輪，申主父以鼎食，擢公孫之對策，
> 嘆倪寬之擬奏，買臣負薪而衣錦，相如滌器而被繡。於是史遷、壽
> 王之徒，嚴、終、枚皋之屬，應對固無方，篇章亦不匱，遺風餘采，
> 莫與比盛。

蓋武帝不僅本身能聯句、賦詩，且拔擢文士，如枚乘、主父偃、公孫弘、倪
寬、朱買臣、司馬相如等皆以辭賦得官，故大批俊才齊聚朝廷，文學盛況，
蔚為空前。《漢書‧武帝紀贊》嘗論漢武帝提倡文學云：

> 孝武初立，表章六經，興太學，號令文章，煥焉可述。後嗣得遵洪
> 業，而有三代之風。

武帝之尊儒崇經，影響後世甚巨。迄至東漢，崇儒之風所以更熾，或皆由乎

〔註1〕　《史記‧孟子荀卿列傳》云：「自鄒衍與齊之稷下先生，如淳于髡、慎到、環
　　　　淵、接子、田駢、騶奭之徒，各著書言治亂之事，以干世主，豈可勝道哉！」
　　　　司馬貞索隱云：「稷，齊之城門也，謂齊之學士集于稷門之下也。」

此也。班固〈兩都賦序〉不亦云乎：

> 至於武宣之世，乃崇禮官，考文章，內設金馬，石渠之署，外興樂
> 府、協律之事，以興廢繼絕，潤色宏業。

此言武、宣二帝提倡文學不遺餘力。《古文苑》卷八論及武帝詔羣臣作〈柏梁
台詩〉云：

> 武帝元封三年，作柏梁台，詔羣臣二千石有能為七言詩，乃得上座。

武帝之禮遇文士，由此可見。《史記·儒林傳》亦嘗論武帝延致文學儒士云：

> 及今上即位，趙綰、王臧之屬，明儒學，而上亦鄉之。及竇太后崩，
> 武安侯田蚡為丞相，絀黃老刑名百家之言，延文學儒者數百人，令
> 禮官勸學講議，洽聞興禮，以為天下先。

班固《漢書·公孫弘、卜式、兒寬傳》亦嘗稱武帝兼重文學武藝，招納人才，
贊云：

> 公孫弘、卜式、兒寬皆以鴻漸之翼，因於燕爵，遠跡羊豕之間，非
> 遇其時，焉能致此位乎？是時漢興六十餘載，海內艾安，府庫充實，
> 而四夷未賓，制度多闕，上方欲用文武求之如弗及，始以蒲輪迎枚
> 生，見主父而歎息，羣士慕嚮，異人並出，卜式拔於芻牧，弘羊擢
> 於賈豎，衛青奮於奴僕，日磾出於降虜，斯亦曩時版築飯牛之明已，
> 漢之得人，於茲為盛。儒雅則公孫弘、董仲舒、兒寬；篤行則石建、
> 石慶；質直則汲黯、卜式；推賢則韓安國、鄭當時；定令則趙禹、
> 張湯；文章則司馬遷、相如；滑稽則東方朔、枚皋；應對則嚴助、
> 朱買臣；歷數則唐都、洛下閎；協律則李延年；運籌則桑弘羊；奉
> 使則張騫、蘇武；將率則衛青、霍去病；受遺則霍光、金日磾，其
> 餘不可勝紀，是以興造功業，制度遺文，後世莫及。

由以上史實觀之，武帝身為帝王，提供文學，致君主倡於上，文人和於下，
遂有「禮樂爭輝、辭藻競騖」、「餘風遺采，莫與比盛」之盛況。武帝以後之
宣帝，踵武帝崇儒右文之績，〈時序〉云：

> 越昭及宣，實繼武績，馳騁石渠，暇豫文會，集雕篆之軼材，發綺
> 縠之高喻。於是王褒之倫，底祿待詔。

宣帝嘗詔集羣儒於石渠閣，論定五經異同，並親臨制決；又於國家開暇之時，
聚文士講藝；更召雕琢辭賦之俊才，若王褒、劉向等人，皆以文章求致官祿，
並待詔賦詠。如《漢書·宣帝紀》甘露三年嘗論宣帝詔羣儒以論五經同異，

並親臨制決之事云：

> 詔諸儒講五經同異，太子太傅蕭望之等平奏其議，上親稱制臨決焉。
>
> 迺立梁邱《易》、大小夏侯《尚書》、穀梁《春秋》博士。

又《漢書‧王褒傳》云：

> 宣帝時，修武帝故事，講論《六藝》羣書，博盡奇異之好。徵能爲
> 《楚辭》九江被公，召見誦讀，益召高材劉向、張子僑、華龍、柳
> 褒等，待詔金馬門。上頗作歌詩，欲興協律之事。……益州刺史因
> 奏褒有軼材。上迺徵褒。既至，詔褒爲〈聖主得賢臣頌〉。上令褒與
> 張子僑等並待詔，數從褒等放獵。所幸宮館，輒爲歌頌。第其高下，
> 以差賜帛。

《後漢書‧楊終傳》亦論宣帝徵諸儒論定五經之事云：

> 宣帝博徵羣儒，論定五經於石渠閣。

宣帝對於文學之愛好與提帝，致俊才文士得以待詔以創作文學。逮至元、成二帝，皆留意圖籍，獎掖文士。〈時序〉云：

> 自元暨成，降意圖籍，美玉屑之譚，清金馬之路，子雲銳思於千首，
> 子政讎校於《六藝》，亦已美矣。

蓋元、成二帝既獎掖諸子百家之說，復清除文士待詔金馬之阻礙，遂有楊雄讀賦千首，文思銳敏；劉向整理前人之文化遺產，校讎《六藝》。〔註 2〕至於元帝崇儒右文之事，《漢書‧元帝紀贊》云：

> 元帝多材藝，善史書，少而好儒，及即位，徵用儒生，委之以政。

言元帝既自負文史之才，並拔擢儒士，使之從政。而成帝亦有好文之盛事，如《漢書‧成帝紀》云：「成帝好經書」。〈成帝紀贊〉又云：

> 博覽古今，容受直辭，公卿稱職，奏議可述，遭世承平，上下和睦。

蓋成帝除雅好經書外，復能博覽古今，察納雅言，故君臣和睦，上下一心。

有漢一代，由於帝王之愛好與提倡，致文士齊聚朝廷，競相創作，造成辭賦之盛況，一躍而爲西漢文學之主流。是以帝王之愛好與提倡文學，實居其重要因素。至於漢高祖尙武鄙文，戲儒簡學，〔註3〕故此期之文士未能齊聚。

〔註 2〕《漢書‧藝文志》云：「至成帝時，以書頗散亡，使謁者陳農求遺書於天下，
　　　　詔光祿大夫劉向校經傳諸子詩賦。……會向卒，哀帝復使向子侍中奉車都尉
　　　　歆卒父業。歆於是總羣書而奏其《七略》，故有《輯略》，有《六藝略》，有《諸
　　　　子略》，有《詩賦略》，有《兵書略》，有《術數略》，有《方技略》。」

〔註 3〕《史記‧酈食其傳》云：「沛公不好儒，諸客冠儒冠者，沛公輒解其冠，溲弱

影響所及，逮至孝惠、文、景三帝，雖經術頗興，〔註4〕然文學事業亦因而無由興盛。如〈時序〉云：

> 施及孝惠、迄於文、景，經術頗興，而辭人勿用，賈誼抑而鄒、枚沉，亦可知已。

蓋由於孝惠、文、景三帝皆不好辭賦，故詞人未見重用而抑沈山野。〔註5〕

降及建安，曹氏父子喜好文學，對俊秀文士之尊重與拔擢，遂造成建安文壇之盛況。〈時序〉云：

> 魏武以相王之尊，雅愛詩章；文帝以副君之重，妙善辭賦；陳思以公子之豪，下筆琳琅；並體貌英逸，故俊才雲蒸。仲宣委質於漢南，孔璋歸命於河北，偉長從宦於青土，公幹徇質於海隅，德璉綜其斐然之思，元瑜展其翩翩之樂，文蔚、休伯之儔，于叔、德祖之侶，傲雅觴豆之前，雍容衽席之上，灑筆以成酣歌，和墨以藉談笑。

曹氏父子既擁帝王之尊，復自負才華，從事創作，並禮敬英豪，天下文士，聞風畢至，雲集鄴下，各騁才華，故有「建安七子」之美名。蓋帝王倡之於上，文士響應於下，彬彬之盛，大備於時矣。對於曹氏父子之雅好文學，史籍亦嘗載之，如《三國志‧魏志‧文帝紀》評注引《典論‧自敘》云：

> 上雅好詩書文籍，雖在軍旅，手不釋卷。

梁元帝《金樓子‧興王》亦云：

> 魏武帝御軍三十餘年，手不捨書，晝則講軍策，夜則思經傳，登高必賦，被之管絃，皆成樂章。

其中。與人言，常大罵。」又〈陸賈傳〉云：「陸生時時前說稱《詩》、《書》。高帝罵之曰：『迺公居馬上而得之，安事《詩》、《書》？』」

〔註4〕《漢書‧惠帝紀》云：「四年除挾書律。」范注《文心‧時序》注七云：「孝文時，《論語》、《孝經》、《孟子》、《爾雅》皆置博士（趙歧《題辭》）。又立韓生《詩》及申公《詩》（《史記‧儒林傳》，《後漢書‧翟酺傳》，置一經博士。）景帝又置齊轅固生《詩》及《春秋》，胡毋生、董仲舒《公羊》博士，故云『經術頗興』。」

〔註5〕《漢書‧賈誼傳》云：「天子議以誼任公卿之位，絳、灌、東陽侯、馮敬之屬盡害之，乃毀誼曰：『雒陽之人，年少初學，專欲擅權，紛亂諸事。』於是天子亦疏之，不用其議，以誼為長沙王太傅。」又〈鄒陽傳〉云：「鄒陽者，齊人也。遊於梁，與故吳人莊忌夫子、淮陰枚生之徒交。上書而介於羊勝、公孫詭之閒，勝等疾鄒陽，惡之梁孝王。孝王怒，下之吏，將欲殺之。」〈枚乘傳〉云：「景帝召拜乘為弘農都尉，乘久為大國上賓，與英俊並遊，得其所好，不樂郡吏，以病免官。」

可見曹操不僅深愛文學、創作不輟，亦十分尊重人才。如此，文人自會投身門下，而對文學創作產生積極促進之作用。其子曹丕，亦有好文之美，如《三國志‧魏志‧文帝紀》云：

> 帝好文學，以著述爲務，自所勒成垂百篇，又使諸儒撰集經傳，隨類相從凡千餘篇，號曰《皇覽》。

陳壽評云：「文帝天資文藻，下筆成章，博聞彊識，才識兼該。」曹丕於《典論‧自序》亦云：

> 余少誦詩論，及長而備歷五經四部，《史》、《漢》諸子百家之言靡不畢覽，所著書論詩賦凡六十篇。

曹丕既喜文、崇文，復勤學不輟，以著述爲務，其創作之豐，蔚爲大觀。而其《典論‧論文》，更爲文學批評史之重要文獻也。其弟曹植，才華橫溢，爲建安作家之冠冕。故彥和於〈指瑕〉嘗云：「陳思之文，羣才之俊也。」曹植於〈與楊德祖書〉中亦盛稱曹操之羅致人才云：

> 昔仲宣獨步於漢南，孔璋鷹揚於河朔，偉長擅名於青土，公幹振藻於海隅，德璉發跡於北魏，足下高視於上京。當此之時，人人自謂握靈蛇之珠，家家自謂抱荊山之玉。吾王於是設天網以該之，頓八紘以掩之，今悉集茲國矣。

蓋曹操舉彌天之網，以羅海內之雄，若王粲等文士皆在其列。是則雲龍風虎，聲應氣求，上行下效，學風於茲大盛。沈約於《宋書‧謝靈運傳論》盛讚曹氏父子之文質兼備云：

> 至於建安，曹氏基命，三祖陳王，咸蓄盛藻，甫乃以情緯文，以文被質。

鍾嶸《詩品序》則論曹氏父子對建安文壇之影響云：

> 降及建安，曹公父子，篤好斯文；平原兄弟，鬱爲文棟；劉楨、王粲，爲其羽翼。次有攀龍附鳳，自致於屬車者，蓋將百計。彬彬之盛，大備於時矣。

故由於曹氏父子之篤好文學，並拔擢文才，文學發展之盛況，實前所未有。尤以五言詩騰躍及作品內容之提昇，皆超邁往代。是以建安文壇之能臻此盛況，皆曹氏父子倡導之功也。

魏明帝曹叡，自負才藝，禮遇文士。〈時序〉云：

> 至明帝纂戎，制詩度曲，徵篇章之士，置崇文之觀，何、劉羣才，

迭相照耀。

明帝雖繼位於兵戎，然卻雅好文藝，作詩度曲，並徵擅屬文者，置崇文館予以禮遇。諸多俊才，皆大放異彩，照耀當世。明帝右文之事，如《三國志·魏志·明帝紀》有云：

> 青龍四年，置崇文觀，徵善屬文者以充之。

又《太平御覽》五八七引〈文士傳〉云：

> 青龍元年，天子特詔曰：「揚州別駕何楨，有文章才，試使作〈許都賦〉，成封上，不得令人見。」楨遂造賦，上甚異之。

可見明帝褒揚文士之切。

東晉元、明二帝，皆能提倡文學，拔擢文士。如〈時序〉論元帝云：

> 元皇中興，披文建學，劉、刁禮吏而寵榮，景純文敏而優擢。

元帝司馬睿中興晉室後，乃披覽文籍，建立學校。其時劉隗、刁協遵循禮法，熟練文史，並蒙恩寵；郭璞以博學高才，文章敏捷，而獲擢用。《晉書·元帝紀》嘗載元帝置史官，立太學並置經學博士之事云：

> 建武元年，……置史官，立太學。……四年，置《周禮》、《易》、《儀禮》、《公羊》博士。

元帝以帝王之尊，推動文學，拔擢才士。逮明帝司馬紹，好文倡學，較之元帝有過之而無不及。如〈時序〉云：

> 逮明帝秉哲，雅好文會，升儲御極，孷孷講藝，練情於誥策，振采於辭賦；庾以筆才逾親，溫以文思益厚。揄揚風流，亦彼時之漢武也。

明帝秉賦聰穎，雅好文學，其會友賢才之盛事，見於《晉書·明帝紀》。其云：

> 幼而聰哲，爲元帝所寵異，性至孝，有文武才略，欽賢愛客，雅好文辭。當時名臣自王導、庾亮、溫嶠、桓彝、阮放等，咸見親侍。

不僅如此，明帝亦嘗講究經藝，勤奮不懈，並自負才華練達，手制詔制，文采斐然。於時文士若庾亮以書記駿秀；溫嶠以詩賦綺密，咸見禮遇。彥和謂明帝爲「彼時之漢武」，信非過譽。

南朝劉宋，列主好文，故聞名於世之才士，不可勝數。〈時序〉云：

> 自宋武愛文，文帝彬雅，秉文之德，孝武多才，英采雲搆。自明帝以下，文理替矣。爾其縉紳之林，雲蔚而飆起：王、袁聯宗以龍章，顏、謝重葉以鳳采，何、范、張、沈之徒，亦不可勝數也。蓋聞之

於世，故略舉大較。

劉宋君主在政治上雖乏豐功偉業，對文學頗有建樹，或獎勵，或創作，造成文風極盛。對於武帝之好文，《宋書・武帝紀》云：

> 永初二年，車駕幸延賢堂，策試諸州郡秀才孝廉。三年，詔建國學云：「便宜博延冑子，陶獎童蒙，選備儒官，弘振國學，主者考評舊典，以時施行。」

又《南齊書・王儉傳》亦云：

> 宋武帝好文章，天下悉以文采相尚。

由於武帝之好文崇儒，致天下以文采相尚。茲後文帝亦好文章，自謂人莫能及。《南史・文帝本紀》嘗載文帝深好儒雅，分立儒、玄、史、文學四館云：

> 元嘉十五年，立儒學館於北郊，命雷次宗居之。十六年，上好儒雅，又命丹陽尹何尚之立玄學，著作佐郎何承天立史學，習徒參軍謝元立文學。各聚門徒，多就業者。江左風俗，於斯爲美。後言政化，稱元嘉焉。

文帝以文學推動政治，元嘉文運，於茲而盛。降及孝武，自負才藝，文藻艷麗。如《南史・孝武紀》云：

> 帝少機穎，神明爽發，讀書七行俱下，才藻甚美。

逮及明帝，雅好文辭，延攬才士。如《南史・明帝紀》云：

> 帝風姿端雅，好讀書，愛文義，在藩時，撰《江左以來文章志》。又續衛瓘所注《論語》二卷。及即大位，舊臣才學之士，多蒙引進。泰始六年，立總明觀，徵學士以充之。置東觀祭酒，訪舉各一人。舉士二十人，分爲儒、道、文、史、陰陽五部學。

《通典・選舉》亦云：

> 宋明帝博好文史，才思朗捷，少讀書奏，號七行俱下。每國有禎祥及行幸讌集，輒陳詩展義，且以命朝臣，其戎士武夫則請託不暇，困於課限，或買以應詔焉，於是天下向風，人自藻飾，雕蟲之藝，盛於時矣。

君主好文如此，羣臣百姓焉有不從之理，戎士武夫且求詩文以自重，可見當時文盛之一斑。劉師培〈中古文學史〉嘗云：「宋代文學之盛，實由在上者之提倡。」考之史傳，殆爲實錄。

綜上以觀，帝王對文學之愛好與提倡，令文士望風景起，齊聚中央，競

相創作，以至文風鼎盛。促使當代文學之新變，可見帝王愛好與文變，休戚相關，密不可分。

二、政治隆污與文變

彥和嘗謂「民生而志，詠歌所含」（〈明詩〉），蓋人之心中有情志，遂反映於歌詠。可見歌謠乃「述情」、「言志」之文學也。《毛詩序》嘗論政治興衰對文學之影響云：

> 治世之音安以樂，其政和；亂世之音怨以怒，其政乖；亡國之音哀以思，其民困。

客觀之社會環境，產生可歌可泣之文學，實由於政治之興衰，世事之無常也。故彥和於〈時序〉論文變之另一主因，即政治之隆污。

政治之隆污，影響文學之榮枯至鉅。如〈時序〉論唐堯、虞舜及三代之文學，即爲文學反映政治興衰之極佳例證。〈時序〉云：

> 昔在陶唐，德盛化鈞，野老吐「何力」之談，郊童含「不識」之歌。有虞繼作，政阜民暇，「薰風」詠於元后，「爛雲」歌於列臣。盡其美者何？乃心樂而聲泰也。

唐虞時代，由於「德盛化鈞」、「政阜民暇」，即政治清明，民生安樂，遂產生〈擊壤歌〉、〈康衢謠〉、〈南風詩〉、〈卿雲歌〉等心樂聲泰之作。對於陶唐之「德盛化鈞」，《尚書·堯典》嘗云：

> 曰若稽古：「帝堯曰放勳。欽、明、文、思、安安，允恭克讓，光被四表，格于上下，克明俊德，以親九族，九族既睦，平章百姓，百姓昭明，協和萬邦。」

《史記·五帝本紀》亦云：

> 帝堯者，放勳。其仁如天，其知如神，就之如日，望之如雲，富而不驕，貴而不舒，黃收純衣，彤車乘白馬，能明馴德，以親九族，九族既睦，便章百姓，百姓昭明，合和萬國。

當此太平之世，野老、郊童各詠純樸之謠，以反映當代之政治教化。及至虞舜之世，政教盛美，人民殷富。舜嘗彈五弦琴以詠〈南風〉之詩；羣臣亦嘗爲〈卿雲〉之歌。君臣唱於上，人民和於下，良以虞舜「政阜民暇」使然。逮及三代，〈時序〉有云：

> 至大禹敷土，「九序」詠功。成湯聖敬，「猗歟」作頌。逮姬文之德

盛，〈周南〉勤而不怨；大王之化淳，〈邠風〉樂而不淫。

夏禹平治水土，分天下九州，六府三事，行之有序，民靀其澤，故詠歌之。《尚書·禹貢》嘗云：「禹敷土，隨山刊木，奠高山大川。」可見禹之功業彪炳。及至商湯，有聖明欽敬之德，〔註6〕故民亦嘗詠「猗歟那歟」之詩。文王德化隆盛，故《詩·周南·汝墳》雖述婦人處勤勞之職，而幸君子不棄，亦無怨尤。《史記·周本紀》論文王之德盛云：

> 西伯曰文王，遵后稷、公劉之業，則古公、公季之法，篤仁敬老慈
> 少，禮下賢者，日中不暇食以待士，士以此多歸之。

文王道德既隆，復能禮賢下士，致南國歸心，民乃有「勤而不怨」之思。由上可知，由於夏禹、商湯，周文王之道德隆盛，詩篇遂多反映。可見政教隆盛關係文學之重大。反之，若政治衰敗，文學遂呈現憤世疾俗之作。如彥和論周幽王、厲王、平王之世，即為顯證。〔註7〕〈時序〉云：

> 幽、厲昏而〈板〉、〈蕩〉怒，平王微而〈黍離〉哀。

周至幽、厲，昏虐無道，《詩經》中遂有〈板〉、〈蕩〉之詩，以刺厲王之喪德。蓋二詩皆有感於君主之昏庸無道，致社會紊亂、政治腐敗、而作詩以刺。對於幽王之昏庸，《史記·周本紀》嘗云：

> 褒姒不好笑，幽王欲其笑，萬方故不笑，幽王為烽燧……褒姒乃大
> 笑，幽王說之，為數舉烽火，其後不信，諸侯益亦不至。幽王以虢
> 石父為卿用事，國人皆怨，石父為人佞巧，善諛好利，王用之。又
> 廢申后去太子也。申侯怒，與繒、西夷、犬戎攻幽王。

厲王暴虐，不聽諫言，致遭國人羣起而攻之。如《史記·周本紀》云：

> 王行暴虐侈傲，國人謗王……召公曰：「是彰之也。防民之口，甚於
> 防水，水壅而潰，傷人必多，民亦如之，是故為水者決之使導，為
> 民者宣之使言，故天子聽政，使公卿至於列士獻詩，瞽獻典，史獻
> 書，師箴、瞍賦、矇誦，百工諫，庶人傳語……。」王不聽，於是
> 國莫敢出言，三年乃相與畔，襲厲王。

由於幽、厲二君之昏庸無道，致國無綱紀，政治腐敗，國人視君如寇讎。逮

〔註6〕《尚書·商書·仲虺之誥》云：「惟王不邇聲色，不殖貨利，德懋懋官，功懋懋賞，用人惟己，改過不吝，克寬克仁，彰信兆民。」〈伊訓〉亦云：「惟我商王，布昭聖武，代虐以寬，兆民允懷。」

〔註7〕鄭玄《詩譜序》云：「自是而下，厲也，幽也，政教尤衰，周室大壞。〈十月之交〉、〈民勞〉、〈板〉、〈蕩〉，勃爾俱作，眾國紛然，刺怨相尋。」

平王東遷，周室衰微，〔註8〕《詩經‧黍離》乃多哀傷之歎。〔註9〕彥和於論述上古以迄三代之文學後，遂總結其理云：

> 故知歌謠文理，與世推移，風動於上，而波震於下者也。

可見朝廷政治之隆污，影響人民情思，反映於文學創作者，實若「風行草偃」也。

三、社會治亂與文變

社會安定與否，常影響作家之生活、思想及感情，以至文變乃生。彥和於〈時序〉論建安文學，即爲極佳之例證。〈時序〉云：

> 觀其時文，雅好慷慨，良由世積亂離，風衰俗怨，並志深而筆長，故梗概而多氣也。

建安文學所以有「梗概多氣」之風格特徵，乃由於當時戰亂頻仍，社會動盪，風氣衰敗，人心哀怨，加以作家情志高遠，筆意深長所造成。蓋建安作家，承東漢以來之現實主義精神，冀望國家統一，社會安定，故時發「慷慨」之音。〈明詩〉亦云：

> 慷慨以任氣，磊落以使才，造懷指事，不求纖密之巧，驅辭逐貌，唯取昭晰之能，此其所同也。

明言此期激昂慷慨，詞氣高亢之文風，足爲〈時序〉佐證。蓋「自獻帝播遷，文學蓬轉，建安之末，區宇方輯。」（〈時序〉）其時文士隨獻帝之東遷西徙，而流離失所，發爲詩歌寄慨遙深。如曹操之〈薤露〉、〈蒿里行〉、〈苦寒行〉、〈卻東西門行〉諸篇，直言暢論，不假雕琢，然沈雄蒼涼之氣，貫通全篇，成爲反映當代苦難生民之傑作。其子曹植，藎才之俊，其〈送應氏〉詩云：

> 步登北邙阪，遙望洛陽山。洛陽何寂寞，宮室盡燒焚。
>
> 垣牆皆頓擗，荊棘上參天。不見舊耆老，但睹新少年。
>
> 側足無行逕，荒疇不復田，遊子久不歸，不識陌與阡。
>
> 中野何蕭條！千里無人煙，念我平常居，氣結不能言。

感慨世處危亂，洛陽殘破之社會面貌。雖著墨不多，卻字字血淚，讀之愴然

〔註8〕《史記‧周本紀》云：「平王之時，周室衰微，諸侯彊并弱，齊、楚、秦、晉始大，政由方伯。」

〔註9〕《詩‧王風‧黍離》詩序云：「黍離，閔宗周也。周大夫行役，至於宗周，過故宗廟宮室，盡爲禾黍，閔周室之顛覆，彷徨不忍去，而作是詩也。」又〈君子于役〉詩序云：「刺平王也。君子行役無期度，大夫思其危難以風焉。」

涕下。又王粲〈七哀詩〉，尤為悲歎離亂社會之作品，詩云：

> 西京亂無象，豺虎方遘患。復棄中國去，委身適荊蠻。
>
> 親戚對我悲，朋友相追攀。出門無所見，白骨蔽平原。
>
> 路有飢婦人，抱子棄草間。顧聞號泣聲，揮涕獨不還。
>
> 未知身死處，何能兩相完！驅馬棄之去，不忍聽此言。
>
> 南登灞陵岸，回首望長安。悟彼下泉人，喟然傷心肝。

此詩純用白描，飽含深情，寫出關中一帶戰亂殘破之社會環境，百姓流離遷徙之慘象，極富時代之面貌。再如陳琳之〈飲馬長城窟〉及阮瑀之〈駕出北郭門〉等，亦為此類佳作。

由於漢魏之際，中原鼎沸，干戈俶擾，社會板蕩，作家生其世，處其境，並情動於中而形諸歌詠，故詩篇多能反映現實，感歎身世。彥和於〈時序〉不僅言建安文學之「梗概多氣」，復指明形成此一文風之根源，在於「世積亂離，風衰俗怨」，故作家「志深筆長」也。可見社會之治亂關係文學發展之密切，此乃其影響文變之大較也。

四、學術思想與文變

學術思想對文學創作極具影響力。彥和於〈時序〉嘗對此概括史實，具體分析，如戰代屈、宋辭賦受縱橫家之影響，東漢之經生習氣受儒學之影響，正始以迄東晉則受玄學之影響。〈時序〉首論戰代屈、宋辭賦受縱橫家之影響云：

> 屈平聯藻於日月，宋玉交彩於風雲。觀其艷說，則籠罩〈雅〉、〈頌〉，
>
> 故知暐燁之奇意，出乎縱橫之詭俗也。

彥和以為屈原之作〈離騷〉，聯辭綴藻，含忠履潔；宋玉之錯采摘文，淫麗夸談。而其光輝燦爛之奇思幻想，實受當代縱橫家詭辯風氣之影響也。蓋「春秋以後，角戰英雄，六經泥蟠，百家飆駭。」故諸子百家乘時而興，蠭出並作，相互爭鳴。於是辨士雲湧，各逞其巧辭，以為進身之階。文人學士亦染其詭辯之風，並反映於文學創作。如屈宋辭賦之「暐燁」，正是當代縱橫家「詭俗」影響文學之極佳例證。《史記·屈原列傳》嘗論屈原與縱橫家關係云：

> 入則與王圖謀國事，以出號令；出則接遇賓客，應對諸侯。

屈原既嫻于辭令，復能與賓客、諸侯接遇應對，勇於直諫，故當其遭讒流放而又緬懷祖國之時，創作出具「暐燁奇意」之作，蓋可想見。是戰國時代，

各諸侯國爲政治需要，謀臣策士各逞其智辯之能，或謀議，或游說，縱橫捭闔，以干主上。如〈論說〉論戰代之巧辯云：

> 暨戰國爭雄，辨士雲湧；從橫參謀，長短角勢；轉丸聘其巧辭，飛鉗伏其精術；一人之辨，重於九鼎之寶；三寸之舌，強於百萬之師；六印磊落以佩，五都隱賑而封。

由於蘇秦、張橫獻「合從」、「連橫」之策，逞其口舌之辨，故蘇秦佩六國之相印，張儀獲封殷富之五邑，實爲縱橫家之代表。〔註10〕劉向於《戰國策・敍錄》亦嘗論及此事云：

> 上無天子，下無方伯，力功爭強，勝者爲右，兵革不休，詐僞並起。當此之時，雖有道德，不得施設；有謀之強，負阻而恃固，連與交質，重約誓結，以守其國。故孟子、孫卿、儒術之士，棄捐於世。而游說權謀之徒，見貴於俗。是以蘇秦、張儀、公孫衍，陳軫、代、厲之屬，生縱橫短長之說，左右傾側；蘇秦爲縱，張儀爲橫；橫則秦帝，縱則楚王。所在國重，所去國輕。

又云：

> 戰國之時，君德淺薄，爲之謀策者，不得不因勢而爲資，據時而爲畫。故其謀扶急持傾，爲一切之權，雖不可以臨教化，兵革救急之勢也。皆高才秀士，度時君之所能行，出奇策異智，轉危爲安，運亡爲存，亦可喜，皆可觀。

於王綱解體之戰代，道德不彰，枝詐多有，謀臣策士出奇策異智，以遊說列國。可見縱橫家之詭辯於當時之盛行。至於縱橫家之本原爲何？《漢書藝文志・諸子略》嘗對此有所論述云：

> 縱橫家者流，蓋出於行人之官。孔子曰：「誦詩三百，使於四方，不能顓對。雖多，亦奚以爲？」又曰：「使乎使乎！」言其當權事制宜，受命而不受辭，此其所長也。及邪人爲之，則上詐諼而棄其信。

縱橫家出於行人之官，受王命出使四方，言對須權事制宜。章學誠《文史通義・詩教上》亦嘗云：

> 戰國春，縱橫之世也。縱橫之學，本於古者行人之官，觀春秋之辭命，列國大夫聘問諸侯，出使專對，蓋欲文其言以達旨而已。至戰國而抵掌揣摩，騰說以取富貴，其辭敷張而揚厲，變其本而加恢奇

〔註10〕《漢志・諸子略》嘗載蘇子三十一篇，張子十篇。

焉，不可謂非行人辭命之極也。孔子曰：「誦詩三百，授之以政，不達，使於四方，不能專對，雖多奚爲。」是則比興之旨，諷諭之義，固行人之所肄也。縱橫者流，推而衍之，是以能委折而入情，微婉而善諷也。九流之學，承官由於六典，雖或原於《書》、《易》、《春秋》，其質多本於禮教，爲其禮之有所該也。及其出而用世，必兼縱橫，所以文其質也。古之文質合於一，至戰國而各具之質，當其用也，必兼縱橫之辭以文之，周衰文弊之效也。

章氏論縱橫家之本原、性質及其流變，除補《漢志‧諸子略》之不足外，復可爲彥和立說之佐證。蓋縱橫之學，其辭敷張揚厲，變本恢奇。於比興之旨、諷諭之義，皆有所邁越。觀屈辭之委折入情，宋賦之微婉善諷，皆時勢使然，莫可抗拒。所謂「暐燁之奇意，出乎縱橫之詭俗。」洵不誣也。則縱橫之學影響屈、宋辭賦，於茲可見。

其次，彥和以爲兩漢文學受儒學影響至深且鉅。西漢之時，由於武帝之罷黜百家，獨尊儒術，於是百家寢聲，學歸一尊，〈時序〉云：

逮孝武崇儒，潤色鴻業，禮樂爭輝，辭藻競騖。

漢武崇儒，光讚六經，禮樂教化爭相輝耀，辭賦亦因而勃興。逮及東漢明、章二帝，此風更熾。〈時序〉云：

及明、章疊耀，崇愛儒術，肄禮璧堂，講文虎觀；孟堅珥筆於國史，貫達給札於瑞頌，東平擅其懿文，沛王振其通論，帝則藩儀，輝光相照矣。

明、章二帝崇尚儒術，明帝之「肄禮璧堂」，章帝之「講文虎觀」皆爲顯例。《資治通鑑》論明帝崇儒之事云：

明帝永平二年，上帥羣臣躬養三老五更於辟雍，禮畢，……上自爲下說，諸儒執經問難於前，冠帶縉紳之士，圜橋門而觀聽者，蓋億萬計。

又《後漢書‧章帝紀》亦云：

建初四年，詔……諸生諸儒會白虎觀，講議《五經》同異，帝親稱制臨決，如孝宣甘露石渠故事，作《白虎議奏》。

〈論說〉言此事云：

至石渠論藝，白虎講聚，述聖通經，論家之正體也。

可見講議經書之異同，促進文學之蓬勃發展。不僅明、章尚儒，其時藩王亦

撰書作頌，帝王垂範於上，二王立言於下，遂令儒雅輝光，彬彬相映。其流風所及，自和、安二帝以下迄至順、桓，其間高明瑰偉、才識淵博之學者，乃代不乏人。〈時序〉有云：

> 自和、安以下，迄至順、桓，則有班、傅、三崔、王、馬、張、蔡，
> 磊落鴻儒，才不時乏。

其時磊落之鴻儒，若班固、傅毅、崔駰、崔瑗、崔寔、王充、馬融、張衡、蔡邕等，多以注經爲務，故其文學作品，具濃厚之經典氣息。〈事類〉論東漢作家之作品受經典影響云：

> 至於崔、班、張、蔡，遂捃摭經史，華實布濩，因書立功，皆後人
> 之範式也。

言崔駰、班固、張衡、蔡邕等文士，因捃摭經史，故爲文辭采義理，足爲後人之範式。彥和並總論東漢文學，如〈時序〉云：

> 然中興之後，羣才稍改前轍，華實所附，斟酌經辭，蓋歷政講聚，
> 故漸靡儒風者也。

由於儒學之發展，帝王「歷政講聚」，故文士多染經生習氣，爲文乃稍改西京辭賦侈艷之風，無論內容與形式，皆比附經傳，正如〈史傳〉所云：「立義選言，宜依經以樹則；勸戒與奪，必附聖以居宗。」文風遂由華趨實，此乃儒家經典影響東漢文變之大較也。

逮及魏、晉，玄學對文學創作之影響尤爲顯著，〈時序〉論魏末正始文風云：

> 於時正始餘風，篇體輕澹，而嵇、阮、應、繆，並馳文路矣。

蓋正始文風，其所以崇尚輕靡虛澹者，實乃受玄學之影響。於時作家若嵇康、阮籍、應瑒、繆襲，並駕齊驅，馳騁文苑。〈明詩〉亦云：

> 及正始明道，詩雜仙心，何晏之徒，率多浮淺，唯嵇志清峻，阮旨
> 遙深，故能標焉。

言正始尚玄，蔚爲風氣，〔註11〕故詩之內容頗雜成仙得道之意味。而嵇康、阮籍之作，優於何晏之流，允爲當代翹楚。顧炎武《日知錄》論正始尚玄之事云：

〔註11〕《顏氏家訓‧勉學篇》云：「何晏、王弼，祖述玄宗，遞相誇尚，景附草靡。皆以農黃之化，在乎己身，周孔之業，棄之度外。」又《世說新語‧文學篇》注引劉宋檀道鸞《續晉陽秋》云：「正始中，王弼、何晏好莊老玄勝之談，而俗遂貴焉。」

> 正始時，名士風流，盛於雒下。乃其棄經典而尚老莊，蔑孔法而崇
> 放達，視其主之顛危，若路人然，即此諸賢之倡也。自此以後，競
> 相祖述。

顧氏以為正始棄經典而崇老莊，於是諸名士競相因循，玄風乃盛。流風所及，歷西晉以迄東晉，此風更熾，文壇盡是瀰漫一片玄談之文風。〈時序〉云：

> 簡文勃興，淵乎清峻，微言精理，亙滿玄席，淡思濃采，時灑文圃。

簡文帝品格清高，性情淵懿。微妙之言，精深之理，洋溢於玄學之講壇；恬澹之思，濃麗之采，時灑文苑。《晉書‧簡文帝紀》亦論簡文帝尚玄云：「清虛寡欲，尤善玄言。」故東晉文風，躡正始以降之尚玄，於是玄學大扇，盛極一時。〈時序〉總結此期文學云：

> 自中朝貴玄，江左稱盛，因談餘氣，流成文體。是以世極迍邅，而
> 辭意夷泰，詩必柱下之旨歸，賦乃漆園之義疏。

彥和以為自朝廷崇重玄學，文人學士多尚玄理，遂成為行文之體勢。但時運艱難，而文辭意境反安閑舒泰。究其緣由，蓋因政治紊亂，社會生活與精神信仰亦因而改變，玄學乃乘虛而入，文人學士於政治高壓之下，未敢置不滿之辭，從而逃避現實，借談玄以麻醉性靈，故其作品靡不洋溢老、莊及神仙思想，文風因之丕變。鍾嶸《詩品‧序》論此事云：

> 永嘉時，貴黃老，稍尚虛談。于時篇什，理過其辭，淡乎寡味。爰
> 及江左，微波尚傳。孫綽、許詢、桓、庾諸公詩，皆平典似道德論，
> 建安風力盡矣。

蓋玄學之影響文學，起於正始，發展於西晉，文士之作皆平凡無味。逮及東晉，作家詠詩作賦均不離道家思想之範疇。《南齊書‧文學傳論》云：「江左風味，盛道家之言。」《宋書‧謝靈運傳論》亦云：「有晉中興，玄風獨秀。」凡此種種，皆此種種，皆為彥和立論之佐證。據此，可見玄學思想對東晉文學影響之鉅。

五、結　語

文學之變靡不受世情感染，若帝王愛好、政治隆污、社會治亂、學術思想等，皆足以左右當代文學。彥和並據此推論文學九變之說，如〈時序〉贊云：

> 蔚映十代，辭采九變，樞中所動，環流無倦，質文沿時，崇替在選，
> 終古雖遠，曠焉如面。

言文章之盛，輝映十代，文辭風采，滋生九變。質文沿時世而異，興廢繫好尚而殊。十代者何？即唐、虞、夏、商、周、漢、魏、晉、劉宋、蕭齊也。而十代文學因其所染世情之異，故文變迭生。若唐虞詩歌由質樸至心樂聲泰；三代從詠功頌德變至刺淫譏過，此一變也。戰國暐燁奇意，出乎縱橫詭俗，此二變也。西漢祖述《楚辭》，創立漢賦，此三變也。東漢漸靡儒風，趨向淺陋，此四變也。建安志深筆長，慷慨多氣，此五變也。正始篇體輕澹，此六變也。西晉結藻清英，流韻綺靡，此七變也。東晉玄風大扇，辭意夷泰，此八變也。宋代英采雲搆，此九變也。〔註12〕又〈通變〉有六期五變之論云：「黃、唐淳而質，虞、夏質而辨，商、周麗而雅，楚、漢侈而艷，魏、晉淺而綺，宋初訛而新。」兩說合觀，六朝五變乃概括言之，十代九變則細密而論，並可資互證。蓋文之變革，亦不與其朝代相始終，或一代前後攸異，或數代文質略同。如上古以迄三代合為一變，而漢、魏、晉分為二變，故本篇於二帝三代則合論，漢、魏、晉則分論，所以示文變之殊相也。其始也，大抵承流沿化，規撫前代遺風。故〈通變〉云：「楚之騷文，矩式周人；漢之賦頌，影寫楚世；魏之篇徵，顧慕漢風；晉之辭章，瞻望魏采。」〈才略〉亦云：「魏時話言，必以元封為稱首；宋來美談，亦以建安為口實；何也？豈非崇文之盛世；招才之嘉會哉！」其義足徵。蓋羣才雖慕於前規，而文章不離於時世，新之世情，挾其力以至，且會局外之因緣，乘環流之往復，於是融前規而創新格，文變以成。是以文風之變，必染於當世之情勢，若彥和於本篇所論帝王愛好崇文，或政善化淳，或政惡國微，或世亂俗衰，或染乎學術思想，此諸端，皆足以影響文學，致文風迭變。此即彥和所謂「文變染乎世情」也。

〔註12〕彥和所謂「十代九變」之論，「十代」各家所主皆同。至於「九變」則有異說，一主多變，如祖保泉（《文心雕龍選析》）、張文勛（《劉勰的文學史論》）；另一則主確有九變，如李曰剛（《文心雕龍斠詮》）、劉永濟（《文心雕龍校釋》）、周振甫（《文心雕龍注釋》）、王師更生（《文心雕龍讀本》）等。考「十代」與「九變」乃對舉成文，「十代」既有其數，「九變」亦應有之。且以之覈《文心·時序》所論，實確有此數。然主「九變」者，李、劉二氏皆止於晉世，且將唐虞到三代分為兩變；劉氏更合戰國、西漢為一變，並將東漢分成兩變。而其所持之論卻甚牽強。今詳加考究，彥和於〈時序〉衡論文變，應及於劉宋，茲以劉宋亦具褒貶之辭，並稽考《文心》諸篇所論，予以比類論證，應以周氏及王師所論較妥，以其較合於彥和於〈時序〉所言，並經本文之考究，故採用之。

第三章 興廢繫乎時序

　　文風之流變固然受世情之感染，而文學之興廢亦必然與時代遞嬗息息相關。蓋「時序」可左右文學之「興廢」，故文學之盛衰必聯繫時代之遞嬗，始可見其真象。是則每一時代之文學有「興」有「廢」本章依〈時序〉所論為主，再與它篇加以比類印證。其中依序分成五節：唐虞、三代之歌謠吟詠；戰國散文與屈騷並馳；兩漢辭賦大盛；建安、正始五言騰躍；晉、宋詩壇之澹新，加以論述，以凸顯各代文學興盛之概況。

一、唐虞、三代之歌謠吟詠

　　上古文學，今所見者惟歌謠，蓋人類生而富有情感，有感於中，必形諸於外。《毛詩大序》嘗云：

> 情動於中，而形於言，言之不足，故嗟嘆之；嗟嘆之不足，故詠歌之。

朱熹《詩集傳序》亦云：

> 人生而靜，天之性也；感於物而動，性之欲也。夫既有欲矣，則不能無思；既有思矣，則不能無言；既有言矣，則言之所不能盡而發於咨嗟詠歎之餘者，必有自然之音響節奏而不能已焉，此詩之所以作也。

蓋人類自諳語言後，即知發為咨嗟詠歎。故上古之先民，已能就心中所感，而為歌謠。沈約《宋書·謝靈運傳論》有云：

> 民稟天地之靈，含五常之德，剛柔迭用，喜慍分情。夫志動於中，則歌詠外發。雖虞夏以前，遺文不睹，稟氣懷靈，理無或異。然則歌詠之興，宜自生民始也。

自有生民，即能詠歌。彥和於《文心》中之論文敘筆，以〈明詩〉列為韻文

之首，蓋欲明其原也。又於論各種文體時，多窮本溯源至上古之歌謠。

陶唐以前之文學，〈時序〉雖未論列，然它篇卻有言及，如〈原道〉言黃帝、神農氏、伏羲氏之文學云：

> 自鳥跡代繩，文字始炳，炎皞遺事，紀在〈三墳〉，而年世渺邈，聲采靡追。

〈明詩〉言及陶唐以前之文學云：

> 昔葛天樂辭，〈玄鳥〉在曲，黃帝〈雲門〉，理不空絃。

〈樂府〉更自音樂之角度，敘及陶唐以前之樂歌云：

> 鈞天九奏，既其上帝，葛天八闋，爰乃皇時。自〈咸〉〈英〉以降，亦無得而論矣。

〈通變〉言黃帝時之歌謠云：

> 黃歌〈斷竹〉，質之至也。

觀上所引，其中〈三墳〉、〈玄鳥〉、〈雲門〉、〈咸英〉、〈斷竹〉、皆為陶唐以前之著作與樂歌。〔註1〕然彼時世質民淳，為文質樸，此為唐虞以前文學之大致風貌。

彥和於〈時序〉論上古文學，始自陶唐，究其原因，蓋彥和以為孔子刪書，斷自唐虞，是時禮樂具舉，制作明備，且堯功成讓賢，開天下為公之局。故古之言治者，莫不稱道堯舜。本節亦首論陶唐、虞舜，次論三代，以見文學之興廢。

陶唐、有虞之世之文學，〈時序〉云：

> 昔在陶唐，德盛化鈞，野老吐「何力」之談，郊童含「不識」之歌。
> 有虞繼作，政阜民暇，「薰風」詠於元后，「爛雲」歌於列臣。盡其美者何？乃心樂而聲泰也。

自陶唐氏興，文思光被，野老有「何力」之談，何力之談即指〈擊壤歌〉；郊童更有「不識」之歌，不識之歌即指〈康衢謠〉。據王充《論衡‧藝增》有云：

> 傳曰：「有年五十擊壤于路者，觀者曰：『大哉堯德乎！』擊壤者曰：『吾日出而作，日入而息，鑿井而飲，耕田而食，堯何等力？』」

〔註1〕 〈三墳〉詞出《左傳‧昭公十三年》；〈玄鳥〉乃葛天氏八闋之歌，中有〈玄鳥〉之樂曲，見《呂氏春秋‧古樂》；〈雲門〉詞見《周禮》春官大司樂所載篇名；〈咸英〉指黃帝時之樂曲「咸池」及帝嚳時之樂曲「五英」，見《漢書‧禮樂志》所載。

皇甫謐《帝王世紀》亦云：

> 帝堯之世，天下太和，百姓無事。有老人擊壤而歌曰：「日出而作，
> 日入而息，鑿井而飲，耕田而食，帝何力於我哉！」

擊壤爲古時民間農閒時之一種遊戲。〔註2〕又郊童所詠之〈康衢謠〉，據《列子‧仲尼》云：

> 堯治天下五十年，不知天下治歟不治歟？不知億兆之願戴己歟？不
> 願戴己歟？……堯乃微服游於康衢，聞兒童謠曰：「立我蒸民，莫匪
> 爾極，不識不知，順帝之則。」

觀〈擊壤歌〉與〈康衢謠〉，可見百姓生活逍遙。蓋以陶唐一代，道德隆盛，教化普及使然。有虞繼起，歌〈南風〉之詩，與羣臣唱和而成〈卿雲歌〉。據《禮記‧樂記》云：「昔者舜作五弦琴以歌〈南風〉。」王肅《孔子家語‧辯樂解》亦云：

> 舜彈五弦之琴，造〈南風〉之詩，其詩曰：「南風之薰兮，可以解吾
> 民之慍兮；南風之時兮，可以阜吾民之財兮！」

又〈卿雲歌〉開唱和之風，據《尚書大傳‧虞夏傳》云：

> 維十有五祀，卿雲聚，俊乂集，百工相和而歌〈卿雲〉，帝乃倡之曰：
> 「卿雲爛兮，糺縵縵兮，日月光華，旦復旦兮。」八伯咸進稽首曰：
> 「明明上天，爛然星陳，日月光華，弘於一人。」

觀〈南風詩〉與〈卿雲歌〉，乃知有虞一代，政治盛明，民生安閒，由朝廷賡歌之意態雍容，可以想見。〈明詩〉亦嘗云：

> 堯有〈大唐〉之歌，舜造〈南風〉之詩，觀其二文，辭達而已。

〈大唐〉之歌，據《尚書大傳》云：

> 謏然乃作〈大唐〉之歌。樂曰：「舟張辟雍，鶬鶬相從，八風回回，
> 鳳皇嗘嗘。」

鄭玄注《尚書》以爲〈大唐〉之歌，乃美堯之禪也。又舜所作〈南風〉之詩，已如上述。彥和以爲二文質樸無華，辭暢義達。〈通變〉亦論及黃帝以迄虞舜之文學云：

> 黃歌〈斷竹〉，質之至也；唐歌〈載蜡〉，則廣於黃世；虞歌〈卿雲〉，

〔註2〕見《文選》謝靈運初去郡注云：「周處風土記曰：擊壤者以木作之，前廣後銳，長四尺三寸，其形如履。將戲，先側一壤於地，遙於三、四十步以手中壤擊之，中者爲上部。」

則文於唐時。

又云：

> 黃、唐淳而質，虞、夏質而辨。

可見黃帝以降，其作品華實各別。然因唐堯、虞舜之世，仁恩遐被，世質民淳，百姓逍遙，民心真樸，故形諸吟詠，有政通人和，聲樂心泰之感。

禹、湯繼舜而興，〈時序〉嘗對此期文學有所論述云：

> 至大禹敷土，「九序」詠功；成湯聖敬，「猗歟」作頌。

禹平治水土，分天下為九州，受舜禪而興，德業崇高，天下擁戴，嘗修治水、火、金、木、土、穀六府，與正德、利用、厚生三事，使此九功行之有序，故萬民以此九功之德，謳而歌之，以頌其勳業。〔註3〕〈原道〉云：

> 夏后氏興，業峻鴻績，「九序」惟歌，勳德彌縟。

〈明詩〉亦云：

> 及大禹成功，「九序」惟歌。

蓋於時所詠，多歌功頌德之作，文采較往代略增。〈通變〉有云：「夏歌〈雕牆〉，縟于虞代」。又云：「黃、唐淳而質，虞、夏質而辨。」雖同為質，然一則淳樸之風，一則辨析之文，在表現上實有所差異。

降及商湯，後人感其聖明之德，為作「猗歟那歟」之詩，以歌頌其功業。〔註4〕觀《詩‧商頌‧長發》云：「湯降不遲，聖敬日躋。」又〈才略〉云：「仲虺垂誥，伊尹敷訓。」是言成湯之世，左相仲虺作誥，勸湯既承天命代桀而有天下，當擢用賢良，摒黜昏暴，敬天安命，不須以放桀為惡。成湯去世以後，賢相伊尹恐太甲未能贊修祖業，作書告誡，是謂〈伊訓〉。〔註5〕故有關商湯一代之文學，則具存於《詩經》與《尚書》之中。

迨及周代，作品更見雅麗，而有中國詩歌總集《詩經》之產生，文辭之華美，邁越往代。〈時序〉云：

> 逮姬文之德盛，〈周南〉勤而不怨；太王之化淳，〈邠風〉樂而不淫。

〔註3〕 見《尚書‧偽大禹謨》云：「禹曰：『於，帝念哉！德惟善政，政在養民。水、火、金、木、土、穀，惟修；正德、利用、厚生、惟和。九功惟敘，九敘惟歌。戒之用休，董之用威，勸之以九歌，俾勿壞。』帝曰：『俞，地平天成，六府三事允治，萬世永賴，時乃功。』」

〔註4〕 詩見《詩經‧商頌‧那》，其首句云：「猗歟那與」。故彥和取「猗歟」作全詩之代稱。

〔註5〕 《書經‧偽仲虺之誥》序云：「湯歸自夏，至于大坰，仲虺作誥。」又〈偽伊訓〉云：「成湯既沒，太甲元年，伊尹作〈伊訓〉。」

幽、厲昏而〈板〉、〈蕩〉怒，平王微而〈黍離〉哀。

言文王道德隆盛，恩及百姓，時人雖有勤勞王事之詩，但毫無怨尤之意。《詩經・周南・汝墳》詩云：

> 遵彼汝墳，伐其條枚。未見君子，惄如調飢。遵彼汝墳，伐其條肄。
>
> 既見君子，不我遐棄。魴魚赬尾，王室如燬。雖則如燬，父母孔邇。

可見時君德盛，百姓勤而不怨，故發爲歌詠。又若太王（古公亶父）之政教淳厚，故〈豳風・東山〉之詩，雖言樂及時，卻不流於淫亂。詩云：

> 我徂東山，慆慆不歸。我來自東，零雨其濛。倉庚于飛，熠耀其羽。
>
> 之子于歸，皇駁其馬。親結其縭，九十其儀。其新孔嘉，其舊如之何。

此爲〈東山〉詩之第四章，詩序以爲「樂男女之得及時也。」然百姓雖樂而不淫。降及幽、厲，尤以厲王更是昏庸無道，反映於吟詠，遂有譏刺之詩，如〈大雅〉中之〈板〉、〈蕩〉，皆是傷感君王無道之作。由上可知，文學至此已由往代之歌功頌德，變爲刺淫譏過，所謂變風變雅之作，於焉興起。〈原道〉嘗對周代文學作具體論述云：

> 逮及商周，文勝其質，雅頌所被，英華日新。文王患憂，繇辭炳耀，符采複隱，精義堅深。重以公旦多材，振其徽烈，制詩緝頌，斧藻羣言。

蓋周代文學較諸往代，文采確有長足之進展。

彥和於論述上右以迄周代之文學後，遂總結其事云：

> 故知歌謠文理，與世推移，風動於上，而波震於下者也。

蓋上古以迄周代之歌謠，由上古之謠辭樸野，心樂聲泰，衍而至夏、商、周初之歌功頌德，降及幽、厲，遂有「雅頌圓備，四始彪炳，六義環深」（〈明詩〉）之《詩經》呈現，文壇之光輝燦爛，前所未有，而文學之興廢，於斯可見矣。

二、戰國散文與屈騷並馳

時至戰代，角戰英雄，諸子百家迭興，各自著書立論，以馳騁其思想，致《詩經》浸衰。幸屈原躡其軌跡，創作〈離騷〉以振統緒。

自韓、趙、魏三家分晉，大局邁入戰國之紛爭不休，文學發展亦隨七國力政，呈現一番新氣象。〈時序〉云：

> 春秋以後，角戰英雄，六經泥蟠，百家飆駭。方是時也，韓、魏力政，燕、趙任權，五蠹六蝨，嚴於秦令，唯齊、楚兩國，頗有文學。

蓋春秋以後，羣雄奪權，相互攻伐。若韓、魏致力爭伐，燕、趙任用權謀之士。其時韓非謂：學者、言談者、帶劍者、侍御者及商、工之民，爲邦國之五蠹；〔註6〕商鞅亦謂：歲、食、美、好、志、行，爲邦國之六蝨。〔註7〕此說大行於世，一時之間，棄孝廢仁，蔚爲歪風。故於各國嗜尙黷武，俗多凋弊下，諸子百家乃蠭出並作，各抒己見。列國君臣唯齊、楚二國，武事之餘，亦能崇文，因此，文風獨盛。〈時序〉云：

> 齊開莊衢之第，楚廣蘭臺之宮，孟軻賓館，荀卿宰邑，故稷下扇其清風，蘭陵鬱其茂俗，鄒子以談天飛譽，騶奭以雕龍馳響，屈平聯藻於日月，宋玉交彩於風雲。

言齊宣王嘗起造宅第於康莊之衢，以延致天下學人。楚襄王廣設游宴於蘭臺之宮，以接待侍從文士。故齊之稷下，諸子雲集，扇揚其清風；楚之蘭陵，庶民景仰，蔚成樸茂習俗。於時擅名當世者，若鄒衍好言天文，以迂大閎辯蜚聲國際；騶奭修飾龍文，以羣言雕龍馳譽當時。〔註8〕屈原之作〈離騷〉，聯辭綴藻，含忠履潔，堪與日月爭光；宋玉之辭賦，措采摛文，淫麗夸談，幾使風雲變色。蓋此期文學，由於諸子百家騰躍當代，並皆著書立論，馳騁文壇。〈諸子〉論戰代諸子思想概貌云：

> 逮及七國力政，俊乂蠭起。孟軻膺儒以磬折，莊周述道以翱翔；墨翟執儉确之教，尹文課名實之符；野老治國於地利，騶子養政於天文；申商刀鋸以制理，鬼谷脣吻以策勳，尸佼兼總於雜術，青史曲綴以街談；承流而枝附者，不可勝算。並飛辯以馳術，饜祿而餘榮矣。

〔註6〕見《韓非子‧五蠹》云：「是故亂國之俗，其學者則稱先王之道，以藉仁義，盛容服而飾辯說，以疑當世之法而貳人主之心。其言古者，爲設詐稱，借於外力，以成其私而遺社稷之利。其帶劍者，聚徒屬，立節操，以顯其名而犯五官之禁。其患御者，積於私門，盡貨賂而用重人之謁，退汗馬之勞。其商工之民，修治苦窳之器，聚弗靡之財，蓄積待時而侔農夫之利。此五者，邦之蠹也。人主不除此五蠹之民，不養耿介之士，則海內雖有破亡之國，削滅之朝，亦勿怪矣。」

〔註7〕見《商君書‧去彊》云：「農、商、官三者，國之常食之官也。農闢地，商致物，官法民，三官者生；蝨官者六，曰歲、曰食、曰玩、曰好、曰志、曰行，六者有樸必削。」蓋歲、食，農之蝨也；玩、好，商之蝨也；志、行，官之蝨也。

〔註8〕見《史記‧孟荀列傳》云：「故齊人頌曰：談天衍，雕龍奭。」集解云：「劉向〈別錄〉曰：騶衍之所言，五德終始，天地廣大，書言天事，故曰談天；騶奭修衍之文飾，若雕鏤龍文，故曰雕龍。」

彥和以爲戰代征伐，才俊興起，如孟軻信守儒家道統，恭循禮義以行事；莊周闡述道家思想，達觀物化以逍遙；墨翟力行勤儉非樂之教化；尹文考求名實之相符；野老相民耕種，以地利裕民爲治國之道；騶衍深究陰陽，以五行生剋爲施政之本；申不害、商鞅以嚴刑重法，強制理民；鬼谷以口舌辯給，建立功勳；尸佼兼容並包各家強國之方術；青史委曲編綴街巷之游談。至於承繼百氏流派枝節旁出者，爲數之多，不可勝計。可見當時百家爭鳴，爲文各具本色。至於諸子爲文之特色，〈諸子〉云：

> 研夫孟荀所述，理懿而辭雅；管晏屬篇，事覈而言練；列御寇之書，氣偉而采奇；鄒子之説，心奢而辭壯；墨翟隨巢，意顯而語質；尸佼尉繚，術通而文鈍；鶡冠綿綿，亟發深言；鬼谷眇眇，每環奧義；情辨以澤，文子擅其能；辭約而精，尹文得其要；慎到析密理之巧，韓非著博喻之富；呂氏鑒遠而體周，淮南探汎而文麗，斯則得百氏之華采，而辭氣之大略也。

彥和舉孟軻、荀卿、管仲、晏嬰、列御寇、鄒衍、墨翟、尸佼、尉繚、鶡冠、鬼谷、文子、尹文、慎到、韓非、呂不韋、淮南等十七家，由各家文章之內容與形式，評述其特色，並謂諸子著述，流派雖多，惟上述各家獨得先秦百氏思想之精華，及文辭華采之大略。可見諸家作品，特出當代，拔於流俗，故彥和對先秦諸子文學予以極高之評價。

至於繼《詩經》後出之〈離騷〉，〈時序〉云：

> 屈平聯藻於日月，宋玉交彩於風雲。觀其艷説，則籠罩〈雅〉、〈頌〉，故知暐燁之奇意，出乎縱橫之詭俗也。

言屈原著〈離騷〉，辭采華美，可與日月爭輝；宋玉之〈風賦〉、〈高唐賦〉，文采飄逸，可與風雲交映。〔註9〕屈、宋艷麗之文風，涵蓋《詩經》〈風〉、〈雅〉、〈頌〉各體風格，而其奇詭思想，則受當代縱橫家所影響。〈辨騷〉嘗論及屈騷之興云：

> 自〈風〉、〈雅〉寢聲，莫或抽緒，奇文鬱起，其〈離騷〉哉！固已軒翥詩人之後，奮飛辭家之前，豈去聖人之未遠，而楚人之多才乎！

彥和以爲屈原發忠君愛國之思，繼《詩經》而作〈離騷〉，其所以能承繼《詩經》之統緒，蓋以戰國之世，去聖未遠，楚人多才，再加上屈原之人生際遇，

〔註9〕見《史記‧屈原列傳》云：「推此志也，雖與日月爭光可也。」又《文選》載宋玉〈風賦〉及〈高唐賦〉。

故能成此曠世之作。〈辨騷〉並謂〈離騷〉有同於〈風〉、〈雅〉四事，即「典誥之體」、「規諷之旨」、「心興之義」、「忠怨之辭」也，此即〈時序〉所謂「籠罩雅頌」之涵義。另有異乎經典四事，即「詭異之辭」、「譎怪之談」、「狷狹之志」、「荒淫之意」也，此四事乃是受縱橫詭俗影響所致也。蓋屈騷具法古創新之精神，除具經典之雅意，復染乎世勢，致辭藻趨於艷麗，此即創新之處。彥和更論屈騷各篇之特色。〈辨騷〉云：

> 觀其骨鯁所樹，肌膚所附，雖取鎔經旨，亦自鑄偉辭。故〈騷經〉、〈九章〉，朗麗以哀志；〈九歌〉、〈九辯〉，綺靡以傷情；〈遠遊〉、〈天問〉，瓌詭而慧巧；〈招魂〉、〈大招〉，艷耀而采華；〈卜居〉標放言之致；〈漁父〉寄獨往之才。故能氣往轢古，辭來切今，驚采絕艷，難與並能矣。

彥和析論屈騷各篇作品，以為其中心思想，乃陶鎔經典之意旨，然其瑰麗之辭采，卻獨抒胸臆，自創一格。故其絕世艷麗辭采，致後代作家難望其項背矣。

綜觀戰代之文學，除諸子百家馳騁其學術思想，造成散文勃興外，楚人屈原更以其驚采之內涵，配合天賦之文筆，寫出奇偉之作，而創騷體以繼軌〈風〉、〈雅〉之遺緒，至此詩歌乃得藉此媒體，創發生機，造成後世文壇之多姿多采。

三、兩漢辭賦之大盛

前漢文壇，由於漢武以後崇儒右文，復以前朝文學遺產之餘響，故辭人盡出，而皆祖述《楚辭》。逮及後漢，辭賦餘勢仍在，作家迭有新變，然其時由於儒學日興，故作品漸靡儒風。彥和於〈時序〉總論西漢文學云：

> 爰自漢室，迄至成、哀，雖世漸百齡，辭人九變，而大抵所歸，祖述《楚辭》，靈均餘影，於是乎在。

蓋自西漢建國以迄成、哀二帝，辭賦家之流派風格，迭有變遷，〔註 10〕然其大致歸趨，皆以《楚辭》為宗，屈原之餘影，於西漢作品中不難發現。而其

〔註10〕見《漢書‧武帝紀》元朔元年冬十二月詔云：「詩云：九變復貫，知言之選。」臣瓚注：「九，數之多也。」劉永濟《文心雕龍校釋》云：「九變如以高惠迄成九代釋之，義殊未安。蓋文變不可以代論，且按文義求之，亦與九數不符也。是則此『九變』之九乃虛數，與『九變之貫』意同。極言西漢文家雖曰多變，要不出屈賦之外也。故下文即繼以『大抵所歸，祖述楚辭』，不可與贊中九變之辭同。」頁169，華正書局。另范文瀾、周振甫、王師更生等亦主此說。

時辭賦家之多，作品之富，蔚爲空前，故辭賦實爲漢代文學之主流。至於西漢歷朝文學之發展概況，〈時序〉論漢高祖、孝惠、文、景時期云：

> 爰至有漢，運接燔書，高祖尚武，戲儒簡學，雖禮律草創，《詩》、《書》未遑，然〈大風〉、〈鴻鵠〉之歌，亦天縱之英作也。施及孝惠，迄於文、景，經術頗興，而辭人勿用，賈誼抑而鄒、枚沈，亦可知已。

高祖出身微賤，不學無術，輕儒簡學，雖有〈大風〉、〈鴻鵠〉之歌，〔註11〕詞豪氣壯，惟因天縱英才，乃一時即興之作，非所以尚文也。自孝惠迄於文、景，除挾書之令，古文奧籍續出壁中，朝廷立學官，置《五經》博士。然孝文尚黃、老，孝景輕辭賦，以賈誼之擅文，鄒陽、枚乘之能辭，竟不爲所重，至於能文辯，善翰藻，不爲世重而抑鬱以沒者，殆可想見。蓋時至有漢，運接暴秦燔書，而天下方定，民思休養生息，致文采未彰，故高祖以迄文、景之文壇，乏善可陳。逮及孝武，罷黜百家，獨尊儒術，禮樂爭輝，辭藻競鶩。孝武以後，歷朝帝王，乃能崇儒右文，遂造成漢賦大盛，文學之興廢，亦可得而明矣。如〈時序〉論漢武以迄元、成時期之文壇云：

> 逮孝武崇儒，潤色鴻業，禮樂爭輝，辭藻競鶩：柏梁展朝讌之詩，金堤製恤民之詠，徵枚乘以蒲輪，申主文以鼎食，擢公孫之對策，歎兒寬之擬奏，買臣負薪而衣錦，相如滌器而被繡，於是史遷、壽王之徒，嚴、終、枚皋之屬，應對固無方，篇章亦不匱，遺風餘采，莫與比盛。越昭及宣，實繼武績，馳騁石渠，暇豫文會，集雕篆之軼材，發綺縠之高喻，於是王褒之倫，底祿待詔。自元暨成，降意圖籍，美玉屑之譚，清金馬之路，子雲銳思於千首，子政讎校於《六藝》，亦已美矣。

言時至孝武，崇儒右文，經術文章並盛，如孝武柏梁列韻，以讌享羣臣，又是金堤作〈塞瓠子〉歌，以悼恤民生。孝武頗重用辭人，故蔚爲文風。如安車蒲輪以徵枚乘；五鼎列食以要主父。公孫弘優爲對策，是以見擢；兒寬善於擬奏，得以蒙賞。買臣以負薪之貧，因善言楚辭，遽膺衣錦之榮；相如以滌器之賤，因專長詞賦，終得披繡之寵。於是司馬遷、吾丘壽王之輩，嚴助、終軍、枚皋之流，應對策議固不囿於一方，詩篇文章亦不失之貧乏。此時遺

〔註11〕〈大風歌〉見《史記・高祖本紀》：「大風起兮雲飛揚，威加海内兮歸故鄉，安得猛士兮守四方。」〈鴻鵠歌〉見《史記・留侯世家》：「鴻鵠高飛，一舉千里，羽翮已就，橫絕四海。橫絕四海，當可奈何？雖有矰繳，尚安所施。」皆氣勢豪壯之作。

留之風韻文采，可謂盛況空前，後代莫可比擬。昭、宣之世，踵先王之遺風，發揮經義，會論文章，俊才備聚，高喻清揚，王褒之輩，遂得以文學致仕也。降及元、成二帝，垂意典籍，美玉屑霏霏之譚，清金馬選才之途。于時楊雄銳思於千首之賦；劉向鯔校於《六藝》之書，皆足以成就西漢一代文學之美。由上以觀，漢武以後，諸帝見高才傑，尊經重文，故文運由微而興也。彥和所謂「大抵所歸，祖述《楚辭》」者，此亦大抵為說，自非賅括各體。

漢代文學，辭賦大盛，而「賦」究竟是何性質？夫賦之名義，乃承《詩經》六義而來。〈詮賦〉云：

> 《詩》有六義，其二曰賦。賦者，鋪也；鋪采摛文，體物寫志也。

蓋賦原為《詩經》六義之一，至屈原著〈離騷〉，始擴大賦體之聲音體貌，與詩分道揚鑣，獨立成體。誠如〈詮賦〉所云：「然則賦也者，受命於詩人，而拓宇於《楚辭》也。」可見《楚辭》實為《詩經》過渡至漢賦之橋樑。彥和更論及漢賦作家踵屈、宋之跡，沿風揚波，造成有漢一代辭賦之大盛。如〈詮賦〉云：

> 漢初詞人，循流而作，陸賈扣其端，賈誼振其緒，枚、馬播其風；
> 王、揚騁其勢。皋、朔已下，品物畢圖。繁積於宣時，校閱於成世，
> 進御之賦，千有餘首，討其源流，信興楚而盛漢矣。

蓋西漢詞人，靡不受《楚辭》之影響，沿屈、宋之流風，從事創作。若陸賈、賈誼、枚乘、司馬相如、王褒、楊雄等作家，或緒其業，或播其風，並進而聘其機勢。逮及枚皋、東方朔已下，品類物象，悉加摹畫。繁積於宣帝之時，校閱於成帝之世，進御之賦，千有餘篇。若究其源流，當興於荊楚，而繁盛於漢代矣。〔註12〕〈詮賦〉此論，正可為〈時序〉佐證也。此時賦家作品之風格，亦如〈詮賦〉云：

> 枚乘〈兔園〉，舉要以會新；相如〈上林〉，繁類以成艷；賈誼〈鵩
> 鳥〉，致辨於情理；子淵〈洞簫〉，窮變於聲貌。

又謂「子雲〈甘泉〉，構深偉之風」，彥和舉此五家英傑之作，以析論文風之特色。其以為枚乘〈兔園賦〉，列舉事物之要點，且融會新奇之體式；司馬相如〈上林賦〉，舉類繁富，構成艷麗之辭藻；賈誼〈鵩鳥賦〉，致慰於遠謫之

〔註12〕《漢書‧藝文志》云：「至成帝時，詔光祿大夫劉向校經傳諸子詩賦。」按《漢志》本於劉歆〈七略〉，總舉詩賦百六家，一千三百一十八篇。省其中歌詩二十八家，三百一十四篇，則為賦七十八家，一千零四篇。

情懷，與辨別禍福無常之理；王褒〈洞簫賦〉，窮極聲音狀貌之變化；楊雄〈甘泉賦〉，寓意諷諫，構成淵深奇偉之風格。五家之賦作，足為西漢辭賦之巨擘。然綜觀漢代賦作，多重舖陳，為投帝王所好，故內容或宮苑之富麗，或都城之繁華，或物產之豐饒，或神仙、田獵之樂事，或王公貴人之奢靡生活。雖具文采光華，語彙豐富等特色，然多乏實現生活之反映，且喜用艱深生僻之字句，雖賦末附以規諷之意，然作用實微也。蓋西漢賦家雖祖述《楚辭》，而文辭之雕琢，實有過之，更趨於侈靡淫麗矣！

西漢辭賦，大抵受屈、宋之影響，然於辭藻卻由艷入侈。至於賦家之大量湧現，應歸功於孝武以後歷朝帝王之愛好與提倡，致有時歷二百載，辭賦踰千篇之盛況。它如散文、古詩、樂府等體，迭有創作，但並非主流，此乃西漢文學興廢之概觀也。

東漢稍改西京之風，轉辭賦之侈靡而趨於實質。究其原因，乃由於帝王崇儒講經，故作家多染經生習氣，文風由華趨實，尤以光武中興以後為甚。彥和於〈時序〉論光武帝時期之文學概況云：

> 自哀、平陵替，光武中興，深懷圖讖，頗略文華。然杜篤獻誄以免
> 刑；班彪參奏以補令，雖非旁求，亦不遺棄。

中興以後，光武深信圖籙讖緯之說，〔註13〕頗略文章禮樂之事。然杜篤嘗以撰弔吳漢之誄而免刑獄；班彪亦以草竇融降漢之奏而補縣令，〔註14〕其於能文之士，雖未多方訪求，然亦未曾遠棄，仍重視儒學。降及明、章二帝，儒學大興，〈時序〉云：

> 及明、章疊耀，崇愛儒術，肆禮璧堂，講文虎觀。孟堅珥筆於國史；
> 賈逵給札於瑞頌，東平擅其懿文；沛王振其通論。帝則藩儀，輝光
> 相照矣。

言明、章二帝崇尚儒術，先後輝映。如明帝嘗從桓榮習禮於辟雍明堂；章帝嘗集諸儒論經於白虎之觀。明帝更詔班固繼父志以成《漢書》；敕賈逵操翰札以賦〈神雀頌〉。〔註15〕他若東平王劉蒼以成〈光武中興頌〉見長，沛獻王劉

〔註13〕《後漢書・方術傳》云：「光武尤信讖言。」又〈光武帝紀〉云：「宛人李通　　　等以圖讖說光武。」

〔註14〕杜篤獻誄事見《後漢書・杜篤傳》；班彪參奏事亦見于〈班彪傳〉，文長，故　　　不錄。

〔註15〕《後漢書・班固傳》：「故探撰前記，綴集所聞，以為《漢書》。」《後漢書・　　　賈逵傳》云：「時有神雀，集宮殿官府，冠羽有五彩色。帝異之，……帝乃召

輔以撰〈五經通論〉馳聲。〔註16〕由於明、章二帝之習禮講經，以垂範於上，二王亦撰書作頌，立言於下，故經術與辭章並盛於世。其影響所及，學者盡出，且代不乏人。〈時序〉云：

> 自和、安已下，迄至順、桓，則有班、傅、三崔、王、馬、張、蔡，
> 磊落鴻儒，才不時乏，而文章之選，存而不論。

東漢自和、安以迄順、桓二帝，因受明、章崇儒之影響，其間鴻儒學士若班固、傅毅、崔駰、崔瑗、崔寔、王逸、王延壽、馬融、張衡、蔡邕等，皆思洽識高，才學淵博，作品具儒家經典雅正之文風，造成東漢儒學之興盛。

及至靈帝，雖好辭章，卻招攬附勢之徒，造作淺薄之文。〈時序〉云：

> 降及靈帝，時好辭製，造〈羲皇〉之書，開鴻都之賦，而樂松之徒，
> 招集淺陋，故楊賜號為驩兜，蔡邕比之俳優，其餘風遺文，蓋蔑如也。

此時學追舊規，上者雖好辭賦，然妄招羣小，集鴻都門下，以雕蟲小技，見寵於時，故號為驩兜，類比俳優，文無足取。

東漢文壇，由於辭賦沿西漢之盛勢，續有發展，而作家率皆模擬，中期以後，作品遂有所轉變。至於此時作家及作品風格，〈詮賦〉有云：

> 孟堅〈兩都〉，明絢以雅贍；張衡〈二京〉，迅拔以宏富。

又云：「延壽〈靈光〉，含飛動之勢。」彥和舉班固等人英傑之作，析論其作品之特色。以為班固之〈兩都賦〉，述西都之規模雄盛，東都之法度完美，辭采鮮明絢爛，典雅豐贍。張衡之〈兩京賦〉，寫西京游觀荒靡，東京之典章制度，文情激切遒勁，宏深富麗。王延壽之〈靈光殿賦〉，鋪敘營造工程之逼真，含活潑生動之氣勢。

綜觀東漢文壇，自光武中興以後，順、桓以前，文人漸靡溫雅典贍之習，碩學鴻儒如班、傅、三崔等人，皆斟酌經辭以布濩辭賦，故作品遂由西漢之麗辭而為儒文。靈帝以降，黨錮方息，黃巾將作，雖有樂松、賈護之徒以解俳詞見賞，受擢於鴻都，然皆辭鄙義俗，無足稱道。文學至此，由盛而衰，此亦自然之勢也。

見遠，問之。……帝敕蘭台給筆札，使作〈神雀頌〉，拜為郎。」二人皆因君
王之賞識，而得以一展所長。

〔註16〕《後漢書‧東平憲王蒼傳》云：「蒼少好經書，雅有智思。……蒼因上〈光武
受命中興頌〉，帝甚善之。」《後漢書‧沛獻王輔傳》云：「好經書，好說《京
氏易》、《孝經》、《論語傳》及圖讖，作《五經論》，時號之曰《沛王通論》。」
東平王、沛獻王皆藩王而有文采也。

四、建安、正始五言騰躍

　　由於後漢辭賦自靈帝以降，即由盛轉衰，淺陋之徒所作大多「繁華損枝，膏腴害骨，無實風軌，莫益勸戒」（〈詮賦〉），有違立賦之大體，而不登大雅之堂。五言古詩乃得乘勢而興，躍起於建安文壇，並延及正始。

　　兩漢辭賦至建安式微，繼之而興者厥為五言古詩，由於此期作家先後輩出，競相創作，故五言詩蔚為建安文學主流。至於五言古詩之源起，則其來已久。彥和以為西漢以前即已有之。〈明詩〉云：

> 按〈召南·行露〉，始肇半章；孺子〈滄浪〉，亦有全曲，〈暇豫〉優歌，遠見春秋；〈邪徑〉童謠，近在成世。閱時取徵，則五言久矣。

彥和按驗《詩經·召南·行露》，已具五言詩之半章。《孟子》所載「孺子滄浪」，全篇皆五言。至於晉優施「暇豫」之歌，遠為春秋時代之作。《漢書·五行志》所記「邪徑」童謠，則近在成帝之世。〔註17〕故就其產生之時代以為證驗，可知五言已久。至於五言詩發展至建安，可謂盛況空前，大備於時。〈時序〉論述曹氏父子以帝王之尊，創作文章。其云：

> 魏武以相王之尊，雅愛詩章；文帝以副君之重，妙善辭賦；陳思以公子之豪，下筆琳琅，並體貌英逸，故俊才雲蒸。

蓋曹氏父子既握政治大權，且為當時文壇之領袖。父子三人之才華，開鄴下文風盛況。而曹氏父子之文，喜用樂府形式作詩，〈樂府〉云：

> 魏之三祖，氣爽才麗，宰割辭調，音靡節平。觀其〈北上〉眾引，〈秋風〉列篇，或敘酣宴，或傷羈旅，志不出於淫蕩，辭不離於哀思。

建安五言，毗於樂府，樂府以敘事為主，而建安文學嘗以樂府之形式，寫悲涼情趣之慷慨情緒，建立其獨特之文風。

　　曹氏父子不僅皆身懷才華，曹操更以尚文勵士，子桓、子建則以詩章會友，於是眾秀競馳，羣彥蔚集。〈時序〉云：

> 仲宣委質於漢南，孔璋歸命於河北，偉長從宦於青土，公幹徇質於海隅，德璉綜其斐然之思，元瑜展其翩翩之樂，文蔚、休伯之儔，

〔註17〕《詩經·召南·行露》二章：「誰謂雀無角，何以穿我屋？誰謂女無家，何以速我獄？雖速我獄，室家不足。」《孟子·離婁篇》載孺子之歌曰：「滄浪之水清兮，可以濯我纓。滄浪之水濁兮，可以濯我足。」《國語·晉語》二載優施暇豫之歌云：「暇豫之吾吾，不知鳥鳥。人皆集于苑，己獨集于枯。」《漢書·五行志》載邪徑童謠云：「邪徑敗良田，讒口亂善人。桂樹花不實，黃爵巢其顛。昔為人所羨，今為人所憐。」可見五言其來已久矣。

于叔、德祖之侶，傲雅觴豆之前，雍容衽席之上，灑筆以成酣歌，

和墨以藉談笑。

此時俊乂之士，若王粲自荊州來歸附，以辭賦稱雄；陳琳亦自冀州來投效，以章表殊健；徐幹由北海來爲官，撰〈中論〉成家；劉楨自東平來獻身，五言妙絕時人；應瑒美才以著書；阮瑀書記翩翩。他如路粹、繁欽、邯鄲淳、楊德祖之儔，並皆拔萃於時。或於飲宴之間，風雅傲岸，援筆賦詩，足資吟詠；或於衽席之上，容儀雍和，揮毫成章，可助笑談。彬彬之盛，大備於時矣。〔註18〕蓋由於曹氏父子擁帝王之尊參與創作，並禮遇英偉超逸之文士，故而才華出眾者望風景從，競相制作，致佳篇迭湧，各具所擅，遂形成一強大之文學集團，鄴下文風，於焉大盛。至於建安文學之風俗，〈時序〉嘗總結云：

觀其時文，雅好慷慨，良由世積亂離，風衰俗怨，並志深而筆長，

故梗概而多氣也。

後人評論建安文學，喜用「慷慨」、「風骨」等語，此亦足明此期之特殊文風也。觀曹植〈薤露行〉云：「懷此王佐才，慷慨獨不羣」，本言一人之志向，然建安諸子詩文，多用「慷慨」字眼，遂以「慷慨」形容建安文學。〈明詩〉亦云：「慷慨以任氣」；可知「雅好慷慨」乃建安詩人之共同特徵。或言「建安風骨」者，〈風骨〉有云：

故練於骨者，析辭必精；深乎風者，述情必顯。捶字堅而難移，結

響凝而不滯，此風骨之力也。

紀昀謂「氣即風骨」，文氣說亦始見於曹丕《典論‧論文》，此亦建安文人之見，以「氣」評論當代文人。故彥和亦評云：「慷慨以任氣」、「梗概而多氣」。此時文學之內容多述生活之感觸，「以情緯文，以文被質」。〔註19〕而「情」之起並非無病呻吟，由於漢末獻帝屢遷，久遭離亂之苦，致風衰俗怨，而文人學士乃志思蓄憤，筆致深長，反映於文學創作，則有激昂悲歎之文辭，爲此期文風之另一特色。〈明詩〉論及建安文學，亦云：

暨建安之初，五言騰躍。文帝、陳思，縱轡以騁節；王、徐、應、

劉，望路而爭驅；並憐風月，狎池苑，述恩榮，敍酣宴；慷慨以任

氣，磊落以使才。造懷指事，不求纖密之巧，驅辭逐貌，唯取昭晰

〔註18〕諸文士之事蹟具見《三國志‧魏書‧王粲傳》。

〔註19〕文見沈約《宋書‧謝靈運傳論》評建安文學。

之能，此其所同也。

此種賞風月，遊池園，寫遊獵宴樂，重才氣，正代表建安體之作風，於時詩歌之共同特色也。

建安文學，得力於曹氏父子之倡導，文士遂齊聚朝廷，迭有佳篇。然漢末以還，干戈紛起，戎馬倥傯，民不聊生，此時文士，形諸吟詠，率多激切蒼涼，悲慟沈雄之氣。兩漢辭賦至此稍衰，轉而以能盡個人情志之五言詩歌，代之而興，盛況空前，蔚為主流。文學興廢之端，於此可見。

時及魏代中葉，由於明帝亦能禮遇文士，故英才蠭起，乃能於文壇大放異彩。〈時序〉云：

> 至明帝纂戎，制詩度曲，徵篇章之士，置崇文之觀，何、劉羣才，
> 疊相照耀。

此言魏明帝尚能踵曹氏父子右文之流風，故雖於兵戎中繼承帝位，然亦頗好文學，嘗寫詩度曲，徵召文士，設崇文館予以禮遇。若何晏、劉劭等諸多俊才，皆能於文壇嶄露輝光。逮及齊王、高貴鄉公、陳留王三少主，尤以高貴鄉公獨能繼明帝之餘緒。〈時序〉云：

> 少主相仍，唯高貴英雅，顧盼含章，動言成論。

高貴鄉公曹髦英俊風雅，詩文成章，動言品評，皆成高論。〔註20〕至於此期文風及代表作家，〈時序〉云：

> 於時正始餘風，篇體輕澹，而嵇、阮、應、繆，並馳文路矣。

彥和以為此期之文學，受玄風之影響，崇尚輕虛澹遠之風格。嵇康、阮籍、應璩、繆襲等人，並駕齊驅，展露才華。而其時之所以「篇體輕澹」，良由當代政治陵替，社會黑暗，故文人才士以為世事毫無可為，頗有厭世之思，於是祖述老、莊，呈現與建安迥異之風格。〈明詩〉論及此事云：

> 乃正始明道，詩雜仙心，何晏之徒，率多浮淺。唯嵇志清峻，阮旨
> 遙深，故能標焉。若乃應璩〈百壹〉，獨立不懼。辭譎義貞，亦魏之
> 遺直也。

正始玄學漸興，文人學士以玄言相尚，闡明老莊哲理，故詩篇雜有道家遊仙之情志。若何晏之流，作品大抵皆浮華淺淡。嵇康志趣清亮峻切，阮籍意旨遙遠深沈，故能特出一代。至於應璩之〈百壹詩〉，措辭譎詭，立義貞剛，可

〔註20〕《魏志・高貴鄉公紀贊》云：「高貴鄉公才慧夙成，好問尚辭，蓋文帝之風流
　　　也。」

謂曹魏時期之正直作家。〔註21〕〈才略〉亦云：

> 劉劭〈趙都〉，能攀於前修；何晏〈景福〉，克光於後進；休璉風情，
> 則〈百壹〉標其志；吉甫文理，則〈臨丹〉成其采。嵇康師心以譴
> 論；阮籍使氣以命詩。殊聲而合響，異翮而同飛。

彥和舉劉劭、何晏、應璩、應貞之作品，以見其或上攀前賢，或光昭後進，或
標明志節，或蔚然成采。而嵇康運用其妙思，以遣發獨創之論；阮籍則縱其慷
慨之氣，以宣洩詩辭。是以嵇、阮格調雖殊，然對情感之抒發，卻不約而同，
於此可見諸文士之特殊造詣。而正始繼「建安七子」之後，有所謂「竹林七賢」
者，意多曠放，或作狂放之高言，或講說名理，或評論人物，皆欲摒棄世務，
以求苟全。王弼、何晏以輕澹簡約之筆觸，抒發老、莊之遺緒，而夏侯玄、鍾
會之流促成之；嵇康、阮籍以豔逸之文采，闡述真樸之旨歸，而山濤、向秀附
翼之。然彥和以為獨嵇康、阮籍，其詩清峻遙深，堪為文壇表率。

　　觀正始文壇，五言詩挾建安之餘威，佳篇迭出，然由於作家處於喪亂之
餘，人心思靜，玄學思想乘虛而入，作品遂由建安之梗概而趨於輕澹。所謂
「興廢繫乎時序」，觀五言詩之於正始時期，則彥和之說不亦宜乎。

五、晉、宋詩壇之澹新

　　晉、宋時期，才不時乏，詩作繁興，然風格卻大異往代。若西晉為文，
稍入輕綺；東晉之作，溺乎玄風；劉宋則山水方興，爭奇追新。

　　西晉自宣帝以迄懷、愍等帝，皆未能講究文事。〈時序〉云：

> 逮晉宣始基，景、文克構，並跡沈儒雅，而務深方術。至武帝惟新，
> 承平受命，而膠序篇章，弗簡皇慮。降及懷、愍，綴旒而已。

彥和以為晉室自宣帝創業，景、文二帝方得承其蔭庇，擴展勢力。然彼等卻
志深篡竊，不暇文事。逮及武帝，雖於承平時受禪，仍對興學右文，未置於
心。至如懷、愍二帝，更為奸臣掌政，王無實權。是以西晉歷朝帝王均略於
文華。其世雖不文，然此期文士騰湧，盛況邁越建安、正始。〈時序〉論西晉
才士輩出之盛況云：

> 然晉雖不文，人才實盛，茂先搖筆而散珠；太沖動墨而橫錦；岳、
> 湛曜聯璧之華；機、雲標二俊之采；應、傅、三張之徒，孫、摯、

〔註21〕《詩品》中謂應璩詩：「指事殷勤，雅意深篤，得詩人激刺之旨。」李充〈翰
　　　　林論〉亦云：「應休璉作五言詩百數十篇，以風規治道，蓋有詩人之旨焉。」

　　成公之屬，並結藻清英，流韻綺靡。前史以爲運涉季世，人未盡才，

　　誠哉斯談，可爲嘆息！

西晉帝王雖略於文事，而人才卻相繼踵出，各擁才華，馳騁文壇。如張華、左思、潘岳、夏侯湛、陸機、陸雲、應璩、應貞、傅玄、傅咸、張載、張協、張亢、孫楚、摰虞、成公綏等，皆一時之俊，迭有佳作，其遣詞造句，清新俊秀；風格調韻，綺麗華靡，儼然成此期文學之特色。〈明詩〉總論西晉詩風云：

　　晉世羣才，稍入輕綺，張、潘、左、陸，比肩詩衢，采縟於正始，

　　力柔於建安，或析文以爲妙，或流靡以自妍，此其大略也。

謂西晉一代，才士輩出，然詩風卻漸趨輕靡綺麗。其時傑出作家若張載、張協、張亢、潘岳、潘尼、左思、陸機、陸雲等人，並肩詩壇。而究其作風，文采較正始繁縟，骨力不及建安挺拔，作家或以析句聯字爲巧妙，或以流采浮靡爲妍麗，遂往輕綺繁縟之路發展。蓋由於西晉既踵正始浪漫思潮，祖述老、莊，且感政治腐化、社會黑暗，流露消極悲觀之輕綺風格。至於西晉文壇盛況，彥和於〈才略〉嘗擇要檢討，亦足以輔成〈時序〉之所未備，其云：

　　張華短章，奕奕清暢，其〈鷦鷯〉寓意，即韓非之〈說難〉也。左思奇才，業深覃思，盡銳於〈三都〉，拔萃於〈詠史〉，無遺力矣。潘岳敏給，辭自和暢，鍾美於〈西征〉，賈餘於哀誄，非自外也。陸機才欲窺深，辭務索廣，故思能入巧，而不制繁。士龍朗練，以識檢亂，故能布采鮮淨，敏於短篇。孫楚綴思，每直置以疏通；摰虞述懷，必循規以溫雅；其品藻流別，有條理焉。傅玄篇章，義多規鏡；長虞筆奏，世執剛中；並楨幹之實才，非羣華之韡萼也。成公子安選賦而時美，夏侯孝若具體而皆微，曹攄清靡於長篇，季鷹辨切於短韻，各其善也。孟陽景陽，才綺而相埒，可謂魯衛之政，兄弟之文也。

彥和舉出西晉之代表作家，並析論作品之特色。以爲張華〈鷦鷯〉，顯王佐之才慧；左思學博慮覃，拔萃於〈詠史〉，揚名於〈三都〉；〔註 22〕潘岳屬文，豔綺絕世；陸機才優，綴辭妍贍；陸雲思巧，布采明淨；成公綏撰天地之賦，有漢京遺風；張載、張協妙詠，爲曠代之高手。旁及夏侯湛、孫楚、摰虞、傅玄、傅咸，亦皆擅其所學，「并結藻清英，流韻綺靡」，挺譽於文囿。

〔註22〕張華〈鷦鷯賦〉、左思〈三都賦〉及〈詠史記〉八首，具見於《文選》所載。

　　晉室自武帝維新，承平受命，改元太康。良以大亂方平，國家開暇，文士薈集，攀龍附鳳，歌功頌德，作品但重形式辭藻，輕忽內容意境。浮豔華美之文，相踵間出，競成風尚，太康文學，於茲而盛，可為西晉文壇之代表。逮及永嘉前後，清談之風愈熾，士壞禮儀，俗任放誕，卒至夷狄交侵，神州陸沈，文采至是耗盡，是以彥和以為「運涉季世，人未盡才」。

　　由上以觀西晉文壇，雖處於不文之世，然人才騰躍，蔚為空前。其時文風則轉正始之輕澹而為輕騎，詩歌仍以五言詩為主流，文學之興廢，斯可得而見矣！

　　降及江左，自元帝以迄恭帝，或興學右文，或馳騁玄席，於是人才薈萃。〈時序〉云：

> 元皇中興，披文建學，劉、刁禮吏而寵榮，景純文敏而優擢。逮明帝秉哲，雅好文會，升儲御極，孳孳講蓺，練情於誥策，振采於辭賦，庾以筆才愈親，溫以文思益厚，揄揚風流，亦彼時之漢武也。及成、康促齡，穆、哀短祚。簡文勃興，淵乎清峻，微言精理，亙滿玄席；澹思濃采，時灑文囿。至孝武不嗣，安、恭已矣。其文史則有袁、殷之曹，孫、干之輩，雖才或淺深，珪璋足用。

言過江之後，元帝興學勵文，凡思贍學博，文華超軼者，無不網羅畢至。若劉隗、刁協以循禮善文而蒙寵，郭璞以文思敏捷而見擢。〔註 23〕明帝少秉夙慧，長亦好文，欽賢敬客，孳孳講藝，故若庾亮、溫嶠等，或展散文之才華，或以文思之縝密，咸見揄揚。〔註 24〕簡文以降，老、莊之外，益以佛理，是時名士，更精玄論，披之於文，詩皆平典似道德論。〔註 25〕而文、史學者若袁宏、殷仲文、孫盛、干寶等人，才學雖或有深淺，然亦堪稱有用。彥和於論述東晉歷朝文學後，遂總結此期文風云：

> 自中朝貴玄，江左稱盛，因談餘氣，流成文體。是以世極迍邅，而辭意夷泰，詩必柱下之旨歸，賦乃漆園之義疏。

〔註 23〕《晉書‧劉隗傳》云：「隗字大連，雅習文史，善求人主意，元帝深器遇之。」又〈刁協傳〉云：「協字玄亮，久在中朝，諳練舊事，朝廷凡所制度，皆稟于協焉。」〈郭璞傳〉云：「璞字景純。……璞好經術，博學有高才，而訥於言論，詞賦為中興之冠。……後復作〈南郊賦〉，帝見而嘉之，以為著作佐郎。」

〔註 24〕《晉書‧庾亮傳》云：「亮，明穆皇后之兄也。……與溫嶠俱為太子布衣之好，明帝即位，拜中書監。」〈溫嶠傳〉云：「嶠字太真。明帝即位‧拜侍中，機密大謀，皆所參綜。」

〔註 25〕參見鍾嶸《詩品序》評東晉文學。

蓋道家玄風，東晉更熾，文士為文莫不受其感染，形成文章之特殊風格。詩作必以老聃之旨意為依歸；賦作更無異替莊周之學說作注解。然以東晉一代，國運極其艱厄，文士文辭之意境，卻流於平澹舒泰，不能反映時代民生之悲苦，彥和深表不滿。蓋東晉文士，鑒於江山阽危，君臣晏安，故對現實極端煩悶，又乏改革之勇氣，於是企圖逃避，乃從容於文藻之中，追求之永恆超世之玄遠理想，追縱於虛無飄渺之仙境，以寄託其鬱伊困頓之思。是以為文一改建安以來閎美綺練之風，而為質率自然之氣。〈明詩〉亦云：

> 江左篇制，溺乎玄風，嗤笑徇務之志，崇盛忘機之談。袁、孫以下，
> 雖各有雕采，而辭趣一揆，莫能爭雄，所以景純仙篇，挺拔而為雋矣。

蓋東晉文士，寄託玄遠，嚮往自然之道，譏笑營求世務之俗志，推崇恬靜澹然之高談，冀能遊仙方外，神化萬物，故「遊仙文學」大行其道。而袁宏、孫綽以下，雖各有雕采，仍未能與當代高手競雄爭長。如郭璞之〈遊仙詩〉，假玄言以寫中情，情與理會，而激烈悲憤，自在言外，故能挺拔羣倫，允為當時文壇之巨擘。至於此期傑出作家及其作品特色之大略，則見於〈才略〉，其云：

> 劉琨雅壯而多風，盧諶情發而理昭，亦遇之於時勢也。景純豔逸，
> 足冠中興，〈郊賦〉既穆穆以大觀，〈仙詩〉亦飄飄而凌雲矣。庾元
> 規之表奏，靡密以閑暢；溫太真之筆記，循理而清通，亦筆端之良
> 工也。孫盛、干寶、文勝為史，準的所擬，志乎典訓，戶牖雖異，
> 而筆彩略同。袁宏發軫以高驤，故卓出而多偏；孫綽規旋以矩步，
> 故倫序而寡狀；殷仲文之〈秋興〉，謝叔源之〈閑情〉，並解散辭體，
> 縹緲浮音。雖滔滔風流，而大澆文意。

彥和列舉此期頗負盛名之作家，以析論其作品特色。若劉琨風雅氣壯而富風操；盧諶才思敏捷而明事理；郭璞辭豔飄逸，足稱東晉之冠冕。庾亮表奏之閑暢，溫嶠筆記之清雅，堪稱翰苑佳構。孫盛、干寶，文勝其質，以闡揚聖賢之旨，為驅辭遣藻之鵠的。袁宏為文，氣勢雖不凡，然頗多偏激。孫綽之文，墨守成規，雖有條不紊，惜缺乏描摹山水之狀。殷仲文之〈秋興詩〉、謝混之〈閑情詩〉，皆破辭賦俳偶之體，然其於寫景，辭語浮華。彥和評論上列作家，有褒有貶，然皆能獨樹一格，堪為當代文壇之代表。

　　此期文學，誠如鍾嶸所謂「理過其辭，淡乎寡味」（〈詩品序〉），頗能言中東晉文學之特色。是則玄言詩充斥文壇，成為文學之主導，感時悲憤之作，

至此難尋其跡，文學興廢之狀，蓋可想見。

劉宋時期之文學，由於帝王提倡，盛極一時。〈時序〉論此期列主好文及聞名於世之文家大略云：

> 自宋武愛文，文帝彬雅，秉文之德，孝武多才，英采雲搆。自明帝以下，文理替矣。爾其縉紳之林，雲蔚而飆起：王、袁聯宗以龍章，顏、謝重葉以鳳采，何、范、張、沈之徒，亦不可勝數也。蓋聞之於世，故略舉大較。

言武帝好文，文帝彬彬，皆具文章之美，文帝更立儒、玄、文、史四館，廣羅人才。而孝武亦是雕文織綵，才藻甚美。時至明帝，愛文義，徵學士，雲蔚飆起之士，不可勝數。劉宋一代，其間元嘉文運最盛，才士如雲。于時玄勝之風已息，山水之文方滋，謝靈運縱橫俊發，其作如初發芙蓉，秀豔可愛；顏延之文工辭盛，篇什列繡鋪錦，亦多可取。袁淑才辯遒逸，文冠當代；鮑照古詩清麗，遠邁前修。他如范曄、傅亮、謝瞻、王微文筆尤工；旁及劉義慶、何承天、沈懷文、張永等亦擅文華，其餘以能文而聞之於世者，所在多有。宋初文學，亦可謂猗歟盛哉！至於此期之詩風，〈明詩〉有云：

> 宋初文詠，體有因革，莊老告退，而山水方滋，儷采百字之偶，爭價一句之奇，情必極貌以寫物，辭必窮力而追新，此近世之所競也。

自永嘉亂後，名士南渡，玄遠之恬淡心境，與自然界千巖競秀，萬壑爭流之美景相結合，更顯超然高遠。追求玄遠者，多棲身自然，寄情山水，故以往以老、莊玄言來說理，此時遂藉山水美景寄託心志，亦得文章之美。然此時山水之作，多主觀之寫意，而非客觀之寫實，故罕見佳篇。由此可知，以山水為主題之詩作，東晉已啟其端，為南朝文學之先聲。及至劉宋，統治者耽於逸樂，士大夫亦極盡聲色犬馬之娛，故「山水文學」勃興。若謝靈運之詩，允為冠冕。蓋詩至宋初，因玄言詩平典寡味，不足盡宇宙之靈奇，詩章之要眇；於是才智之士，深闢詩家未闢之康莊，葩經未備之闕遺，而別創山水一格，以極自然之美，寄性靈之真。此才人所以不甘蹈故，文學所以萬古常新者也。

關於劉宋之文風，〈情采〉亦云：

> 體情之勢日疏，逐文之篇愈盛，故有志深軒冕，而汎詠皋壤；心纏幾務，而虛述人外。真宰弗存，翩其反矣。

蓋由於末世作者，遠棄風雅，近法辭賦，致華辭麗句之文繁積，而真情實性則不存矣！雖反身綠水，然未嘗忘情也。故塵俗之縛愈急，林泉之慕彌深，

其所創作，僅爲辭藻之堆砌而已。彥和此語，正道出魏晉以來，託意玄言山水者之用心也。對於「山水文學」，彥和於〈物色〉亦有論述，其云：

> 自近代以來，文貴形似，窺情風景之上，鑽貌草木之中。吟詠所發，
> 志惟深遠；體物爲妙，功在密附。故巧言切狀，如印之印泥，不加
> 雕削，而曲寫毫芥。故能瞻言而見貌，即字而知時也。

文士爲競逐新奇，故作品雕琢，爲此期文學之特色。然須雕琢得當，始見作品之美，並盡其模山範水之作用。倘若過甚，則流於詭巧訛濫，無甚可取。

大體而言，彥和對劉宋文學頗多不滿，除前面所述外，它如〈通變〉云：「宋初訛而新」；〈定勢〉批評劉宋文士，用字率好詭巧，以逐新奇；〈指瑕〉亦謂辭人「比語求蚩，反音取瑕」；〔註26〕最後於〈序志〉更指責近世文風之弊云：

> 去聖久遠，文體解散，辭人愛奇，言貴浮詭，飾羽尚畫，文繡鞶帨，
> 離本彌甚，將遂訛濫。

彥和對近世競逐新奇之文風，頗多微詞，實乃有違其「徵聖」、「宗經」之思想也。

觀晉、宋間文壇之變，由東晉之玄風大扇，轉而爲劉宋之模山範水，而宋之視晉，更於辭句形貌上爭奇爭異矣。至於蕭齊文學，彥和未作論評，良以彥和生處其世，以避是非恩怨，對當代文學，心存顧忌。復以朝代未盡，莫敢論定。〔註27〕故〈時序〉云：

> 暨皇齊馭寶，運集休明，太祖以聖武膺籙，世祖以睿文纂業，文帝
> 以貳離含章，高宗以上哲興運，並文明自天，緝熙景祚。今聖歷方
> 興，文思光被，海岳降神，才英秀發，馭飛龍於天衢，駕騏驥於萬
> 里，經典禮章，誇周轢漢，唐虞之文，其鼎盛乎！鴻風懿采，短筆
> 敢陳？颺言讚時，請寄明哲！

此處極論南齊文教鼎盛，而於文章卻寄望於高明君子，可見彥和之用心。至於南齊文風，〈通變〉嘗云：「今才穎之士，刻意學文，多略漢篇，師範宋集。」

〔註26〕〈定勢〉云：「自近代辭人，率好詭巧，原其爲體，訛勢而變，厭黷舊式，故穿鑿取新，察其訛意，似難而實無他術也，反正而已。」〈指瑕篇〉亦云：「近代辭人，率多猜忌，至乃比語求蚩，反音取瑕，雖不屑於古，而有擇於今焉。」皆多貶斥之詞。

〔註27〕紀昀評《文心・時序》此段云：「闕當代不言，非惟未經論定，實亦有所避於恩怨之間。」另劉毓崧、劉永濟等亦有此論定。

於此可知南齊之文更承其宋人之弊而每下愈況，以至「彌近彌澹」（〈通變〉），實由於「競今疏古」（〈通變〉），有以使然。此亦末世文章，興廢存亡之大較也。

六、結　語

　　時代之遞進，影響文學之盛衰，即彥和所謂「興廢繫乎時序」是也。彥和於〈時序〉論陶唐以迄蕭齊十代文學興廢之梗概，若上古以迄三代之歌謠；戰代之諸子散文及屈原〈離騷〉；兩漢之辭賦；建安、正始之五言古詩；晉、宋之玄言、山水詩，於此可見文學之主流，必隨時代遞嬗而轉移。誠如顧炎武《日知錄》中所云：「《三百篇》之不能不降而《楚辭》；《楚辭》之不能不降而漢魏；漢魏之不能不降而六朝；六朝之不能不降而唐也，勢也。」此「勢」者何？即彥和所謂「時序」是也。觀六朝以後之唐詩、宋詞、元曲，莫不如此。故蔚為當代文學主流者，以其才士雲湧，佳篇迭出。但它體文學，亦暗流洶湧，屢有創作。蓋文學務須「日新其業」，始能光景常新。

第四章　由本篇觀劉勰對時君之論評

　　彥和於〈時序〉以時代之嬗遞，論述各代文學之高下流變。而一代中，復依當朝帝王之遞進，依序論述，於此可見彥和和文學史觀之明晰。至於彥和於本篇對時君之論評，大抵依時序先後，而採縱貫敘說之方式進行。其中或單論、或合論、或缺而不論，三者具存於本篇之中。劉永濟以為單論者，類能獨標一體，或則瑜不掩瑕，又或特出一時風會之外者也。合論者，或因父子，或以兄弟，或係同時而名聲相埒，或屬朋黨而徵尚相同；又或緣比較優劣，或欲辨明異同者也。〔註1〕至若缺而不論者，係以當代少文，故未提及，又或時距彥和甚近，而未加評論。茲依上述，條摭彥和於本篇中批評之語，並稽考《文心》各篇及史籍所論，闡述如后。

一、單論一君者

論唐堯

　　〈時序〉云：「昔在陶唐，德盛化鈞，野老吐「何力」之談，郊童含「不識」之歌。」言陶唐之世，道德盛美，教化廣被，人民沐受其仁澤，故田野老者，嘗擊壤而詠〈擊壤歌〉；郊區之童，於康衢亦吟〈康衢謠〉。〈原道〉云：「唐、虞文章，則煥乎始盛，元首載歌，既發吟詠之志。」〈明詩〉云：「堯有大唐之歌。」又《論語・泰伯》亦論堯之德盛及文章煥盛。〔註2〕彥和評陶唐之「德盛化鈞」，乃以其道德教化澤被萬民，故民遂詠歌，文亦煥盛。蓋彥

〔註1〕見劉永濟《文心雕龍校釋・才略》釋義。而〈時序〉與〈才略〉之關係，實珠聯璧合，前者重以論世，後者重以知人；前者重以衡時君，後者則重衡作家。故於〈時序〉中亦歷然可見彥和以單論、合論等行文方式，以衡論時君。

〔註2〕《論語・泰伯》云：「子曰：『大哉堯之為君也，巍巍乎！唯天為大，唯堯則之。蕩蕩乎民無能名焉，巍巍乎其有成功也，煥乎其有文章。』」

和乃肯定其施政之成就，故以單論行之也。

論虞舜

〈時序〉云：「有虞繼作，政阜民暇，『薰風』詠於元后，『爛雲』歌於列臣。」言虞舜繼堯而起，政教隆盛，民生安適。舜嘗彈五絃琴而詠〈南風詩〉；文武羣臣亦嘗吟〈卿雲歌〉。〈明詩〉云：「舜造〈南風〉之詩。」鍾嶸《詩品序》云：「昔〈南風〉之詞，〈卿雲〉之頌，厥義夐矣。」彥和評虞舜之時「政阜民暇」，以其政治清明，人民殷富。時君詠歌於上，羣臣和之於下，遂呈顯雍容之美之文風。故彥和特以單論凸顯其為政之盛美及其帶動之文風。

論夏禹

〈時序〉云：「至大禹敷土，『九序』詠功。」言夏禹分治九州土地，六府三事，次第施行，故萬民謳歌，以頌其功德。〈原道〉亦云：「夏后氏興，峻業鴻績，『九序』惟歌，勳德彌縟。」〈明詩〉云：「及大禹成功，『九序』惟歌。」《尚書‧大禹謨》云：「禹曰：於，帝念哉！德惟善政，政在養民。水、火、金、木、土、穀，惟修；正德、利用、厚生，惟和。九功惟敘，九敘惟功。戒之用休，董之用威，勸之以九歌，俾勿壞。」孔傳云：「六府三事之功，有次敘，皆可歌。」蓋因夏禹平治水土，復令六府三事行之有序，功績彪炳，民乃詠其功業。故彥和以單論行之，並指明歌功頌德之作，由茲而興。

論商湯

〈時序〉云：「成湯聖敬，『猗歟』作頌。」言商湯聖明欽敬，後世便作『猗歟』之詩，以盛讚其功業。鄭玄《詩譜》云：「湯受命定天下，後世有中宗、高宗者，此三主有受命中興之功，時有作詩頌之者。」《詩‧商頌‧長發》云：「湯降不遲，聖敬日躋。」箋云：「湯之下士尊賢甚疾，其聖敬之德日進。」蓋由於商湯有聖明欽敬之德，禮賢下士，故民詠歌以頌其功德。彥和特標單論以引出當世文學，多歌功頌德之作也。

論周文王

〈時序〉云：「逮姬文之德盛，〈周南〉勤而不怨。」言文王之德化隆盛，恩及百姓，故〈周南〉之詩，所詠雖勤勞王事，然毫無怨尤之意。《詩‧周南‧汝墳》序云：「〈汝墳〉，道化行也。文王之化，行乎汝墳之國，婦人能閔其君子，猶勉之以正也。」孔疏云：「臣奉君命，不敢憚勞，雖則勸苦，無所逃避，是臣之正道，故曰勉之以正也。」蓋由於周文王之德化，恩澤於民，故民詠

歌，雖勤苦而無怨尤。彥和評其「德盛」，以見其道德鈞被之成就。

論周太王

〈時序〉云：「太王之化淳，〈邠風〉樂而不淫。」言太王之教化淳厚，民風樸實，故〈邠風〉中之詩篇，雖寫男女應及時行樂，但卻不流於淫亂。《左傳‧襄公二十九年》云：「爲之歌〈豳〉曰：美哉，蕩乎！樂而不淫，其周公之東乎？」蓋良由太王之政教淳厚，故民所詠之詩篇，乃能「樂而不淫」。故以單論說明詩作之樸質眞實。

論周平王

〈時序〉云：「平王微而〈黍離〉哀。」言平王東遷，周室衰微，故〈黍離〉之詩，多哀傷之歎。《詩‧王風‧黍離》序云：「〈黍離〉，閔宗周也。周大夫行役，至於宗廟，過故宗廟宮室，盡爲禾黍，閔周室之顚覆，彷徨不忍去而作是詩也。」彥和評其政「微」詩「哀」，以見文風由歌功頌德降而至於刺淫譏過之流變也。

論漢高祖

〈時序〉云：「爰至有漢，運接燔書，高祖尙武，戲儒簡學，雖禮律草創，《詩》、《書》未遑，然〈大風〉、〈鴻鵠〉之歌，亦天縱之英作也。」言炎漢之時，運繼暴秦焚書坑儒之後，高祖劉邦鄙文尙武，常戲弄儒生，簡慢學人，雖嘗命叔孫通制定禮儀，令蕭何草擬刑律，然對於《詩》、《書》尙無暇顧及，然而高祖於還鄉過沛時，所詠之〈大風歌〉及爲戚夫人所詠之〈鴻鵠歌〉，亦堪稱天才橫溢之傑作也。彥和評高祖「戲儒簡學」、「未遑《詩》、《書》」，史籍亦斑斑可考，〔註3〕可見高祖之略於右文。雖嘗詠〈大風〉、〈鴻鵠〉，然「亦天縱之英作」，無裨於當代文學風氣之提升。故彥和行之以單論。

論漢武帝

〈時序〉云：「逮孝武崇儒，潤色鴻業，禮樂爭輝，辭藻競騖。」言漢武帝劉徹崇尙儒學，罷黜百家，潤澤文章大業，令禮儀法度，音樂教化，爭相輝映，文學於是勃興，文士乃以華美之辭藻馳騖文壇。彥和評武帝崇儒右文，故禮樂爭輝，文物美備。〈樂府〉亦云：「既武帝崇禮，始立樂府。」而其時

〔註3〕《史記‧酈食其傳》云：「沛公不好儒，諸客冠儒冠者，沛公輒解其冠，溲溺其中。與人言，常大罵。」又〈陸賈傳〉云：「陸生時時前說稱《詩》、《書》。高帝罵之曰：『迺公居馬上而得之，安事《詩》、《書》？』」《論衡‧佚文》亦云：「高祖始令陸賈造書，未興《五經》。」

傑出文士或見尊崇，或受禮遇，或被擢用，並以其華豔辭采馳騁文壇，造成漢賦之大盛。故彥和以單論行之，以呈顯其施政績效。

論東漢光武帝

〈時序〉云：「自哀、平陵替，光武中興，深懷圖讖，頗略文華，然杜篤獻誄以免刑，班彪參奏以補令，雖非旁求，亦不遺棄。」言漢自哀、平二帝，國勢衰微，逮及光武中興漢室，深信圖籙讖緯之說，頗疏略文章禮樂之事。然杜篤嘗因獻弔大司馬〈吳漢誄〉，而獲免刑獄；班彪亦以參與謀畫竇融降漢之章奏，而補為縣令。由是可知，光武於文人學士，雖未多方訪求，但亦未嘗遠棄也。《後漢書‧光武帝紀》云：「宛人李通等以圖讖說光武。」又〈方術傳〉云：「光武尤信讖言。」蓋由於光武帝深信圖讖，致朝野上下，為之風靡。學者亦比肩接踵，傾向此道。〔註4〕故其雖未遠棄文學，但因崇尚圖讖，而頗疏於右文。故彥和予以單獨評論。

論東漢靈帝

〈時序〉云：「降及靈帝，時好辭製，造〈羲皇〉之書，開鴻都之賦，而樂松之徒，招集淺陋，故楊賜號為驩兜，蔡邕比之俳優，其餘風遺文，蓋蔑如也。」言靈帝嘗著〈羲皇篇〉五十章，又大開鴻都門，以延攬文人學士寫作辭賦，甚而若樂松、賈護之淺陋無行，亦在延攬之列。故楊賜與蔡邕皆上書疾斥之，號之為堯時之「驩兜」，此之若演唱諧戲之「俳優」。至於其留傳之文，蓋辭義鄙薄，不登大雅，故無足稱道。《後漢書‧蔡邕傳》云：「初，帝好學，自造〈羲皇篇〉五十章。因引諸生能為文賦者，本頗以經學相招，後諸為尺牘及工書鳥篆者，皆加引召，遂至數十人。侍中祭酒樂松、賈護多引無行趨勢之徒，並待制鴻都門下，塤陳方俗閭里小事，帝甚悅之，待以不次之位。」又〈楊賜傳〉云：「鴻都門下，招會羣小，造作賦說，以蟲篆小技見寵於時，如驩兜共工更相薦說。」故靈帝雖自負才華，創作不輟，復大開鴻都門以延攬辭賦之士，然卻招集淺陋之徒，故文若驩兜、俳優，辭義淺薄，實無可取。故彥和以單論行之。

論東漢獻帝

〈時序〉云：「自獻帝播遷，文學蓬轉，建安之末，區宇方輯。」言由於

〔註4〕《文心雕龍‧正緯》云：「至於光武之世，篤信斯術，風化所靡，學者比肩。沛獻集緯以通經，曹褒選讖以定禮，乘道謬典，亦已甚矣。」

獻帝屢次流離遷徙，中原鼎沸，文人學士亦若九秋之蓬草，流離失所，無所寄託。直至建安末年，禍亂漸平，天下方始安集。蓋文與時移，有獻帝之屢遷，文士亦隨之蓬轉。直迄建安之末，天下方得稍安，而有建安文壇之盛況。彥和於建安文學之勃興，實以獻帝爲轉關，故特以單論行之。

論魏明帝

〈時序〉云：「至明帝纂戎，制詩度曲，徵篇章之士，置崇文之觀，何、劉羣才，疊相照耀。」言明帝曹叡雖於兵戎中繼承帝位，卻頗好文藝，詠詩度曲，徵召長於寫作之文士，設崇文館以禮遇之。若何晏、劉劭等諸多俊才，皆嘗大放異彩。明帝之置崇文觀，以徵長於文者，事見《三國志·魏書·明帝紀》。故由於明帝擁帝王之尊，既能作詩度曲，又置崇文館以禮遇文士。彥和盛讚其崇才右文之舉，故單論之。

論高貴鄉公

〈時序〉云：「少主相仍，唯高貴英雅，顧盼含章，動言成論。」言齊王芳、高貴鄉公髦及陳留王奐三少主相繼而起，唯高貴鄉公曹髦，英俊風雅，從容顧眄，俱含美章，動言品評，皆成高論。《魏志·高貴鄉公紀贊》云：「高貴公子才慧夙成，好問尚辭。」梁元帝《金樓子·雜記下》亦云：「高貴鄉公賦詩，給事中虞歆、陶成嗣各不能著詩，受罰酒。」彥和以爲高貴鄉公，自負才華，特出於少主之中，雖於〈諧隱〉頗有微詞，〔註5〕但於〈時序〉則盛讚其帝王風範。

論晉武帝

〈時序〉云：「至武帝惟新，承平受命，而膠序篇章，弗簡皇慮。」言武帝司馬炎，國運更新，於天下太平之時，受禪即位，對於興建學校，提倡文藝，多不思慮。蓋武帝雖受魏禪而膺太命，但於興學右文，無置於心，故彥和特標舉以單論行之。

論東晉元帝

〈時序〉云：「元皇中興，披文建學，劉、刁禮吏而寵榮，景純文敏而優擢。」言元帝司馬睿中興晉室，建立學校，開啓文風。劉隗、刁協皆循禮法之官吏，由於熟練文史，而蒙受恩寵榮華；郭璞亦因文思敏捷，而獲優越擢用。元帝「披文建學」之盛事，見《晉書·元帝紀》。蓋由於武帝亦具帝王崇

〔註5〕《文心雕龍·諧隱》云：「高貴鄉公，博舉品物，雖有小巧，用乖遠大。」

才右文之美，故傑出文士或蒙恩寵，或見優擢。彥和以爲其行可標，故以單論褒揚其美行。

論東晉明帝

〈時序〉云：「逮明帝秉哲，雅好文會，升儲御極，孳孳講藝，練情於誥策，振采於辭賦，庾以筆才愈親，溫以文思益厚，揄揚風流，亦彼時之漢武也。」言明帝司馬紹，其人秉賦英哲，夙好文學，會友賢才，自登儲位而統御皇極，講究經藝，勤奮不懈。故書寫詔策，筆情練達，所作辭賦，文采飛揚。庾亮由於頗具散文才華，而愈見親信；溫嶠因文思縝密，而倍受厚愛。明帝如此引舉風雅清逸之才士，亦可謂爲晉代之漢武矣。〈詔策〉云：「晉氏中興，唯明帝崇才，以溫嶠文清，故引入中書，自斯以後，體憲風流矣。」關於明帝之「秉哲」與「雅好文會」，具見《晉書・明帝紀》。蓋由於明帝秉賦聰哲，雅愛文學，當時風流名士，亦咸見揄揚，故彥和盛讚其爲晉時之漢武，以其推動文學之功至偉也。

論東晉簡文帝

〈時序〉云：「簡文勃興，淵乎清峻，微言精理，函滿玄席；澹思濃采，時灑文囿。」言簡文帝司馬昱勃然興起，其人風範清高，性情淵懿，微言妙論，精理密思，屢屢洋溢於玄學之講壇；澹泊情思，濃豔之辭采，時時揮灑於文章之苑囿。《晉書・簡文帝紀》云：「帝少有風儀，善容止，留心典籍，不以居處爲意，凝塵滿席，湛如也。」又云：「清虛寡欲，尤善玄言。」蓋由於簡文品性情淵，深具帝王風範，復深通典籍，故言論微妙，思理精湛。而其情思之淡泊，辭藻之濃麗，亦屢騁當代之文囿。彥和咸認簡文以其才華，講於玄壇，灑於文苑，別樹一幟，故以單論行之。

論宋孝武帝

〈時序〉云：「孝武多才，英采雲搆。」言孝武帝劉駿多才多藝，其華美之辭采如雲。關於孝武之「多才」與「英采雲搆」之梗概，鍾嶸《詩品下》云：「孝武詩彫文織采，過爲精密。」又《南史・孝武帝紀》亦有論之。蓋孝武才藝過人，辭藻甚美，爲劉宋帝王之冠冕。故彥和特標舉單論，以見其才藻出眾，典型獨特。

二、合論數君者

彥和於〈時序〉以合論論時君之方式，又有合論二君與合論多君之別，

茲闡述如后。

（一）合論二君者

論周幽、厲王

〈時序〉云：「幽、厲昏而〈板〉、〈蕩〉怒。」言幽、厲二王，昏虐無道，故〈板〉、〈蕩〉詩作，有怨憤之怒吼。鄭玄《詩譜序》云：「自是而下，厲也，幽也，政教尤衰，周室大壞。〈十月之交〉、〈民勞〉、〈板〉、〈蕩〉，勃爾俱作，眾國紛然，刺怨相尋。」關於〈板〉、〈蕩〉之「怒」，事見《詩‧大雅》中〈板〉與〈蕩〉之詩序。而彥和之所以以合論行之，良由幽、厲二王昏庸暴虐，刺淫譏過之詩篇，亦由是而興，故以合論行文也。

論漢昭、宣帝

〈時序〉云：「越昭及宣，實繼武績，馳騁石渠，暇豫文會，集雕篆之軼材，發綺縠之高喻，於是王褒之倫，底祿待詔。」言昭帝年少，國祚甚短，無甚可觀。逮及宣帝，頗能繼承武帝之績業，嘗詔集羣儒於石渠閣，講論五經，並親臨制決；又於國家閒暇，不時聚會學人文士，講說文藝；更徵召善於雕飾之俊才，發綺縠之妙喻。於是王褒之輩，皆以文章之美，獲致高官。《漢書‧王褒傳》云：「褒既為刺史作頌，又作其傳，益州刺史因奏褒有軼材。上迺徵褒。」對於彥和評宣帝之「馳騁石渠，暇豫文會」，事見《漢書‧王褒傳》及〈楊終傳〉。蓋由於昭帝在位日淺，乏善可陳。宣帝乃踵武帝崇儒右文之風，博徵羣儒以論定五經異同，而文士若具辭藻之美者，亦見優擢。故彥和合而並論。

論漢元、成帝

〈時序〉云：「自元既成，降意圖籍，美玉屑之譚，清金馬之路，子雲銳思於千首，子政讎校於《六藝》，亦已美矣。」言元、成二帝，留意於圖書經籍之整理，獎掖諸子百家之瑣言雜談，清除文士待詔金馬之阻礙。由於在上者如此倡導，楊雄遂誦讀千賦，文思銳敏；劉向亦校讎《六藝》，整齊文化遺產。關於元、成二帝之留意圖籍，徵儒生以委政之盛事，見《漢書‧元帝紀贊》及〈成帝紀贊〉。彥和盛讚元、成二帝為政之美，皆右文崇才者，故合而論之也。

論東漢明、章帝

〈時序〉云：「及明、章疊耀，崇愛儒術，肄禮璧堂，講文虎觀。孟堅珥

筆於國史，賈逵給札於瑞頌；東平擅其懿文，沛王振其通論。帝則藩儀，輝
光相照矣。」言明、章二帝，崇尚儒術，先後輝映。明帝嘗率羣臣習禮於辟
雍明堂；章帝嘗集羣儒講經義於白虎觀。且明帝詔使班固載筆以成《漢書》，
敕給賈逵筆札以作〈神雀頌〉。影響所及，其時藩王亦雅好文藝，東平王劉蒼，
嘗作〈光武中興頌〉，而見稱善；沛獻王劉輔，亦因作《五經通論》，馳名當
世。〈詔策〉云：「暨明、章崇學，雅詔間出。」又《後漢書‧桓榮傳》及《論
衡‧佚文》嘗載明、章講經崇才之盛事。〔註6〕可知二帝皆崇儒右文之君，或
詔羣臣習禮樂、或集諸儒講經義，或敕俊才撰史作頌，二帝之政績，先後輝
映。實堪為帝王之典範，故彥和合而論之也。

論魏武、文帝

〈時序〉云：「魏武以相王之尊，雅愛詩章；文帝以副君之重，妙善辭賦；
陳思以公子之豪，下筆琳瑯；並體貌英逸，故俊才雲蒸。」言魏武帝曹操以丞
相兼魏王之尊貴，篤好詩文辭章；文帝曹丕以太子而膺國儲之重任，特長辭賦；
曹植以公子而封侯爵之豪雄，下筆如珠似玉。魏武、文帝、陳思王父子兄弟，
皆禮敬英偉超逸之文士，故一時才華出眾之作家，羣起景從，盛況空前。而其
雅好文學之事，又見《金樓子‧興王篇》、《三國志‧魏志‧文帝紀評》注引《典
論‧自序》。彥和以合論行之，在彰顯其好文崇才之美行也。

論晉懷、愍帝

〈時序〉云：「降及懷、愍，綴旒而已。」言懷帝司馬熾及愍帝司馬鄴，
國政為權奸所執持，故二帝乃空有皇帝之虛名，而毫無實權。彥和評懷、愍
二帝之「綴旒」，良由二帝運涉亂世，並嘗為匈奴所虜，八王亂後，為奸臣挾
制，僅虛擁帝位，更遑論右文。故合而論之也。

論宋武、文帝

〈時序〉云：「自宋武愛文，文武彬雅，秉文之德。」言宋武帝劉裕愛好
文學，文帝劉義隆文質彬彬，二帝皆有文章美德。關於二帝之好文及儒雅彬
彬之風，又見《宋書‧武帝紀下》、《齊書‧王儉傳》及《南史‧宋文帝本紀》。
彥和以二帝皆「秉文之德」，同具文章之美，故合而論之。

〔註6〕 《後漢書‧桓榮傳》云：「永平二年三雍初成，拜榮為五更。每大射養老禮畢，
帝輒引榮及弟子升堂、執經，自為下說。」《論衡‧佚文》云：「孝明世好文
人，並徵蘭臺之宮，文雄會聚；今上即令，語求亡失，購募以金，安得不有
好文之聲。」

（二）多君合論者

論漢惠、文、景帝

〈時序〉云：「施及孝惠，迄於文、景，經術頗興，而辭人勿用，賈誼抑而鄒、枚沉，亦可知已。」言自惠帝以迄文、景，經學頗為興盛，但文人仍未見重用。由賈誼被文帝貶為長沙王太傅；鄒陽被謗下獄，幾至於殺身；枚乘諫吳王不納，潦倒郡吏而去官之例，即可知當時文人未見重視之一斑矣。彥和以為惠、文、景帝時，雖「經術頗興」，各置博士，〔註7〕然「辭人勿用」，良由漢初文人多習戰代縱橫長短之說，故賦家皆有馳說之習。唯高祖已厭縱橫，文、景務崇清淨，文人因而抑沉。故彥和合此三帝同而論之也。

論東漢和、安、順、桓帝

〈時序〉云：「自和、安已下，迄至順、桓，則有班、傅、三崔、王、馬、張、蔡，磊落鴻儒，才不時乏，而文章之選，存而不論。」言自和帝、安帝以後，直至順帝、桓帝，其間計有班固、傅毅、崔駰、崔瑗、崔寔，以及王逸、王延壽、馬融、張衡、蔡邕等人，皆思洽識高，才學贍博之大儒，既代不乏人，而諸多文章，則可存而不論。蓋儒學於東漢之發展臻於極盛，良以帝王之提倡使然，因而造成和、安、順、桓四帝時期之盛況。故彥和以此四帝合而論之，以見其間鴻儒輩出之特色。

論晉宣、景、文帝

〈時序〉云：「逮晉宣始基，景、文克構，並跡沉儒雅，而務深方術。」言晉宣帝司馬懿首創國基，景帝司馬師、文帝司馬昭，方得以承其蔭庇，擴展勢力。然三帝雖皆潛身儒雅，卻專講權勢。彥和於此合而論之，良由三帝皆志深篡竊，而不暇文事故也。

論東晉成、康、穆、哀帝

〈時序〉云：「及成、康促齡，穆、哀短祚。」言成帝司馬衍、康帝司馬岳，皆年壽不長。穆帝司馬聃、哀帝司馬丕，亦在位甚短。《晉書》有云：「成皇帝諱衍，字世根，明帝長子也，在位十七年。康皇帝諱岳，字世同，成帝同母弟也，在位二年。穆皇帝諱聃，字彭子，康帝子也，在位十七年。哀皇帝諱丕，字千齡，成帝長子也，在位三年。」故彥和云：「成、康促齡，穆、

〔註7〕其時之「經術頗興」，事見《史記‧儒林傳》、《漢書‧惠帝紀》及趙岐《孟子注‧題辭》。

哀短祚。」〔註8〕蓋四帝或「促齡」、或「短祚」，文壇亦寂寥，故合四帝而論也。

論東晉孝武、安、恭帝

〈時序〉云：「至孝武不嗣，安、恭已矣。」言至孝武帝司馬曜後，繼嗣無人，安帝司馬德宗近乎白痴，恭帝司馬德文又被弒，晉室於焉滅亡。《晉書》云：「孝武帝諱曜，字昌明，簡文第三子也，在位二十四年。安帝諱德宗，孝武帝長子也，在位二十年。恭帝諱聽文，安帝同母弟也，劉裕廢安帝立之，在位二年，禪於宋。」晉祚雖孝武之世，堪稱可觀。然孝武而後，安帝之不敏，恭帝之被弒，文事遂衰。故彥和合三帝而論，以見其間文隨時移之大略。

論齊太、世祖、文帝、高宗

〈時序〉云：「暨皇齊馭寶，運集休明：太祖以聖武膺籙，世祖以睿文纂業，文帝以貳離含章，高宗以上哲興運，並文明自天，緝熙景祚。」言南齊統御神器後，國運昌隆。太祖高帝蕭道成以聖明英武，受命天子；世祖武帝蕭賾以睿智文才，繼承基業；世宗文帝蕭長懋懷藏美質，嗣續前徽；高宗明帝蕭鸞以至上智慧，振興國運。四帝皆以天稟之才藝，光大國運。彥和以合論行之行，蓋以太祖之聖明英武、世祖之睿智文才、文帝之內含美質、高宗之無上智慧，其文義昌明受自天稟，復代纂前徽，故可相互輝映也。

三、缺而不論者

彥和於〈時序〉論述十代文學之興廢與流變，皆按時序予以論述，惟獨缺秦代不論，南齊則極盡頌讚之詞，無所規過，其因為何？茲闡明如后。

〈時序〉云：「爰至有漢，運接燔書。」言漢代之時運，適繼暴秦焚書坑儒之後也。然彥和於此並未評論秦代時君、作家及當代文學，但言其「燔書」而已。考之《文心》他篇及史籍所論，或可窺彥和缺秦不論之大略。如〈明詩〉云：「秦皇滅典，亦造〈仙詩〉。」〈詮賦〉云：「秦世不文，頗有〈雜賦〉。」〈諸子〉云：「暨於暴秦烈火，勢延昆岡。」〈奏啓〉云：「秦始立奏，而法家少文。」又《史記・秦始皇本紀》云：「丞相李斯曰：『臣請史官，非秦紀皆燒之，非博士官所職，天下敢有藏《詩》、《書》百家語者，悉詣守尉雜燒之。』」

〔註8〕 成帝在位十七年，二十二歲死；康帝在位二年，二十三歲死；穆帝在位十七年，十九歲死；哀帝在位四年，二十五歲死。故本當云：「成、穆促齡，康、哀短祚」，而彥和此乃以時序也。

凡此皆爲彥和之所以不論秦代文學之顯證。

　　遍觀秦代文學雖有〈仙詩〉及〈雜賦〉九篇，〔註9〕但較之漢賦，則大爲遜色。至於始皇之「勒岳」，具疏通之美；「銘岱」則出自李斯手筆。〔註10〕然此等文字，皆始皇出巡刻石頌德之作，無補於焚書坑儒之失。蓋秦始皇代六國而有天下，燔書坑儒，滅舊典以愚民，故彥和評秦代，乃多具貶辭。如評其「滅典」、「不文」、「暴秦」、「少文」等，亦皆指始皇之暴政及滅典之過，且彥和〈時序〉既側重於帝王之崇才右文，並兼及當代文壇之盛況。而始皇尚法少文，復以嬴秦祚短，文壇乏善可陳。故於本篇缺而不論，由此可知彥和設篇之用意矣。

　　此外，彥和復對齊末文學不論，〈時序〉云：

　　　　今聖歷方興，文思光被，海岳降神，才英秀發，馭飛龍於天衢，駕
　　　　騄驥於萬里。經典禮章，誇周轢漢；唐虞之文，其鼎盛乎！鴻風懿
　　　　采，短筆敢陳？颺言讚時，請寄明哲！

綜觀《文心》全書，唯本篇論及齊代，至於他篇若〈明詩〉、〈通變〉、〈才略〉等篇卻止於劉宋，未言蕭齊。而本篇論及齊太祖、世祖、文帝、高宗四帝，皆具頌讚之詞，至於「今聖歷方興」以下，則頌讚益加，蔚爲盛世，然於當代文學卻未有具體評論，由其「鴻風懿采，短筆敢陳？颺言讚時，請寄明哲。」可窺而得知。究其原因，如紀昀評《文心雕龍·時序》此段云：

　　　　闕當代不言，非惟未經論定，實亦有所避於恩怨之間。

劉毓崧《通義堂文集·書文心雕龍後》云：

　　　　歷朝君臣之文有襃有貶，獨於齊則竭力頌美，絕無規過之詞。

劉永濟《文心雕龍校釋·時序》釋義云：

　　　　宋齊世近，作者尚多生存，又皆顯貴，舍人存而不論，非但是非難
　　　　定，且亦有所避忌也。

彥和撰《文心》之時，正值齊末，以其時作家尚多存於世，是非莫定；復恐涉及權貴之士，故行文乃有所避忌也。觀其自「今聖歷方興」以迄「其鼎盛乎」，竭其美讚之詞，末復有「颺言讚時，請寄明哲」之語，可知彥和爲避是

〔註9〕　〈仙詩〉今已不傳；〈雜賦〉九篇則見於《漢書·藝文志》中所載，亦佚。

〔註10〕《文心·銘箴》云：「至於始皇勒岳，政暴而文澤，亦有疏通之美焉。」〈封
　　　　禪〉云：「秦皇銘岱，文自李斯，法家辭氣，體乏弘潤，然疏而能壯，亦彼時
　　　　之絕采也。」

非恩怨，遂以缺而不論之方式行之。

四、結　語

　　彥和於本篇對時君之論評，具如上述。綜而言之，單論者，多著眼於時君之崇抑文學。若崇文之君者，當代作家或見禮遇，或受優擢，於是文士羣起景從，競相創作，致佳篇迭出，文風大盛。略文之君者，文士雖自負才華，但多遭貶抑，致文壇蕭條，乏善可述。故彥和以單論行之。至於合論者，或以諸時君才藝兼備，兼右文之舉，致文士相繼踵出。或以諸時君之徵尙相同，或促齡，或短祚，或虛有其位，無裨於文學之推進，故以合論行之。至於十代文學，獨缺秦不論者，蓋秦皇燔書坑儒，爲不文之世。而齊末則有所避忌，故寄與來世明哲，皆缺而不論也。由此可知本篇側重於帝王之論評，各論雖用字不多，然語語中肯，立論有準，評騭精確，誠情實切至，衡鑑不爽之的論。其宏識卓見，足爲後世文論家之範式也。

第五章　由本篇觀劉勰《文心》成書之時間

　　關於《文心》之成書年代，彥和於書中並未確切言明。至於始撰《文心》之時間，則可由〈序志〉窺其大略。其云：

> 齒在踰立，則嘗夜夢執丹漆之禮器，隨仲尼而南行，旦而寤，迺怡
> 然而喜，……於是搦筆和墨，乃始論文。

彥和於此除敘及寫作《文心》之動機外；復言其始撰是書之時間，在「踰立」之年。《梁書・劉勰傳》則云：「初，勰撰《文心雕龍》五十篇」，語意含糊，不知所指。因而招致後人之推測臆斷。自《隋書・經籍四・總集類》嘗載云：「《文心雕龍》十卷」，其下小注云；「梁兼東宮通事舍人劉勰撰。」自茲而後，皆謂《文心》成書於梁。直迄有清，考據之學日興，遂重新稽考彥和之生平，覈之以《文心雕龍・時序》之內容，對前人謂成書於梁說，予以否定，提出「成書於齊末」之論點。然亦有若干學者，堅守成於梁之說。然成於梁說者，又有「撰於齊、成於梁」及「撰於梁，成於梁」兩說。各家皆固執己見，互不相讓。其真象如何？茲分別論述於後。

一、成書於齊末

　　《文心》成書之年代，自《隋志》著錄以下，如元、明傳本，或署曰梁。及至清代學者，始有反對之聲浪，主成書於齊末。茲依清代以及現代主此論之學者，論述如后。

（一）清代學者

清代紀昀首謂此書成於齊代，其於《文心雕龍‧時序》評云：

> 據〈時序〉，此書實成於齊代，今題曰梁，蓋後人所追題；猶《玉臺
> 新詠》成於梁，而今本題陳徐陵耳。

紀氏以為前人之著錄，蓋以所終之世為題，而非書成之年代也。又舉《玉臺
新詠》以為佐證，明《文心》成於齊代之確鑿。《四庫全書總目提要》亦云：

> 據〈時序〉所言，此書實成於齊代。此本署通事舍人劉勰撰，亦後
> 人追題也。

可見紀氏據〈時序〉所言，推斷此書成於齊，並明史志著錄之誤。

繼紀昀之後，郝懿行於《文心雕龍輯註》批注卷首《南史‧本傳》云：

> 按劉氏此書，蓋撰於蕭齊之世，觀〈時序〉可見。

顧廣圻《文心雕龍輯注》批校卷首「梁劉勰題署」亦云：

> 按此所題非也。〈時序〉有「暨皇齊馭寶，運集休明。」是彥和此書
> 作於齊世。

顧氏之論，較前二人為詳，至於何以證為齊世之作，其理則尚嫌薄弱。直至
劉毓崧，方揚前人之論，得窺《文心》成書之確切年代。

劉毓崧深感紀昀等立論之不足，遂詳加考證。提出甚具科學之說法，說
見所著《通誼堂文集‧書《文心雕龍》後》（以下簡稱〈書後〉），其云：

> 《文心雕龍》一書，自來皆題梁劉勰著，而其著於何年則多弗深考。
> 予謂勰雖梁人，而此書之成，則不在梁時，而在南齊之末也。

劉氏以為歷來題《文心》成書於梁，皆以訛傳訛，未能明其確切之年代。〔註1〕
劉氏加以深研，提出成書「南齊之末」之論。嘗列三證，以明己說之可信。其
一云：

> 觀於〈時序〉云：「暨皇齊馭寶，運集休明，太祖以聖武膺籙，世祖
> 以睿文纂業，文帝以貳離含章，高宗以上哲興運，並文明自天，緝
> 遐景祚，今聖歷方興，文思光被」云云。此篇所述自唐虞以至劉宋，
> 皆但舉其代名，而特於齊上加一「皇」字，其證一也。

劉氏首證，著眼於「皇齊」一詞，《說文解字》王部云：「皇，大也。」皇齊

〔註1〕〈序志篇〉云：「齒在逾立」乃始論文，然「逾立」之年，依各家年譜之說，
三十多歲之彥和約逢齊末梁初之際，而究竟《文心》成書於何時，亦未能確
定齊末或梁初。

猶言大齊，應爲齊代君臣對本朝之尊稱。若班固〈西都賦〉稱漢朝爲「皇漢」、
「大漢」；〔註2〕清人之稱本朝爲「皇清」、「大清」是也。〔註3〕彥和論述歷代，
皆無尊稱，而何以獨尊「皇齊」，是爲五十篇中所僅見者。故《文心》之成書
當在齊代，此一證也。其二云：

> 魏晉之主，稱諡號而不稱廟號，至齊之四主，惟文帝以身後追尊，
> 止稱爲帝，餘並稱祖稱宗。其證二也。

《說文解字》嘗云：「廟，尊先祖貌也。」《舊唐書·禮儀志》云：「自光武以下，
皆有廟號，則祖宗之名，莫不違也。」可知古人敬先祖，廟而祀之；尊先祖，
稱其廟號，而諱其名也。然凡稱皇帝之廟號者，必爲本朝之君臣。若《南齊書·
東昏侯本紀》云：「宣聽太后令曰：『皇室受終，祖宗齊聖。太祖高皇帝肇基駿
命，膺籙受圖；世祖武皇帝係明下武；高宗明皇帝重隆景業。』」彥和《文心》
亦以廟號尊稱齊君，以此知其書當成於齊末，此二證也。其三云：

> 歷朝君臣之文，有褒有貶，獨於齊則極力頌美，絕無規過之詞，其
> 證三也。

《文心》對歷代君臣之文，評騭褒貶，所在多有。如評曹丕、曹植之文，〈明
詩〉云：「文帝陳思，縱轡以騁節，慷慨以任氣，磊落以使才。」然於〈詔策〉
則評曹丕云：「魏文帝下詔，辭義多偉，至於作威作福，其萬慮之一弊乎！」
〈雜文〉評曹植云：「陳思〈客問〉，辭高而理疏。」可知彥和褒貶兼備。而
《文心》全書凡言齊事，止於頌美已。此即彥和所謂「勵言讚時」者，紀昀
嘗評云：「闕當代不言，非惟未經論定，實亦有所避於恩怨之間。」蓋劉氏正
據「避於恩怨」，明彥和不妄然褒貶本朝。此三證也。至於《文心》究成書於
南齊何時？劉氏〈書後〉續云：

> 東昏上高宗之廟號，係永泰元年八月事，據「高宗上哲興運」之語，
> 則成書必在是月以後。梁武帝受和帝之禪位，係中興二年四月事，
> 據「皇齊馭寶」之語，則成書必在是月以前。其間首尾相距，將及
> 四載，所謂「今聖歷方興」者，雖未嘗明有所指，然以史傳核之，
> 當是指和帝，而非指東昏也。

〔註2〕班固〈西都賦〉云：「有西都賓問於東都主人曰：『蓋聞皇漢之初經營也。』」
又云：「及至大漢受命而都之也。」尊稱爲「皇漢」、「大漢」。

〔註3〕清人之尊稱可見於書名，如《皇清經解》、《欽定大清會典》、《大清一統志》
等是也。

劉氏據〈時序〉末段文字，推衍出成書於齊和帝之論。〈時序〉云：「高宗以上哲興運」，可知必寫於高宗之後。《南齊書‧東昏侯本紀》云：「東昏侯寶卷，字智藏，高宗第二子也。建武之年，立爲皇太子。永泰元年秋七月己酉，高宗崩，太子即位。」又《南史‧齊本紀》云：「永泰元年秋七月己酉，帝崩，年四十七。羣臣上諡曰明皇帝，廟號高宗。」〈時序〉既明言明帝之廟號「高宗」，故知《文心》成書必在明帝既崩之後，亦即永泰元年七月以後，而劉氏所言八月以後，亦應合實際。再者，既成書於南齊末，必於梁武帝受齊和帝禪位以前，據《南齊書‧和帝本紀》所云：「和帝諱寶融，字智昭，高宗第八子也。中興元年春三月乙巳，即皇帝位。二年三月丙辰，禪位梁王。四月戊辰，薨，年十五，追尊爲齊和帝。」《梁書‧武帝本紀》云：「高祖武皇帝諱衍，字叔達。天監元年夏四月丙寅，即皇帝位於南郊。」故成書必在中興二年四月以前，此史實之可稽者。然其間時近四年，指東昏既有可能，指和帝亦有可能，而劉氏肯定爲和帝，乃「以史傳核之」，史傳爲何？即所言沈約與彥和間事也。〈書後〉又云：

> 《梁書‧劉勰傳》云，撰《文心雕龍》既成，未爲時流所稱，勰自重其書，欲取定於沈約，約時貴盛，無由自達，乃負其書，候約出，干之於車前，約便命取讀，大重之。今考約之事東昏也，官司徒左長史、征虜將軍、南清河太守，雖品秩漸崇，而未登樞要。較諸同時貴倖，聲勢曾何足言。及其事和帝也，官驃騎司馬，遷梁臺吏部尚書，兼右僕射。維時梁武尚居藩國，而久已帝制自爲，約名列府僚，而實則權侔宰輔，其委任隆重，即元勳宿將，莫敢望焉。然則約之貴盛，與勰之無由自達，皆不在東昏之時，而在和帝之時明矣。

劉氏藉《梁書‧劉勰傳》之記載，〔註4〕以明《文心》之成書，乃於沈約貴盛之時。據《南史‧沈約傳》云：「永元中，復爲司徒左長史，進號征虜將軍，南清河太守。」蓋沈氏「雖品秩漸崇，而未登樞要」，終無實權。〔註5〕逮及

〔註4〕《梁書‧劉勰傳》云：「初，勰撰《文心雕龍》五十篇，論古今文體，引而次之⋯⋯既成，未爲時流所稱，勰自重其文，欲取定於沈約，約時貴盛，無由自達，乃負其書候沈約出，干之於車前，狀若貨鬻者，約便命取讀，大重之，謂爲深得文理，常陳諸几案。」

〔註5〕《南齊書‧百官志》云：「四安將軍⋯⋯征虜將軍、四中郎將，宋齊以來，唯處諸王，素族無爲者。」沈氏素族，蓋以此加崇之也，而非實職。又《南齊書‧州郡志上》「南清河郡」下注云：「南徐州，領冀州。」蓋自晉室南渡，冀州轄地已盡失，沈約爲南清河太守，備員而已，無實權也。

事和帝時，與蕭衍交善，爲驃騎司馬。當時「高祖在西邸，與約遊舊，健康城平，引爲驃騎司馬，將軍如故。梁臺建，爲散騎常侍，吏部尚書，兼右僕射。」〔註6〕由此可知於和帝時，梁武爲驃騎大將軍，故用沈約爲驃騎司馬，而後又遷爲吏部尚書，兼右僕射。其時沈約身兼要職，深爲梁武信賴。約雖名列幕僚，而實參機要，權侔宰輔，觀其勸梁武即皇帝位，並爲預作詔書事，〔註7〕即可知其權勢之大矣。故知沈約之貴盛，實當和帝之世。彥和既「取定於沈約」，則此書必成於和帝，自無庸疑。

劉氏更進而稽考彥和與沈約所處之地緣關係，益信書成於和帝之時矣。〈書後〉云：

> 且勰爲東莞莒人，此郡僑置於京口，密邇建康，其少時居定林寺十餘年，故晚歲奉敕撰經證功，即於其地，則踪跡常在都城可知。約自高宗朝由東陽徵還，任內職最久，其爲南清河太守，亦京口之僑郡，與勰之桑梓甚近，加以性好墳籍，聚書極多，若東昏時此書業已流行，則約無由不見，其必待車前取讀，始得其書者，豈非以和帝時書適告成，故傳播未廣哉！

據《宋書·劉秀之傳》云：「東莞莒人，世居京口，弟粹之，晉陵太守。」又《宋書·劉穆之傳》云：「劉穆之字道和，小字道民，東莞莒人，漢齊悼惠王肥後也。世居京口。」可知彥和一族本東莞莒人，世居京口。〔註8〕「京口」即今江蘇省鎮江縣治，距建康最近也。彥和少時所居之「定林寺」，歷來所載，皆在鍾山。〔註9〕鍾山爲南京近郊，是以彥和之踪跡，常在都城也。而沈約爲南清河太守，據《南齊書·州郡志》言，「南清河郡」亦爲京口之僑郡。〔註10〕由上可知，彥和世居京口，沈約亦於京口之僑郡任官，或劉氏謂「與勰之

〔註6〕見《梁書·沈約傳》。
〔註7〕《梁書·沈約傳》云：「時高祖勳業既成，天人允屬，約嘗扣其端，高祖默而不應。他日，又進曰：『今與古異……悉知齊祚已終，莫不云明公其人也。……』高祖然之……而約先期入，高祖命草其事，約乃出懷中詔書並諸選置，高祖初無所改。」
〔註8〕《晉書·徐邈傳》亦云：「徐邈，東莞姑幕人也，祖澄之，爲州治中。永嘉之亂，遂與鄉人臧琨等率子弟並閭里士庶千餘家南渡江，家於京口。」
〔註9〕唐釋道宣《廣弘明集序》云：「昔梁鍾山上之上定林寺，僧祐律師……撰《弘明集》一部一十四卷。」是彥和依居僧祐時，蓋亦在上定林寺也。
〔註10〕《南齊書·州郡志上》「南清河郡」下原注云：「南徐州，領冀州。」蓋自晉室南渡，南清河郡所領冀州轄地盡失，因僑置此郡於南徐州。《南齊書·州郡志上》又云：「南徐州，鎮京口。」據此，知南清河亦爲京口之僑郡也。

桑梓甚近」也。又《梁書‧沈約傳》云：「約左目重瞳子，腰有紫志，聰明過人，好墳籍，聚書至二萬卷，京師莫及。」劉氏以爲彥和與沈約同居京畿，約性好書籍，若《文心》於東昏侯時業已流行，約焉有不見之理？則《文心》成書於齊和帝，此又一證也。

或曰和帝國祚甚短，不及兩年，並受制於蕭衍，彥和豈有罔顧國情，空言和帝時之「文思光被，海岳降神，才英秀發，馭飛龍於天衢，駕騏驥於萬里，經典禮章，跨周轢漢，唐虞之文，其鼎盛乎！」（〈時序〉）對此，劉氏嘗云：

> 和帝雖受制於人，僅同守府，然天命一日未改，固儼然共主之尊，勰之颺言讚時，亦儒生之職分。

劉氏以爲彥和之所以極力頌美，無規過之詞者，實乃避是非恩怨，且身爲儒生，存「尊君」之忠誠，豈有詆毀本朝國君之理。劉氏〈書後〉又云：

> 其不更述東昏者，蓋和帝與梁武擧義，本以取殘伐暴爲名，故從而削之；亦猶文帝之後，不敍鬱林王與海陵王，皆以其喪國失位而已。

此論彥和不敍東昏侯之因，乃東昏殘暴。〔註11〕猶如南齊鬱林、海陵二王，並皆喪國失位，〔註12〕故去而不論。劉氏〈書後〉復云：

> 東昏之亡，在和帝中興元年十二月，去禪代期不滿五月，勰之負書干約，當在此數月中，故終齊之世，不獲一官，而梁武天監初，即起家奉朝請，未必非約延譽之力也。

據《南齊書‧東昏侯本紀》云：「永元三年十二月丙寅，新除雍州刺史王珍國、侍中張稷率兵入殿廢帝，時年十九，追封東昏侯。」東昏被殺於永元三年（和帝中興元年）十二月丙寅。而《梁書‧和帝本紀》亦云：「二年三月丙辰，禪位梁王。」其間不滿四月，而劉氏或以梁武即帝位之時「天監元年夏四月丙寅，即皇帝位於南郊。」（《梁書‧武帝本紀》）爲限，故云不滿五月。而劉氏推斷彥和於齊世藉藉無名，梁天監初，即起家奉朝請，可知其必於齊末負書干約，至梁初爲官。此爲劉氏論定書成於齊末之又一證也。

劉氏更以《宋書》成書年代之誤題，暗示《隋志》著錄之誤云：

> 至於約之《宋書》，成於齊世祖永明六年，而自來皆題「梁沈約撰」，與勰之此書，事正相類。特約之〈序傳〉，言成書年月，而勰之〈序

〔註11〕東昏無道，朝廷昏亂，其事蹟見於《南齊書‧東昏侯本紀》及《南史‧齊本紀》。

〔註12〕見《南齊書‧鬱林王本紀》及〈海陵王本紀〉，鬱林王時年二十一被弒，海陵王年十五而殞，此二幼主並皆喪國失位。

志〉，未言成書年月，故人但知《宋書》成於齊，而不知此書亦成於
齊耳。

沈約《宋書・序傳》云：「永明五年春，被敕撰《宋書》，六年二月畢功，表
上之。」然自《隋志》以降，著錄多題「梁沈約撰」，其蓋與彥和《文心》成
於齊和帝之世，而向來著錄，皆題「梁劉勰撰」情形一致。然沈約自言成書
於齊，可知史志著錄之誤，而彥和未言書成年月，故後人莫知其成書於齊。
此爲《文心》書成齊末之又一證也。

　　劉氏〈書後〉，以〈時序〉末段文字爲基礎，並考諸彥和生平行誼，對《文
心》成書於齊末，考訂詳贍，議論精審，能發前人所未發。故自〈書後〉出，
後代學者多踵其說。

（二）現代學者

　　自劉毓崧考定《文心》書成於齊末和帝之世後，後繼學者如范文瀾《文
心雕龍注》、楊明照〈梁書・劉勰傳箋注〉、劉永濟《文心雕龍校釋・序志篇》、
王利器《文心雕龍新書序錄》、牟世金《劉勰年譜匯考》、郭紹虞〈《文選》的
選錄標準和它與《文心》之關係〉、張嚴《文心雕龍通識》、潘師石禪〈劉彥
和撰寫《文心雕龍》問題的新探測〉、王師更生〈《文心雕龍》成書年代及其
相關問題〉、蒙傳銘〈劉毓崧〈書文心雕龍後〉疏證〉、牟通〈時序篇末段發
微〉、韓玉生〈《文心雕龍》究竟成書於什麼年代〉、秀川〈關於《文心》著述
和成書的年代〉、劉仁青〈《文心雕龍》寫作年代蠡測〉等皆同意劉氏之說。
其中尤以范文瀾、楊明照、牟世金、潘師重規、王師更生之論，見識卓越，
多所創發。故取各論之菁華加以申述。

　　范文瀾於《文心雕龍・序志》注六云：

> 今假設永明五、六年，彥和年二十三、四歲，始來居定林寺，佐僧
> 祐搜羅經籍，校定經藏。……永明十年，彥和年未及三十，正居寺
> 定經藏時也。假定彥和自探研釋典，以至校定經藏，撰成《三藏記》
> 等書，費時十年，至齊明帝建武三、四年，諸功已畢，乃感夢而撰
> 《文心雕龍》，時約三十三、四歲，正與〈序志〉「齒在踰立」之文
> 合。《文心》體大思精，必非倉卒而成，締構草稿，殺青寫定，如用
> 三、四年之功，則成書適在和帝之世，沈約貴盛時也。

范氏推測彥和自始撰《文心》以迄書成，其間約耗費三、四年之功。蓋知彥
和於三十三、四歲，感夢而撰《文心》，書成則年約三十七歲左右，適值和帝

及沈約貴盛之時也。此乃范氏臆測彥和當《文心》書成之大概年齡。

　　楊明照謂《文心》成書必在齊和帝中興二年以前，此即推演劉毓崧之說而來。其於〈梁書‧劉勰傳箋注〉另舉旁證云：〔註13〕

　　　　餘如〈明詩〉、〈通變〉、〈指瑕〉、〈才略〉四篇，所評皆至宋代而止；
　　　　於齊世作者，無一語涉及，亦其旁證。

楊氏雖大體循劉氏之說，然後來續有若干修正，如《梁書‧劉勰傳箋注》云：
〔註14〕

　　　　〈時序〉末「今聖歷方興，文思光被，海岳降神，才英秀發，馭飛
　　　　龍於天衢，駕騏驥於萬里，經典禮章，跨周轢漢，唐虞之文，其鼎
　　　　盛乎」十句，溢美已極，似非指齊之和帝。疑即特意修訂，專頌梁
　　　　武者。至其他各篇，於理論之闡發，作家作品之評騭，想亦多所修
　　　　訂，精益求精。

楊氏以為彥和書成後，可能時有修訂，故「今聖歷」以下，疑為頌梁武之詞，此論點與劉氏相異，為楊氏之創見。

　　牟世金雖贊同成書於齊和帝之世，然對於「取定於沈約」之時間，則有異議。其於《劉勰年譜匯考》中興二年下云：

　　　　劉勰本傳謂《文心》「既成，未為時流所重」，然後才欲取定沈約。
　　　　則是書成之後，必相距有時，始知是否為「時流所重」，是亦三月之
　　　　內所不容。

牟氏以為若〈時序〉以下五篇依元、明以來通行本之篇次撰寫，則應均撰成於和帝中興元年（西元 501 年）十二月至二年四月之四月內，然若於成書之後，立即負書干約，實無可能。蓋應先「未為時流所重」，而後才「取定沈約」，故牟氏以為其「取定於沈約」之時間，應於禪梁之後，即梁天監元年事，此乃牟氏所異於劉氏者，亦自有見地。

　　王師更生於〈《文心雕龍》成書年代及其相關問題〉一文中，引述同好某君論及成書年代之言：

　　　　按照〈時序〉全文的結構過脈，到「故知文變染乎世情，興廢繫乎
　　　　時序，原始以要終，雖百世可知也。」文義已足，末兩段「宋武愛

〔註13〕見楊明照《文心雕龍校注拾遺》，文於民國47年發表。
〔註14〕見王師更生《文心雕龍讀本》附錄楊明照〈梁書‧劉勰傳箋注〉，此文於民國67
　　　　年發表，為楊氏續有所得，補苴罅漏之作。此文又見《中華文史論叢》第一輯。

文」與「皇齊馭寶」，皆淺人妄增，所以清朝劉毓崧根據後世妄增的

文字，推《文心》成書的年代，是不足採信的。

又云：

尤其「皇齊馭寶」一段，僅敘述一朝四帝的史實，對當代作品的優

劣，概所不談，大悖他彌綸羣言的一貫態度。

某君此說固聳人聽聞，然卻乏積極證據。王師對此說頗不以爲然，乃從歷代

《文心》之版本爲據，爲之辯駁。王師以爲現今可見《文心》最早之刊本，

乃爲元至正乙未嘉禾本。〔註15〕近人王利器《文心雕龍新書》、楊明照《文心

雕龍校注拾遺》皆以之爲主要校本。其在校勘〈時序〉時，未嘗記述「淺人

妄增」字樣。且明弘治甲子吳門楊鳳繕本，〔註16〕內容亦與今本無異。復以

有清一代，考據大盛，若「宋武愛文」與「皇齊馭寶」兩段乃「淺人妄增」，

以清儒治學之嚴謹，豈有視而不見之理。王師並以爲「皇齊馭寶」一段之所

以竭力頌美，乃爲避於恩怨。故行文迥異尋常，絕不可以之爲「淺人妄增」

之證據。故某君此論，於王師之論駁下，則不攻自破矣。

　　王師逕以《文心》版本爲辯駁之依據，此論牢不可破，頗具價值。而只

有證〈時序〉末兩段文字之非淺人妄增，則紀曉嵐、顧廣圻、劉毓崧輩，論

成書年代，方有憑藉。《文心》成書時間亦得有確切之論矣。王師獨具隻眼，

破他立己，居功至偉。

　　潘師石禪於〈劉彥和撰寫《文心雕龍》的新探測〉一文，〔註17〕對《文

心》之成書年代，語意中肯，足爲推定《文心》成書年代之可靠性，亦可作

爲本節之歸結。文云：

歷來對劉勰之生平事蹟作過最大貢獻者爲劉毓崧。其〈書《文心雕

龍》後〉一文（載劉氏《通誼堂文集》卷十四），其據《文心》本書

及相關資料考定《文心》一書成於「南齊之末」，最晚不會遲過齊和

帝中興二年（西元502年），蓋和帝於同年三月，禪位於梁武，是爲

天監元年（西元502年）。言《文心》之成於齊時，雖早於劉氏已有

紀昀、顧廣圻諸人，然語焉不詳，確定者則爲劉氏。因劉氏此說，

〔註15〕此本已於民國73年9月，上海古籍出版社，據上海圖書館藏元刊本覆刊問世。
台灣師範大學國研所特藏室藏有此書，爲王師更生捐贈。

〔註16〕此本現藏外雙溪故宮博物院。

〔註17〕此文乃潘師於民國65年5月7日演講，曾師榮汾手記而成，並收於〈創新周
刊〉第189期。

致使今日研究劉勰生平，方有一立足點。《文心》一書創於劉勰三十歲以後（〈序志篇〉云：「齒在踰立。」）而書成時爲南齊之末，著書總需幾年，故書成時，彥和當爲三十餘歲，此乃絕對可靠之說。

潘師肯定劉毓崧〈書後〉一文，考訂《文心》成書時間之成就。令後繼學者得以於此論點立足，往前馳騁。由劉毓崧以來諸家所論，可知《文心》成書於南齊之末，和帝中興元、二年（西元501～502年）之間，彥和三十歲以後。雖有謂書成後偶有修訂者，有謂取定沈約於梁者，然「成書於齊末」之共識，卻無庸置疑也。

二、撰於齊、成於梁

此說以爲《文心》始撰於齊末，書成於梁初。清末李詳啓其端，日人鈴木虎雄、張恩普、王夢鷗等踵其後，皆同此說。然此說理論未若前說圓融可信，難以自圓。

對於《文心》成書跨齊、梁兩代之說，清末李詳首倡此論。其於《媿生叢錄》卷二云：

> 《文心雕龍》作於齊代，告成梁朝。

李氏此論雖與清末諸主「成書於齊末」之學者立論有異，然獨發新論，無據可依，繼其後者爲日人鈴木虎雄，其《沈約年譜》「天監十年辛卯」條下云：〔註18〕

> 勰著《雕龍》，究在何年？《雕龍・時序篇》：「暨皇齊馭寶，運集休明……其鼎盛乎！」用「皇齊」之語，非表示其書著手於齊時乎！雖僅敘自身曾歷之朝，「聖歷」以下，甚爲稱讚之辭，此可謂梁武之興，此書必成於梁初。

鈴木虎雄以爲「皇齊」乃爲彥和論敘所歷之朝，不足以明成書之年。而「今聖歷」乃由齊入梁之證，故推論應成書於梁初。對錢木虎雄此論，蒙傳銘於〈劉毓崧〈書《文心雕龍》後〉疏證〉一文，〔註19〕嘗加反駁，云：

> 細審〈時序〉文義，所謂「既皇齊馭寶，運集休明」者，實貫下文「今聖歷方興」云云言之，是則所謂「今聖歷方興」者，自非指「梁

〔註18〕鈴木虎雄《沈約年譜》曾於民國24年商務書店出版，馬導源譯，此處引文乃自蒙傳銘〈劉毓崧〈書文心雕龍後〉疏證〉轉引。蒙氏之文收錄於王師更生編纂《文心雕龍研究論文選粹》。

〔註19〕見王師更生編纂《文心雕龍研究論文選粹》。

武帝之興」可知。

蒙氏以爲「今聖歷方興」乃承上文發議，並非指梁武之興。其又舉《南齊書》及彥和其他著作對齊代之稱謂，以明《文心》成書應在「皇齊」之世云：

> 凡言皇齊，必爲齊代君臣對於本朝之尊稱。如《南齊書・明帝本紀》：「建武元年冬十月癸亥，即皇帝位，詔曰：『皇齊受終建極，握鏡臨宸。』」又〈蕭穎冑傳〉：「永元二年十二月，移檄……告京邑百官，諸州郡牧守夫：『……鬱林昏迷，顛覆厥序，使我大齊之祚，翦焉將墜。』」即其著例。劉勰〈梁建安王造剡山石城寺石像碑〉云：「……至齊永明四年，有僧護比丘，……暨我大梁受歷，……以大梁天監十有二年，歲次鶉尾……。」此碑文彥和作於梁武帝天監十五年剡山石城寺石像既成之後，故於蕭齊但稱「齊」，蕭梁或稱「我大梁」，或稱「大梁」，其於齊、梁二代稱謂異同之故，義至明顯。由是以觀〈時序〉所謂「暨皇齊馭寶，運集休明」者，知其書必爲齊代之作；所謂「今聖歷方興」者，知其必指齊帝，而非指梁武。

蒙氏考之史傳及彥和他文，既足以說明「皇齊」之寓意，並駁斥鈴木虎雄所言之未諦。

繼李詳、鈴木虎雄之後，眞正爲此說作有力申述者，厥爲張恩普與王夢鷗。張氏於〈《文心雕龍》成書年代辨〉一文中，〔註20〕對書成齊末及梁天監中兩說，皆持反對論調，謂應「撰於齊末，成於梁初」。

張氏文中就劉毓崧之三證，一一反駁。首先反對「皇齊」之論點，舉出撰《南齊書》之蕭子顯爲例，《南齊書》云：「史臣曰：『雖至公于四海，而運實來，無心於黃屋，而道隨物變，應而不爲，此皇齊所以集大命也。』」蕭子顯爲梁史臣，撰《南齊書》於梁，無庸置疑，然何以稱「皇齊」？張氏於文中云：

> 中國歷史上任何一個朝代的建立，都要對舊朝加以否定。……蕭子顯何以稱「皇齊」呢？筆者以爲「齊梁異朝同姓」、「梁初距齊甚近」……既然蕭子顯可因此而稱齊爲「皇齊」，何以劉勰就不能呢？

張氏以爲「皇齊」不僅用於齊本朝，而梁齊同姓，亦可用之。其又另舉《續高僧傳・僧旻傳》嘗載「皇梁」之文，作者既非梁人，卻稱「皇梁」，〔註21〕

〔註20〕見於《東北師大學報》1984 年 2 月。

〔註21〕《續高僧傳・僧旻傳》云：「皇梁膺運，乃然翻自至，言從帝則。」作者唐釋

可見「皇」字實非專贊本朝。

劉氏之二證謂彥和於齊世除文帝外，皆稱廟號。對此，張氏以爲既頌美齊世，亦應稱文帝之廟號世宗。而范文瀾所謂彥和對齊代四主之稱謂，主據宣德太后之幾道令。〔註 22〕換言之，係按齊代官方之言論措辭。張氏則謂官方言論措辭，未必於當世也。

劉氏之第三證謂〈時序〉獨對齊竭力頌美。張氏則不以然，以爲除齊外，若「有虞繼作」以下至商周之文，皆頌美之辭。又「魏武以相王之尊」以下，稱頌魏代君臣之文，亦「竭力頌美」之辭也。基於上舉對劉氏之三辯，張氏不認同「成書於齊末」之說。

對於近來所謂「撰於梁初，成於天監中」之新說，張氏咸認難以成立。其乃從《文心》內容對此說進行駁斥，一則〈序志〉明言「齒在踰立」始著《文心》，推算必爲三十多歲，故張氏云：

> 著手著述于昭明太子出居東宮的天監五年（西元 506 年），或者說劉勰兼任東宮通事舍人的時候可能性爲最大的話，那著迷之時已經四十多歲了，這與「齒在踰立」之語是不相符的。

又引〈程器〉之文以論云：

> 〈程器〉云：「是以君子藏器，待時而動，發揮事業，固宜蓄素以弸中，散采以彪外，楩柟其質，豫章其幹，摛文必在緯軍國，負重必在任棟梁，窮則獨善以垂文，達則奉時以騁績。」這段表白當是作者自況，而據「窮則獨善以垂文」之語，可知劉勰作《文心》必在入仕之前，也就是在天監初「起家奉朝請」之前。

由上所論，張氏認爲《文心》之始撰，必未遲至梁初；而其成書遲至天監中，更無可能。

張氏對成書於齊末及成書於梁天監中辯駁後，乃以爲當成書於天監元、二年。其謂「今聖歷方興」以下之文，皆贊揚梁武也。據史書所載，和帝短祚，於文毫無建樹。然梁武代齊而有天下，年方三十八，正值大有爲之時，且史載亦證梁武南朝諸君中，國祚最長，多所作爲，且於文學上之成就，更爲諸君莫

道宣和尚乃唐人也。

〔註22〕《南齊書‧鬱林王紀》云：「皇太后令曰：『太祖以神武創業，草昧區夏；武皇以英明提極，經緯天人；文帝以上哲之資，體元良之重。』此彥和所本。見范文瀾《文心雕龍注‧時序》注29。

及，由此可證。觀〈時序〉云：「馭飛龍於天衢，駕騏驥於萬里」，乃蕭衍擁和
帝即位後，立即揮師東征，所向披靡。義師所到，王軍望風而逃。可見蕭衍於
反東昏侯政權中，深具決定性。又「海岳降神」乃稱頌沈約、范雲等一般功臣。
再者，「文思光被」一句，與天監元年梁武帝之詔書內容「振民育德，光被黎元」、
「光宅區宇」意通。〔註23〕故彥和所稱頌者，自是梁武帝。

　　張氏基於上述論點，而謂彥和約於梁天監元、二年左右成書，前推三、
四年，約於東昏永元二年左右起草，書成後先歷經流布於世，約三、四年，
直至天監六年左右方取定沈約。

　　繼張氏而論者有王夢鷗〈《文心雕龍》成書年代質疑〉一文，〔註24〕文中
嘗對劉氏之論提出若干質疑，其說與張氏頗多相合，然亦有另述己意之處。
其對劉氏舉證之疑惑，首從「無規過於齊」入手，文云：

> 細檢此文（〈書《文心雕龍》後〉）舉證，其第三證，謂劉勰特於齊
> 代之文有褒無貶一事，即欠深思。因劉勰於其〈才略〉明言「宋代
> 逸才，辭翰鱗萃，世近易明，無勞甄序」了。這樣，他對劉宋一代
> 君臣之文，即已因「世新易明」，無所規過，便不足以為獨對齊代無
> 所批評的證據了。

王氏以為彥和不獨對齊代無所批評，對劉宋亦無規過之辭。是無足以證成書
於齊末。

　　再者，王氏從「今聖歷方興」之語，以史傳考證和帝之無為，而指責彥
和妄發頌讚之詞，此與張氏所論相合。王氏以為「今聖歷方興」以下之行文
云：

> 而特標「今」之一字，便明示「聖歷方興」以下是與上段「皇齊馭
> 寶」分開來說。皇齊馭寶之後，他順敘四主，其中不數鬱林王、海
> 陵王兩個被廢黜的君主，同一理由，於高宗以下也不列東昏侯與齊
> 和帝兩個被廢黜的帝王，於是接以「今聖歷」便只有梁天監了。

王氏以為文中特標「今」字，實與前文分而言之，具總結前文之作用。因而
另起一段，以論述梁武帝。王氏又舉「經典禮章」以下之讚詞，以明此文乃

〔註23〕《梁書·武帝紀》云：「天監元年『詔曰：五精遞襲，皇王所以受命，四海樂
　　　　推，殷商所以改物，雖禪代相紛，遭會異時，而微明迭用，其流遠矣！莫不
　　　　振民育德，光被黎元，朕以寡闇，命不先後，寧濟之功，屬當期云。』」又『詔
　　　　曰：膺天改命，光宅區宇，望岱瞻河，永言增慟。』」。
〔註24〕見於〈中央日報〉，73年10月25日第十版。

稱頌梁武帝。其文云：

> 他說明「今」之「經典禮章，跨周轢漢，唐虞之文，其鼎盛乎！」
> 四句，稽以歷史上周漢之建聖歷，皆由武功，唯唐之與虞，是以禪
> 讓，而這由禪讓而改曆，除了蕭衍之繼蕭寶融，在這時段，誰也不
> 能適用。

王氏以爲此頌讚今聖之詞，乃彥和比擬於唐虞之文也。蓋唐虞之禪讓，與齊
梁禪讓相合，據此而明今聖應爲梁武帝。此外，王氏復舉《詩經‧大雅‧崧
高》之詩，以釋「海岳降神」之字意，而謂蕭衍擁有文、武功臣，更合適「海
岳降神」之讚詞，論與張氏同也。

王氏又自「皇齊」二字著眼，論述其對成書年代是否爲決定性之答案。
文云：

> 此外，就是敍及〈時序〉之末的這一段話。然而這一段話即使能測
> 定其時代背景，實際也僅夠說明這〈時序〉寫成的時間。而〈時序〉
> 既非全書最後之一篇，誰能保證他寫完此篇即時封筆而全書亦告「完
> 成」？

此處以爲「皇齊」僅足證〈時序〉之成篇時間，而未能斷定《文心》成書必
與〈時序〉寫成之時，相去不遠。王氏遂謂《文心》當撰於齊末，而成於梁
天監初。

由張、王二氏對《文心》成書時間觀之，其論看似言之成理，然亦頗多
疏漏。如兩人皆對「今聖歷方興」有所質疑，何以齊和帝之昏暴無爲，而彥
和卻讚頌有加？劉毓崧於〈書後〉對此已有說明，如云：

> 和帝雖受制於人，僅同守府，然天命一日未改，固儼然共主之尊，
> 颺之「颺言讚時」，亦儒生之職份。

劉氏此論已足爲張、王二氏釋疑。又劉仁青於〈《文心雕龍》寫作年代蠡測〉
云：

> 齊代末年沈淪下僚的劉勰，把《文心》作爲進身致仕的階梯，在該
> 書中稱頌齊世本十分自然，我們不當要求他用現代的眼光去分析齊
> 末國勢。他既然可以稱頌「皇齊馭寶，運集休明」，那麼進而颺言讚
> 時，頌齊一句「聖歷方興」又有何不可？用「經典禮章，跨周轢漢」
> 讚美齊代禮樂政治，又怎麼難於理解呢？

此論乃探究彥和欲以《文心》取重於時，故稱頌當世，乃順理成章之事，實

無庸置疑也。劉氏又爲「和帝昏暴」之論辯解云：

> 齊和帝的年號不就是「中興」嗎？和帝永元三年即位於江陵，改元
> 「中興」，就是希望「聖歷」復興。雖然實權握在蕭衍手裡，但即位
> 之後，討伐東昏侯的戰爭節節勝利，終於在是年十二月推翻東昏。
> 直到次年四月禪代之前，和帝名義上還是萬乘之尊。站在蕭齊王朝
> 的角度，怎不是「聖歷方興」？

劉氏由齊和帝年號「中興」，以爲「聖歷方興」之證，並辯駁張、王二氏對和帝昏暴之誤解，頗具參考價值。

其次，張、王二氏「海岳降神」之說，不免失之穿鑿附會。蓋兩人皆以爲「海岳降神」乃佐蕭衍「成帝業」之文、武功臣。王氏更引《詩經・大雅・崧高》之詩以爲「唐虞之文」解說，遂將和帝禪於梁武，比之爲堯禪於舜。觀張、王二人就文字以附會其意，未免有欲立異以鳴高之嫌。蓋其所論全未顧及彥和因身處當代，爲避忌而有讚頌之此語，致彥和本意盡失，此張、王二人疏漏處也。

再者，王氏謂〈才略〉對宋君臣之文，因「世近易明」，故無所規過，言蕭齊亦若是。實則〈才略〉旨在品評各代作家之才能識略，理當對「宋代逸才」詮衡褒貶。考宋世國祚既亡，繼之而起乃蕭齊，然宋世雖亡，遺臣猶存。所謂「蓋棺論定」者，前賢既未歿，彥和豈能妄下褒貶。正如劉永濟所云：「宋齊世近，作者尚多生存，又皆顯貴，舍人存而不論，非但是非難定，且亦有所避忌也。」故對「宋代逸才」，「無勞甄序」。然觀〈時序〉之行文，意在推舉各代之文風，依時代嬗遞及當世情勢，以推演文學興廢與流變之歷程，遂特標舉「齊」代。且全書五十篇，僅〈時序〉明標「齊」代之名，且盡爲讚頌之詞，實乃本篇性質特殊，不得不爾。他篇可避而不論。王氏以〈才略〉比之〈時序〉，以爲〈時序〉所標「齊」代，不足爲成書齊末之證。卻不知〈才略〉在知人，〈時序〉在論世，各有偏重故也。

王氏又謂「皇齊」僅足說明〈時序〉確成於齊末，雖不能證《文心》成書必於此時。其說雖頗有理，然考慮朝代更替下百姓之心態，即可知應成書於齊末無疑。牟世金《劉勰年譜匯考》，於劉勰三十二歲下云：

> 若《文心》全書乃按元明以來通行本之篇次撰寫，則〈時序〉以下
> 五篇亦均寫成於此三月之內。若寫於入梁之後，必改定〈時序〉之
> 「皇齊」等說。

牟氏謂《文心》若寫定於梁，必改定「皇齊」之文，何以牟氏如此肯定言之？乃針對彥和之心理立論也。劉仁青對此亦嘗有說，其〈《文心雕龍》寫作年代蠡測〉云：

> 對於劉勰這樣懷抱入世思想的人物，他當然深諳封建時代「天無二日，民無二王」的神聖原則，更不難懂得在自己甚爲重視的著作中稱頌齊世會引起什麼後果。從他天監初奉朝請後，就表現出效忠於蕭梁皇朝（如天監十七年陳表事）來看，怎能想像會在梁代稱頌齊世？

劉氏以爲彥和自齊入梁爲官後，對梁朝忠心耿耿，由天監十七年陳表事可以窺知，於時彥和已兼東宮通事舍人，《梁書‧劉勰傳》云：「時七廟饗薦，已用疏果，而二效農社，猶有犧牲，勰乃表言二郊宜與七廟同改，詔付尚書議，依勰所陳。」可見彥和對梁皇竭誠之一斑。又以彥和思想之謹慎，若《文心》書成於梁，彥和膽敢妄頌齊世，招致殺身之禍。基於上述諸因，益加證明《文心》成書於齊末之可靠性。

綜觀此派所論，多曲解彥和本意，雖精心求善，終百密一疏，莫能自圓其說。今雖囿於文獻所載，無能確定《文心》確切之成書時間，然「成書於齊末」之說，顯較「撰於齊，成於梁初」之說爲可信。

三、撰於梁、成於梁

繼「成書於齊末」及「撰於齊、成於梁」之後，復有「撰於梁、成於梁」之新說。此論最爲晚出，以葉晨暉、施助、廣信爲代表。

葉晨暉之論見於〈《文心雕龍》成書的時代問題〉一文，〔註25〕以爲始撰及書成均於梁，其理由爲：

一、如果說《文心雕龍》是完成於這個持期（定林寺）的話，劉勰生活在寺廟裏，又從事整理佛經，又闡揚佛理的文章，卻在他的《文心雕龍》中一塵不染，連詞彙都不涉及，這是很難的。

二、文學理論的研究和寫作，總要有一個重視文學創作的環境和氣氛作它的土壤，梁代開國皇帝蕭衍是個作家、詩人……受禪作帝以後對文學仍很重視。

三、劉勰寫作《文心雕龍》與一般創作不同，他需要閱讀大量的文學作

〔註25〕見於《山西大學學報》，1979 年 3 月。

品和前人有關文學批評的論著，……但依僧祐爲生的劉勰，不可能
有錢來買那麼多的書……，只有當他梁初解褐出仕，經濟獨立，才
有條件購書，出仕後他也可以結交當時的學者名流，獲得借閱有關
書籍資料的方便條件。

四、根據史書所載，「奉朝請」就是「奉朝會請召而已」，也就是有資格
參加朝廷的一些活動罷了。齊永明中，「奉朝會至六百餘人」，奉朝
會不過是過虛名，並非有實際職務的官吏，劉勰如果得到沈約的重
視，不會僅得一「奉朝請」的虛銜。

五、彥和依僧祐在齊永明六、七年間，其時年二十左右，……那就是說
梁代齊時，劉勰恰三十多歲，符合他自己所說的「齒在踰立」之年。
到了梁代初年，劉勰才產生了寫作《文心雕龍》的動機和計劃，有
了計劃以後，還須有個搜集材料和醞釀的過程。據本傳該書曾取定
于沈約，成書總在沈約去世以前，沈約死于天監十二年，那麼成書
最晚不能超過天監十二年。要之，成書當在天監六、七年間，其時
彥和仍做著臨川王蕭宏的記室。……這時劉勰所生活的環境與依沙
門僧祐截然不同，周圍有了一批文人學士切磋學術，研討文學，《文
心雕龍》一書當完成于這一時期，即天監六、七年間。

葉氏對劉毓崧舉證之「皇齊」、「今聖歷方興」及「沈約貴盛」之說，皆
加以質疑，以爲劉氏所說爲非。楊明照對葉氏之論頗不以爲然，其於〈《文心
雕龍·時序篇》「皇齊」解〉一文中，〔註26〕嘗駁葉氏之說云：

> 劉勰既非齊宗室，也不是齊的世臣，入梁始得廁身仕途，這時著書還
> 要尊稱已被蕭衍推翻了的齊爲「皇齊」，試問有何必要？而且，當文
> 人動輒得咎之世，又值殘暴、猜忌之君——蕭衍，恐怕劉勰也不敢吧！

楊明照又引《南齊書》中稱「皇齊」之處，嘗載於齊代之詔文及上表文中，
〔註27〕又蕭統《文選》中，亦有兩篇齊代碑文以「皇齊」二字稱齊本朝，〔註

〔註26〕見於楊明照等《文心雕龍研究·解譯》。
〔註27〕《南齊書·明帝本紀》云：「建武元年冬十月癸亥，即皇帝位。詔曰『皇齊受
終建極，握鏡臨宸……放負釁流徙，並還本鄉。』」又〈王慈傳〉云：「慈以
朝堂諱榜，非古舊制。上表曰：『夫帝后德·綱繆天地……當刪前基之弊軌，
啓皇齊之孝則。』」。
〔註28〕王儉〈褚淵碑文〉云：「擇皇齊之令典，致聲化於雍熙。」又沈約〈齊故安昭
王碑文〉云：「魏氏乘時於前，皇齊握符於後。」

28） 由此可明齊代君臣對當朝例行之尊稱，實同於劉宋之稱「皇宋」及蕭梁之稱「皇梁」。故其乃不得不爾之例行尊稱，此風延至有清，莫不如此。蓋若前朝已覆，除今朝爲籠絡前朝之遺臣舊勢外，殆亦莫敢於代名上冠以「皇」字，可見《文心》成書於齊，顯較可信。

楊氏復引彥和本身著作，以明《文心》成於齊末，並駁葉氏所論之非，其文云：

> 自齊入梁的劉勰，在其著作中對齊的稱呼，前後是不相同的。他在齊末撰寫《文心雕龍》時，稱齊爲「皇齊」，是對當時朝廷例行的尊稱；入梁以後，天監十六年左右撰寫〈梁建安王造剡山石城寺石像碑〉敘述齊代事迹時，則只稱爲齊，並未冠有「皇」字或「大」字，而於梁則稱爲「大梁」，同樣是對當時朝廷例行的尊稱。同一齊代也，劉勰稱呼上的前後差異，正是寫作的年代不同的顯著標誌，也是最可靠的第一手資料。這裏，我們就不難看出《文心雕龍》確是寫成於齊代，才會在齊上冠一「皇」字；如果是梁代寫成的話，大可像〈梁建安王造剡山石城寺石像碑〉那樣，只稱爲齊就夠了，又何必多冠一「皇」字呢？

至於葉氏謂「今聖歷方興」乃指改曆而言，對此，楊氏則以「蔚映十代」予以駁斥，謂若「今聖歷方興」指梁代，則便有十一代，實與贊文之「十代」大有出入，於此可見，葉氏論點，已不攻自破矣。

施助、廣信於〈關於《文心雕龍》著述和成書年代的探討〉一文中，﹝註29﹞謂《文心》成書於梁而非齊代，其文云：

> 劉勰的《文心雕龍》必然成書于梁代，而著述的年代，梁初的可能性也比齊末的可能性大得多。齊末至多是醞釀而已，著述于梁初是比較合乎史籍記載、劉勰的思想情況、當時的社會環境、著述條件和文學本身發展的趨勢的。說《文心雕龍》成書于齊是錯誤的，說著述于齊也缺乏足夠的根據，確切地說，《文心雕龍》的著述和成書不早于天監元年（西元502年），不晚于天監十二年（西元513年），是可以肯定的。

施助、廣信又舉五證作進一步說明：﹝註30﹞

﹝註29﹞ 見於《文學評論叢刊》，1979年3月。
﹝註30﹞ 茲以原文過長，而此五點錄自秀川〈關於《文心雕龍》著述和成書的年代〉

一、《梁書》爲姚察、姚思廉父子所撰。《隋書》爲魏徵所撰。姚察父子
　　和魏徵都與劉勰所生活的年代相去不遠，因此說「梁劉勰」是後人
　　追題有誤，是不能成立的。

二、《梁書》是比較嚴格地按時間順序來記人記事的，接上下文說，劉勰
　　撰《文心雕龍》是在天監初，起家奉朝請之後，這樣比較合乎文理。
　　姚察父子在敘述劉勰在齊末在定林寺的生活時，只提整理佛經一
　　事，未涉及撰《文心雕龍》的問題，看來劉勰的《文心雕龍》是梁
　　王朝建立以後的事。

三、以劉勰的思想和當時的社會環境以及著書的條件等方面來看，在兼
　　東宮通事舍人之後，條件更爲有利。

四、從「皇齊馭寶，運集休明」這兩句話，判定此書作于齊世，未免有
　　些武斷。

五、清代阮元的《四六叢話》在談魏晉南北朝文學，評價梁代文學時說：
　　「孝穆振采于江南，子山遷聲于河北，昭明勒選，三代範此規模，
　　彥和著述，千古傳此科律。」阮元是按時代順序論述魏晉南北朝的。
　　孝穆、子山都是生于梁王朝時期的人，因此《文心雕龍》的著述和
　　成書于梁代是毫無疑問的。

　　施、廣二人基於五項論證，遂謂《文心雕龍》撰于梁初，而成書于天監
十二年以前。觀其所論，頗類葉晨暉之說。

　　對於施、廣二人之論，秀川嘗於〈關於《文心雕龍》著述和成書的年代〉
一文中，逐條加以反駁，〔註31〕指其二人之論乏說服力。除秀川外，楊明照
於〈《文心雕龍·時序篇》「皇齊」解〉亦反駁云：

　　「梁王與齊皇同族」也罷，「齊梁文學並盛」也罷，與劉勰之稱頌「皇
　　齊馭寶，運集休明」，好像都沒有多大關係。所舉的例子，也不夠恰
　　當。〈離騷〉的「皇考」，乃屈原對其先父的美稱，與劉勰成書時之
　　尊稱當代爲「皇齊」，根本不可同日而語；蕭衍書中的「皇王」二字
　　本平列成詞，與「皇齊」之「皇」的詞性亦異，怎能相提並論，混
　　爲一談呢？

一文中，對施助、廣信原文所作之整理。
〔註31〕見於《文學評論叢刊》七，1980 年 10 月。秀川之主張，乃是「成書於齊末」
　　一派之說。

蓋楊明照認爲施、廣二人之論，過于牽強，不足探信。

綜觀葉晨暉、施劯、廣信之說，皆歸結《文心》始撰于梁初，並成書于天監六、七年間，至遲不逾天監十二年。然其論多屬臆測，而乏有力之證明。故雖推翻前說，另立新意，然多悖於事實。今觀《文心雕龍‧時序》之文，較之其論，實漏洞百出，故其論之誤謬，自不在話下。蓋葉、施、廣三人據《梁書‧劉勰傳》、彥和之思想情況、當時社會環境及著書條件等方面，而論斷成書于梁天監中。其失乃忽略《文心》之內容及彥和行文之義例，故其論頗難成立。茲以〈通變〉中一段文字，以証寫於梁初之說之不可信。〈通變〉云：

> 暨楚之騷文，矩式周人；漢之賦頌，影寫楚世；魏之策制，顧慕漢
> 風；晉之辭章，瞻望魏采。摧而論之，則黃唐淳而質，虞夏質而辨，
> 商周麗而雅，楚漢侈而豔，魏晉淺而綺，宋初訛而新。從質及訛，
> 彌近彌澹。何則？競今疎古，風味氣衰也。今才穎之士，刻意學文，
> 多略漢篇，師範宋集，雖古今備閱，然近附而遠疎矣。

此段論述，至「宋初」而斷，未言及齊代，與〈時序〉雖言齊代，然卻竭力頌美，更有「颺言讚時，請寄明哲」之語，可見彥和對當代乃存而不論，論亦僅止於宋。再者，「今才穎之士，刻意學文，多略漢篇，師範宋集」，宋、今前後相承，此「今」實指齊也。又自「黃唐」而至「魏晉」朝代皆兩兩並列，獨於「宋」則爲單舉，設若撰于梁初，則必「宋齊」連稱。而獨言「宋初」，不亦爲撰於齊之一證乎！

四、結　語

觀諸家對《文心》成書時間之議論，大抵皆由〈時序〉入手，並旁及他篇，且稽考彥和生平事蹟與史傳所載，而後加以肯定，可知〈時序〉對於成書時間之重要性。欲探究此一問題，除洞悉各說，明其是非外，必先明瞭古籍題署之常例，核以史傳所載，以明彥和生平事蹟，及其相關問題。其次是必須考究《文心》中之〈明詩〉、〈通變〉、〈指瑕〉、〈物色〉、〈才略〉等篇，並與〈時序〉相參證，其中尤以〈通變〉最爲重要。最後應顧及彥和行文心理，期能忠於作者本意。然彥和既未明言成書之確切時間，故僅止於推論，而非定論。本章就學者研究之論斷，或予以申說，或予以辨駁，推論「成書於齊末」之可信。

第六章 結 論

　　文論之於魏晉南北朝，相繼踵出，盛況空前。然彥和卻於〈序志〉深致不滿，以爲：

> 魏文述〈典〉，陳思序〈書〉，應瑒〈文論〉，陸機〈文賦〉，仲洽〈流別〉，宏範〈翰林〉，各照隅隙，鮮觀衢路，或臧否當時之才，或詮品前修之文，或汎舉雅俗之旨，或撮題篇章之意。魏〈典〉密而不周，陳〈書〉辨而無當，應〈論〉華而疏略，陸〈賦〉巧而碎亂，〈流別〉精而少功，〈翰林〉淺而寡要。又君山、山幹之徒，吉甫、士龍之輩，汎議文意，往往間出，並未能振葉以尋根，觀瀾而索源。不述先哲之誥，無益後生之慮。

可見當時文論，各侷一隅，鮮觀全貌。從而獲悉《文心》之兼采眾長，周密辨富，深入淺出，振葉尋根，觀瀾索源，述先哲之誥，益後生之慮。其書五十篇，組織綿密，架構完整，天衣無縫，無懈可擊。如〈序志〉云：

> 蓋《文心》之作也，本乎道，師乎聖，體乎經，酌乎緯，變乎騷，文之樞紐，亦云極矣。若乃論文敘筆，則囿別區分，原始以表末，釋名以章義，選文以定篇，敷理以舉統。上篇以上，綱領明矣。至於剖情析采，籠圈條貫，摛神性，圖風勢，苞會通，閱聲字，崇替於〈時序〉，褒貶於〈才略〉，怊悵於〈知音〉，耿介於〈程器〉，長懷〈序志〉，以馭羣篇。下篇以下，毛目顯矣。位理定名，彰乎大《易》之數，其爲文用，四十九篇而已。

由彥和之論，可知全書思想、方法兼具，思想爲體，方法爲用，實體用相成之鉅著。而《文心》既爲文學理論之專著，其「崇替於〈時序〉，褒貶於〈才略〉，怊悵於〈知音〉，耿介於〈程器〉」，更爲文評之總薈。〈時序〉論文學與

時代潮流之關係，〈才略〉論文學與才能識略之關係，〈知音〉論文學與讀者鑑賞之關係，〈程器〉論文學與道德修養之關係。觀此四篇所涉及之範圍，即知《文心》批評論，兼具全面性與獨創性。如其由時代背景而作家才識，而讀者鑑賞，而道德修爲以詮評作品，其論雖非完璧，然較諸往昔文論之支離破碎，實難能可貴。

　　《文心》雖以〈時序〉、〈才略〉、〈知音〉、〈程器〉爲揚搉古今，詮衡才士之總薈，但全書五十篇均與文評有關。然今人或有謂「劉勰《文心雕龍》的批評理論，均集中發表於〈指瑕〉、〈才略〉、〈知音〉、〈程器〉等篇中」。又云：「〈指瑕〉是批評作品，〈才略〉和〈程器〉是批評作家，〈知音〉則是闡述批評原理」。〔註1〕皆望文生義，與實際不合。尤其令人詬病者，將〈時序〉摒於文評之外，大悖彥和「崇替於〈時序〉」之旨。蓋彥和設〈時序〉，在言時代背景對文學之影響。故其開宗明義便云：「時運交移，質文代變，古今情理，如可言乎」。而細繹彥和行文思路，乃由兩方面以闡明主題。一則時代之推遷，政治之嬗變，勢必影響作家之情感與文學之盛衰。二則文學之發展，與前代作家之作品不可分割。故彥和以「文變染乎世情，興廢繫乎時序」之論作結。昔曹學佺評《文心雕龍‧時序》云：

　　　　時序者，風之遞降也。觀風可以知時，如薰風主夏，朔風主冬之類。

黃叔琳亦評本篇云：

　　　　文運升降，總萃此篇。今學子讀畢《五經》、《史》、《漢》後，以此
　　　　等文進之，勝於多讀八家文也。

由曹、黃二氏之評，〈時序〉之意旨與價值，則可得而明矣。至於本篇與〈才略〉之關係，紀昀評《文心雕龍‧才略》有云：

　　　　〈時序〉總論其世，〈才略〉各論其人。

劉永濟《文心雕龍校釋‧才略》釋義亦云：

　　　　〈才略〉與〈時序〉相輔，〈時序〉所論，屬文學風尚之高下流變，
　　　　論世之事也；〈才略〉所重，在比較作品之長短，作家之同異，知人
　　　　之事也。

可見〈時序〉與〈才略〉兩篇相輔相成，珠聯璧合。關於知人論世之說，在昔孟子，即已有之，如《孟子‧萬章》云：「頌其詩，讀其書，不知其人可

〔註1〕 以上兩引，見佩芝〈文心雕龍的批評論〉，錄自王師更生編纂《文心雕龍研究論文選粹》，育民，頁 540 至 549。

乎？是以論其世也。」蓋由外緣問題之探討，進入作品本身之分析，期能獲
致批評之全面性與準確性。而〈時序〉正由作品產生之時代背景，及其受政
治影響之成分，以裁判文學之高下也。是以彥和承先賢文論知人論世之說，
特立〈時序〉一篇，發幽闡微，不僅爲〈才略〉之輔翼，其論點並散見諸篇，
〔註2〕互相發萌，比類論證。由此可見，本篇實有牽一髮而動全身之妙，其
地位之重要，蓋可推見。

　　彥和於〈時序〉論述當世之情勢，以及時代之嬗遞，嘗影響文風流變與
文學興廢，其理論衣被後世文壇至深且鉅。

　　觀〈時序〉係採以時代爲主之批評法，可明確判斷作家於時代應有之地
位，作品之體製，與時代風貌相互對應之關係，更從而驗夫帝王之愛好、政
治之隆污、社會之治亂、學術思想之流變。彥和於〈時序〉既詳論「時運交
移，質文代變」之梗概，更以「文變染乎世情，興廢繫乎時序」概括文風變
化及盛衰之由。彥和以後，有依時代而論時運升降者；有依時代論文風流變
者，如歷代史書之〈文苑傳〉、〈文學傳〉、〈文藝傳〉，皆循彥和之批評方式，
歷敘當代文學流變及其文風。

　　關於論時運升降者，如姚思廉《陳書・後主本紀》云：

　　　然則不崇教義之本，偏尚淫麗之文，徒長澆僞之風，無救亂亡之禍
　　　矣。……自魏正始、晉中以來，貴臣雖有識治者，皆以文學相處，
　　　罕關庶務，朝章大典，方參議焉，文案簿領，咸委小吏，浸以成俗，
　　　迄至於陳。後主因循，未遑改革，故施文慶、沈客卿之徒，專掌軍
　　　國要務，奸黠左道，以裒刻爲功，自取身榮，不存國計，是以朝經
　　　墮廢，禍生鄰國。

姚氏歷敘魏正始以迄陳後主文運升降之概略。蓋爲文應崇教義，文事方得以
興。然降至後主，淫麗之文瀰漫朝野，綱常墮壞，俗情澆僞，世運不濟，文
章隨之由高而下。故唐劉禹錫於〈柳子厚文集敘〉中，明言「文章與時高下」
之論云：

　　　八音與政通，而文章與時高下，三代之文，至戰國而病，涉秦漢復

〔註2〕　如〈樂府〉云：「師曠覘風於盛衰，季扎鑒微於興廢。」〈才略〉云：「劉琨雅
　　　　壯而多風，盧諶情發而理昭，亦遇之於時勢也。」又云：「然而魏時話言，必
　　　　以元封爲稱首；宋來美談，亦以建安爲口實；何也？豈非崇文之盛世；招才
　　　　之嘉會哉？嗟夫！此古人所以貴乎時也。」

起；漢之文至列國而病，唐興復起。夫政寵而土裂，三光五嶽之氣分，大音不完，故必混一而後大振。初貞元中，上方嚮文章，昭回之光，下飾萬物，天下文士爭執所長，與時而奮，粲焉如繁星麗天而芒寒色。

劉氏以爲音與政通，文隨時移，故三代以迄唐初之文，高下乃見。又元袁桷亦對「文章與時高下」之論有所闡發，〔註3〕可並資爲證。

其次，有論文風流變者，蓋文風隨染世情之異，代有變革，甚或有一代數變者。觀歷代史書，均祖述《文心雕龍‧時序》，以論文風流變之大勢。茲以《北齊書‧文苑傳序》及《唐書‧文藝傳序》爲例，予以論述。《北齊書‧文苑傳序》云：

江左梁末，彌尚輕險，始自儲宮，形乎流俗，染懫懫以成音，故雖悲而不雅。爰逮武平，政乖時蠹，唯藻思之美，雅道猶存，履柔順以成文，蒙大難而能正。原夫兩朝淑世，俱肆謠聲，而齊氏變風，屬諸絃管，梁時變雅，在夫篇什。莫非易俗所致，並爲亡國之音；而應變不殊，感特或異，何哉？蓋隨君上之情欲也。

此論齊、梁兩代之文風，悉隨君上情欲而變也。此亦文學與政治密切相關之一證。又《唐書‧文藝傳序》論唐代文風流變云：

唐有天下三百年，文章無慮三變。高祖太宗，大難始夷，沿江左餘風，締句繪章，揣合低卬。故王楊爲之伯，玄宗好經術，羣臣稍厭雕琢，索理致，崇雅浮，氣益雄渾，則燕許擅其宗，是時，唐興已百年，諸儒爭自名家。大歷正元間，美才輩出，擺嚌道眞，涵泳聖涯，於是韓愈倡之，柳宗元、李翰、皇浦湜等和之，排逐百家，法度森嚴，抵軋晉魏，上軋漢周，唐之文完然爲一王法，此其極也。若侍從酬奉，則李嶠、宋之問、沈佺期、王維，制冊則常袞、楊炎、陸贄、權德輿、王仲舒、李德裕，言詩則杜甫、李白、元稹、白居易、劉禹錫，譎怪則李賀、杜牧、李商隱，皆卓然以所長爲一世冠。

此歷數有唐一代各朝文風之大略，並歸納文章爲三變。所論較前書明晰，文中多有彥和之餘影。

〔註3〕〈袁桷山集序〉云：「文章與時爲高下」，誠哉是言也。宋祚將亡，國學考文，其悲促急，不能一朝居。四方翕然，則取凌獵上第，至今殘編斷牘，讀之令人嘆恨不已。」見袁桷《清容居士集》卷廿二。

　　彥和於〈時序〉論文學與時代相激相盪之關係，而歸結為「文變染乎世情，興廢繫乎時序」兩語，其主旨亦可得而明矣。鑒於今人對此兩語之探究，含糊籠統，謂為同義。殊不知所指各異，有分有合，不可混為一談。蓋文風之流變必受世情感染；文章之興廢亦必受時代遞嬗影響。一指「世情」，一指「時序」，各影響文風之變化與文學之興廢。故本文乃分立「文變染乎世情」與「興廢繫乎時序」兩章，深入原典蘊藉之精言奧義，抉發彥和設篇之大旨。而兩章雖分而論之，然亦必使「時」與「世」結合，方有「蔚映十代，辭采九變」之推論。故經由此兩章之探討，〈時序〉之微言大義，已多所闡發。至於彥和於本篇中論述上古以迄宋、齊文風流變與文學興廢之梗概，並關注於「世情」與「時序」之影響，更足以證成其所謂「時運交移，變文代變」及「質文沿時，崇替在選」之論點。而「文變染乎世情，興廢繫乎時序」之結論，衡之上古以迄現今文壇，亦歷歷可見。誠如彥和所謂「原始以要終，雖百世可知也。」其真知灼見，確為的當之論。

　　其次，彥和於本篇對時君之論評，採取單論、合論、缺而不論等方式行之。而今之學者，均無一論及者，故專設「由本篇觀劉勰對時君之論評」一章，以條列彥和對唐虞以迄南齊時君之評語，藉此可見彥和對各代時君崇抑之大較，及何以以單論、合論、缺而不論方式行之之緣由。

　　再以本篇關乎彥和《文心》成書之時間。而從清儒以迄現今學者，對此問題，爭戰不休，有主「成書於齊末」者，有主「撰於齊、成於梁」者，有主「撰於梁，成於梁」者，其持論皆據本篇「自皇齊馭寶，運集休明」以迄「颺言讚時，請寄明哲」一段，暢發己論。為探原究委，論辯然否，特立「由本篇觀劉勰《文心》成書之時間」，論列各派各代表學者之說，期能彰顯漸近於成書之確切時間。

　　綜上所論，彥和承繼聖賢關乎文學與時代關係之論，揚其菁華，棄其糟粕，特立〈時序〉一篇，概括史實，暢論唐虞以迄南齊「文變染乎世情，興廢繫乎時序」之真象，文雖僅千餘言，但字字珠璣，言簡意賅。今歷經筆者對本篇之剖判縷析，疏通證明，識鑒魚目之混珠，曲徑之迷途，則本篇之特色與價值，可得而識矣。而彥和於本篇所闡發之文論，後世文壇亦蒙其澤被，乃至今日治文學史者，靡不以彥和所論為鵠的。可見彥和之宏識卓見，誠為千古不易，萬世莫移之論矣。倘先進不棄，能籍本文之闡發，睨彥和文論之精髓，則不枉筆者殫思竭慮，披文入情之苦心，余心亦有所寄也。

主要參考書目

本論文參考書目編列之次序，首為劉勰著作及研究《文心》之專著，依劉勰著作、《文心》校柱、譯釋、研究《文心》之著作、論文集等次序排列。次為文學史、批評史、學術思想史，依文學史、文學批評史（含文學理論）、各代文學研究、學術思想史、經學史等次序排列。三則依序列經、史、子書及文集，按是書時代先後為次。末列期刊與論文，以發表年月先後次序排列。

1. 《文心雕龍》，梁劉勰，上海古籍影元至正乙未嘉禾本，1984 年 9 月。
2. 《文心雕龍》，梁劉勰，台北故宮藏明弘治甲子吳門楊鳳繕本。
3. 《梁建安王造剡山石城寺石像碑》，梁劉勰，台灣商務影印文淵閣四庫全書會稽掇英總集。
4. 《文心雕龍注》，清黃叔琳注、清紀昀評，台南，東海影本，民國 70 年 11 月。
5. 《文心雕龍注》，范文瀾，台北，學海影本，民國 69 年 9 月。
6. 《文心雕龍校釋》，劉永濟，台北，華正影本，民國 70 年 10 月。
7. 《文心雕龍新書》，王利器，台北，宏業影本，民國 72 年 8 月。
8. 《文心雕龍校柱拾遺》，楊明照，台北，崧高影本，民國 74 年 5 月。
9. 《文心雕龍註訂》，張立齋，台北，正中，民國 56 年 1 月。
10. 《文心雕龍通解》，李景濚，台南，翰林，民國 57 年 4 月。
11. 《文心雕龍斠詮》，李曰剛，台北，國立編譯館，民國 71 年 5 月。
12. 《文心雕龍譯註》，陸侃如、允世金，濟南，齊魯，1982 年 3 月。
13. 《文心雕龍譯註》，趙仲邑，廣西，人民文學，1982。
14. 《文心雕龍詮釋》，張長青、張會恩，湖南，人民文學，1982 年 8 月。
15. 《文心雕龍注釋》，周振甫，台北，里仁影本，民國 73 年 5 月。

16. 《文心雕龍讀本》，王師更生，台北，文史哲，民國 74 年 3 月。

17. 《文心雕龍通解》，王禮卿，台北，黎明，民國 75 年 10 月。

18. 《文心雕龍義證》，詹瑛，上海，古籍，1989 年 8 月。

19. 《文心雕龍通識》，張嚴，台灣，商務，民國 58 年 2 月。

20. 《文心雕龍析論》，李中成，台北，大聖，民國 61 年。

21. 《文心雕龍研究》，王師更生，台北，文史哲，民國 65 年 3 月。

22. 《文心雕龍批評論發微》，沈謙，台北，聯經，民國 66 年 5 月。

23. 《文心雕龍簡論》，張文勛、杜東枝，北京，人民文學，1980 年 9 月。

24. 《文心雕龍之文學理論與批評》，沈謙，台北，華正，民國 70 年 5 月。

25. 《文心雕龍散論》，馬宏山，新疆，人民文學，民國 71 年 4 月。

26. 《文心雕龍研究》，龔菱，台北，文津，民國 71 年 6 月。

27. 《文心雕龍研究、解譯》，楊明照、吳聖昔論文、趙仲邑、陸侃如譯解，台北，木鐸重排本，民國 72 年 9 月。

28. 《文心雕龍淺釋》，向長清，吉林，人民文學，1984。

29. 《文心雕龍的風格學》，詹瑛，台北，木鐸影本，民國 73 年 11 月。

30. 《劉勰的文學史論》，張文勛，北京，人民文學，1984，12。

31. 《文心雕龍選析》，祖保泉，安徽，教育，1985 年 4 月。

32. 《文心雕龍通詮》，張仁青，台北，明文，民國 74 年 7 月。

33. 《文心雕龍論叢》，蔣祖怡，上海，古籍，民國 74 年 8 月。

34. 《文心雕龍探索》，王運熙，上海，古籍，民國 75 年 4 月。

35. 《文心雕龍新探》，張少康，濟南，齊魯，1987 年。

36. 《文心雕龍文學理論研究和譯釋》，杜黎均，台北，谷風影本，民國 76 年 7 月。

37. 《文心雕龍美學》，繆俊杰，北京，文化藝術，1987 年 8 月。

38. 《劉勰年譜匯考》，牟世金，四川，巴蜀，1988 年 1 月。

39. 《重修增訂文心雕龍導讀》，王師更生，台北，華正，民國 77 年 3 月。

40. 《文心雕龍論文集》，陳師新雄編、于大成，台北，木鐸，民國 64 年 12 月。

41. 《文心雕龍研究論文選粹》，王師更生編，台北，育民，民國 69 年 9 月。

42. 《文心雕龍學刊》（一輯），王運熙等，濟南，齊魯，1983。

43. 《文心雕龍綜論》，沈謙等，台北，學生，民國 77 年 5 月。

44. 《中國文學史》，葉慶炳，台北，學生，民國 54 年 11 月。

45. 《中國文學流變史》，李日剛，台北，聯貫，民國 60 年。

46. 《校訂本中國文學發展史》，劉大杰，台北，華正影本，民國 73 年 8 月。

47. 《中古文學史》，劉師培，台北，文海影本，民國 61 年。

48. 《中古文學史論》，王瑤，台北，長安影本，民國 75 年 6 月。

49. 《中國古典文學理論批評史》，郭紹虞，北京，人民文學，1959 年。

50. 《中國文學批評史》，羅根澤，台北，學海影本，民國 69 年 9 月。

51. 《中國文學理論批評史》，敏澤，北京，人民文學，1981 年。

52. 《中國文學批評史》，郭紹虞，台北，文史哲影本，民國 71 年 9 月。

53. 《中國文學批評小史》，周勛初，台北，崧高影本，民國 74 年 7 月。

54. 《中國文學批評史》，劉大杰，台北，文匯堂影本，民國 74 年 11 月。

55. 《中國文學述論》，周紹賢，台北，商務影本，民國 72 年 9 月。

56. 《中國文學批評通論》，傅庚生，台北，華正影本，民國 73 年 8 月。

57. 《中國古代文論管窺》，王運熙，濟南，齊魯，1987 年。

58. 《文學理論資料匯編》，台北，丹青影本，民國 77 年。

59. 《高明文學論叢》，高師仲華，台北，黎明，民國 67 年 7 月。

60. 《兩漢文學理論之研究》，朱榮智，台北，聯經，民國 67 年 9 月。

61. 《六朝文論》，廖蔚卿，台北，聯經，民國 67 年 4 月。

62. 《漢魏六朝文學》，陳鍾凡，台北，商務，民國 56 年 9 月。

63. 《魏晉風氣與六朝文學》，朱義雲，台北，文史哲，民國 69 年 8 月。

64. 《魏晉南北朝文學思想史論》，張仁青，台北，文史哲，民國 67 年。

65. 《文學研究法》，姚永樸，台北，廣文影本，民國 68 年。

66. 《中國文學的本源》，王師更生，台北，學生，民國 77 年 11 月。

67. 《楚辭到漢賦的衍變》，張書文，台北，正中，民國 72 年 4 月。

68. 《漢賦之寫物言志傳統》，曹淑娟，台北，文津，民國 76 年 8 月。

69. 《建安文學研究》，曾爲惠，台北，文史哲，民國 71 年。

70. 《中國思想史》，錢穆，台北，學生，民國 66 年。

71. 《中國學術思想史》，鄺士元，台北，里仁影本，民國 68 年。

72. 《中國哲學史》，勞思光，台北，三民影本，民國 73 年 1 月。

73. 《漢代學術史略》，顧頡剛，台北，天山影本，民國 74 年 6 月。

74. 《魏晉思想》，賀昌羣等，台北，里仁影本，民國 73 年 1 月。

75. 《才性與玄理》，牟宗三，台北，學生，民國 74 年 4 月。

76. 《經學歷史》，清皮錫瑞，台北，學海影本，民國 75 年。

77. 《中國經學史》，本田成之，台北，廣文影本，民國 75 年 10 月。

78. 《十三經注疏》，唐孔穎達等，台北，藝文影阮刻本，民國 44 年。

79. 《詩譜》，漢鄭玄，台北藝文四部分類叢書集成三編，民國 66 年。

80. 《詩集傳》，宋朱熹，台北商務四部叢刊續編，民國 70 年 2 月。

81. 《史記》，漢司馬遷，台北藝文影乾隆武英殿本，民國 71 年。

82. 《漢書》，漢班固，台北藝文影乾隆武英殿本，民國 71 年。

83. 《後漢書》，宋范曄，台北藝文影乾隆武英殿本，民國 71 年。

84. 《三國志》，晉陳壽，台北藝文影乾隆武英殿本，民國 71 年。

85. 《晉書》，唐房玄齡等，台北藝文影乾隆武英殿本，民國 71 年。

86. 《宋書》，梁沈約，台北藝文影乾隆武英殿本，民國 71 年。

87. 《南齊書》，梁蕭子顯，台北藝文影乾隆武英殿本，民國 71 年。

88. 《北齊書》，齊李百藥，台北藝文影乾隆武英殿本，民國 71 年。

89. 《梁書》，唐姚思廉等，台北藝文影乾隆武英殿本，民國 71 年。

90. 《陳書》，唐姚思廉等，台北藝文影乾隆武英殿本，民國 71 年。

91. 《南史》，唐李延壽，台北藝文影乾隆武英殿本，民國 71 年。

92. 《隋書》，唐魏徵，台北藝文影乾隆武英殿本，民國 71 年。

93. 《舊唐書》，宋劉昫等，台北藝文影乾隆武英殿本，民國 71 年。

94. 《新唐書》，宋歐陽修、宋宋祁，台北藝文影乾隆武英殿本，民國 71 年。

95. 《戰國策》，漢劉向編、漢高誘註，台北，里仁影本，民國 68 年。

96. 《資治通鑑》，宋司馬光，台北，天工影本，民國 77 年。

97. 《通典》，唐杜佑，台北，大化影本，民國 67 年。

98. 《文史通義校注》，葉瑛，台北，仰哲，未著年月。

99. 《荀子集解》，清王先謙，台北，藝文影本，民國 66 年。

100. 《老子道德經》，台灣商務四部叢刊正編，民國 68 年 11 月。

101. 《莊子集解》，清王先謙，台北，華正影本，民國 64 年。

102. 《韓非子集釋》，陳奇猷，台北，漢京影本，民國 72 年 5 月。

103. 《淮南子注》，漢高誘，台北，世界影本，民國 47 年。

104. 《列子》，晉張湛，台北，藝文影本，民國 60 年。

105. 《呂氏春秋校釋》，陳奇猷，台北，華正影本，民國 74 年 8 月。

106. 《楚辭補注》，宋洪興祖，台北，漢京影本，民國 72 年。

107. 《法言》，漢楊雄，台灣商務四部叢刊正編，民國 68 年 11 月。

108. 《說文解字注》，清段玉裁，台北，漢京影本，民國 72 年。

109. 《論衡》，漢王充，台灣商務四部叢刊正編，民國 68 年 11 月。

110. 《孔子家語》，晉王肅，台灣商務四部叢刊正編，民國 68 年 11 月。

111. 《帝王世紀》，晉皇甫謐，台北新文豐叢書集成新編，民國 74 年。

112. 《文賦集釋》，張少康，台北，漢京影本，民國 76 年 2 月。

113. 《顏氏家訓集解》，王利器，台北，漢京影本，民國 72 年 9 月。

114. 《文選》，梁蕭統編、唐李善注，台北，漢京影本，民國 72 年 9 月。

115. 《詩品》，梁鍾嶸，台北新文豐叢書集成新編，民國 74 年。

116. 《金樓子》，梁元帝，台北新文豐叢書集成新編，民國 74 年。

117. 《續高僧傳》，唐釋道宣，台北新文豐叢書集成新編，民國 74 年。

118. 《廣弘明集》，唐釋道宣，台灣商務四部叢刊正編，民國 68 年 11 月。

119. 《餘師錄》宋王正德，台北新文豐叢書集成新編，民國 74 年。

120. 《太平御覽》，宋李昉，台北，新興影本，民國 48 年。

121. 《古文苑》，宋章樵，台北，鼎文影本，民國 62 年。

122. 《清容君士集》，元袁桷，台北新文豐叢書集成新編，民國 74 年。

123. 《原抄本顧亭林日知錄》，明顧炎武，台北，文史哲影本，民國 68 年 4 月。

124. 《四庫全書總目提要》，清紀昀等，台灣商務影武英殿本，民國 72 年 6 月。

125. 《通義堂文集》，清劉毓崧，台北藝文四部分類叢書集成續編，民國 66 年。

126. 《媿生叢錄》，清李詳，北京，中華，1965 年 5 月。

127. 〈關於劉勰的文學批評理論與實踐〉，毛任秋，《文學遺產》一六六，1957 年 7 月。

128. 〈文心雕龍論一代文風〉，郭預衡，《北京師大學報》，1963 年 1 月。

129. 〈文心雕龍時序篇研究〉，賴明德，《師大國文學報》一，民國 61 年 6 月。

130. 〈文心雕龍成書年代及其相關問題〉，王師更生，《中華文化復興月刊》九：四，民國 65 年 4 月。

131. 〈劉彥和撰寫文心雕龍問題的新探測〉，潘師石禪，《新創周刊》一八九，民國 65 年 7 月。

132. 〈關於文心雕龍著述和成書年代的探討〉，施助、廣信，《文學評論叢刊》三，1979 年 7 月。

133. 〈論文心雕龍的文學史觀〉，張文勛、杜東枝，《文藝論叢》七，1979 年 9 月。

134. 〈文心雕龍成書的年代問題〉，葉晨暉，《山西大學學報》，1979 年 3 月。

135. 〈從時序看劉勰的創作理論〉，周振甫，《古代文學理論研究叢刊》一，

1979 年 12 月。

136. 〈劉勰的文學批評理論和批評實踐〉，繆俊傑，《古代文學理論研究叢刊》一，1979 年 12 月。

137. 〈劉勰的論文背景、論文觀點與文學批評〉，齊益壽，《國立編譯館館刊》九：一，民國 69 年 6 月。

138. 〈時序篇末段發微〉，牟通，《文學評論叢刊》七，1980 年 10 月。

139. 〈關於文心雕龍著述和成書年代〉，秀川，《文學評論叢刊》七，1980 年 10 月。

140. 〈論劉勰對文學盛衰外因的探索〉，王明志，《延邊大學學報》，1981 年 2 月。

141. 〈文心雕龍寫作年代蠡測〉，劉仁青，《四川師院學報》，1981 年 3 月。

142. 〈文心雕龍究竟成書於什麼時代〉，韓玉生，《古代文學理論研究》五，1981 年 10 月。

143. 〈文心雕龍時序「海嶽降神」一句試釋〉，葉晨暉，《古代文學理論研究》五，1981 年 10 月。

144. 〈劉勰論建安文學〉，蔣立甫，《安徽師大學報》，1982 年 4 月。

145. 〈劉勰對古代現實主義理論的貢獻〉，牟世金，《文史哲》，1983 年 1 月。

146. 〈劉勰論西漢文學〉，張文勛，《思想戰線》，1983 年 3～4 月。

147. 〈劉勰論宋齊文風〉，王運熙，《復旦學報》，1983 年 3 月。

148. 〈文心雕龍成書年代辨〉，張恩普，《東北師大學報》，1984 年 2 月。

149. 〈質文沿時、辭以情發——劉勰論文學與現實的關係〉，穆克宏，《福建師大學報》，1984 年 3 月。

150. 〈文心雕龍成書年代質疑〉，王夢鷗，《中央日報》十版，民國 73 年 10 月 25 日。

151. 〈淺探劉勰文學批評的理論與實際〉，王師更生，《中華文化復興月刊》二三四，民國 76 年 5 月。

152. 〈劉勰論歷代文學〉，王運熙，《中華文史論叢》，1988 年 1 月。

153. 《劉勰明詩篇探究》，劉振國，文大中研所碩士論文，民國 58 年 5 月。

154. 《文心雕龍與儒道思想的關係》，韓玉彝，輔大中研所碩士論文，民國 66 年 5 月。

155. 《中國文學上的歷史批評法》，溫莉芳，台大中研所碩士論文，民國 73 年 5 月。

156. 《文心雕龍對後世文論之影響》，陳素英，東吳中研所碩士論文，民國 74 年 11 月。

書影：元至正乙未嘉禾本《文心雕龍·時序》

此本已由上海古籍據上海圖書館藏覆刊問世。所見為臺灣師大國研所特藏室藏，王師更生捐贈。

文場筆苑，有術有門。務先大體，鑒必窮深，乘一總萬，舉要治繁。思無定契，理有恒存。

時序第四十五

時運交移，質文代變，古今情理，如可言乎。昔在陶唐，德盛化鈞，野老吐何力之談，郊童含不識之歌。有虞繼作，政阜民暇，薰風詩於元后，爛雲歌於列臣。盡其美者何？乃心樂而聲泰也。至大禹敷土，九序詠功，成湯聖敬，猗歟作頌。逮姬文之德盛，周南勤而不怨；太王之化淳，邠風樂而不淫。幽厲昏而板蕩怒，平王微而黍離哀。故知歌謠文理，與世推移，風動於上，而……

囊於下者森秋以後角戰英雄六經泥蟠百家飆駭

方是時也韓魏力政燕趙任權五蠹六風嚴於奏令

唯齊楚兩國頗有文學齊開莊衢之第楚廣蘭臺之

宮孟軻賓館荀卿宰邑故稷下扇其清風蘭陵鬱其

茂俗鄒子以談天飛譽騶奭以雕龍馳響屈平聯藻

於日月宋玉交彩於風雲觀其豔說則籠罩雅頌故

知暐燁之奇意出乎縱橫之詭俗也爰至有漢運接

燔書高祖尚武戲儒簡學雖禮律草創詩書未遑然

大風鴻鵠之歌亦天縱之英作也施及孝惠迄于文

景經術頗興而辭人勿用賈誼抑而鄒枚沉亦可知

巳逮孝武崇儒潤色鴻業禮樂爭輝辭藻競鶩栢梁

展朝讌之詩宗匣製恤民之詠徵枚乘以蒲輪申主

父以鼎食擢公孫之對策歎兒寬之凝奏買臣負薪

而衣錦紆如滌器而被繡於是史遷壽王之徒嚴終

枚皋之屬應對固無方篇章亦不匱遺風餘采莫與

比盛越昭及宣實繼武績馳騁石渠暇豫文會集雕

篆之軼材發毅之高喻於是王褒之倫底祿待詔

自元暨成降意圖籍笑玉屑之諫清金馬之路子雲

鋭思於千首子政讎校於六藝亦已美矣爰自漢室

迄至成哀雖世漸百齡辭人九變而大抵所歸祖述

楚辭靈均餘影於是乎在自哀平陵替光武中興深
懷圖讖頗略文華然杜篤獻誄以免刑班彪參奏以
補令雖非旁求亦不遺才及明帝疊耀崇愛儒術肆
禮璧堂講文虎觀孟堅珥筆于國史賈逵給禮於端
頌東平擅其懿文沛王振其通論帝則藩儀輝光相
照矣自安和已下迄至順桓則有班傅三崔王馬張
蔡磊落鴻儒才不時乏而文章之選存而不論然中
興之後群才稍改前轍華實所附斟酌經辭蓋歷政
講聚故漸靡儒風者也降及靈帝時好辭製造羲皇
之書開鴻都之賦而樂松之徒招集淺陋故楊賜號

為驪驥蔡邕比之俳優其餘風遺文蓋蔑如也自獻
帝播遷文學蓬轉建安之末區宇方輯魏武以相王
之尊雅愛文帝以副君之重妙善辭賦陳思以公子
之豪下筆琳琅並體貌英逸故俊才雲蒸仲宣委質
於漢南孔璋歸命於河北偉長從宦於青土公幹徇
質於海隅德璉綜其斐然之思元瑜展其翩翩之察
文蔚休伯之儔德祖之侶傲雅觴豆之前雍容
袵席之上灑筆以成酣歌和墨以藉談笑觀其時文
雅好慷慨良由世積亂離風衰俗怨並志深而筆長
故梗槩而多氣也至明帝纂戎制詩度曲徵篇章之

六道崇文之觀何劉群才迭相照耀少主相仍唯高

貴英雅顧盼合章動言成論於時正始餘風篇體輕

澹而稽阮應繆並馳文路矣逮晉宣始基景文克構

並跡沉儒雅而務深方術至武帝惟新承平受命而

膠序篇章弗簡皇厲降及懷愍綴旒而已然晉雖不

文文才實盛茂先搖筆而散珠太沖動墨而橫錦岳

湛曜聯璧之華機雲摽二俊之采應傅三張之徒孫

摯成公之屬並結藻清英流韻綺靡前史以為運涉

季世人未盡才誠哉斯談可為歎息元皇中興披文

建學劉刁禮吏而寵榮景純文敏而優擢遠明帝秉

愛文文帝彬雅秉文之德孝武多才英采雲構自明

興廢繫乎時序原始以要終雖百世可知也自宋武

柱下之旨歸賦乃漆園之義疏故治文變染乎世情

談餘氣流成文體是以世極迍邅而辭意夷泰詩必

輩雖才或淺深珪璋足用自中朝貴玄江左彌盛因

孝武不嗣宴巳矣其文史則有袁殺之曹孫于之

平清峻微言精理函滿玄席澹思醲采時灑文囿至

彼時之漢武也及成康促齡穆衰祚簡文勃興淵

於辭賦廣以筆才逾親溫以文思益厚揄揚風流亦

哲雅好文會粹儲御極摹學藝講藝練情於誥策振采

以下文理替矣爾其縉紳之林霞蔚而飈起王表
宗以龍章顏謝重葉以鳳采何范張沈之徒亦不可
勝也蓋聞之於世故畧舉大較暨皇齊馭寶運集休
明太祖以聖武膺籙高祖以睿文纂業文帝以貳離
含章中宗以上哲興運並文明自天緝景祚今聖
歷方興文思光被海岳神才秀發踰飛龍於天甚
儲駕驂駟於萬里經典禮章跨周轢漢唐虞之文甚
鼎盛乎鴻風懿采短筆敢陳颺言讚曰明哲

贊曰

蔚映十代辭采九變樞中所動環流無倦質文沿時

崇替在選終古難遠曖焉如面

文心雕龍卷第九

附錄一　蘇軾〈水龍吟‧次韻章質夫楊花詞〉試析

摘　要

　　詞是唐代興起的一種新文體。一方面承襲了漢、魏、六朝樂府的遺風，一方面接受外來新樂的影響，並改變唐詩的面貌而形成，是一種協律和樂的歌詞。至其特質，既不同於詩的莊重典雅，也不同於曲的明白通俗，而自有它含蓄婉媚的風格。中唐以後，詩頹而詞興，造極於兩宋，其間詞家大量湧現，詞風亦呈現多樣化，有豪放者，有婉約者，有兼而有之者，其中蘇軾的詞更是能突破前人束縛，集豪放與婉約於一爐，無論詞作數量與品質皆屬上乘，開拓了詞的境界，尤以〈水龍吟‧次韻章質夫楊花詞〉一詞，更是歷來詠物詞中之傑作，借景物以抒情，透露出作者的不凡才力。本文試從作者的寫作動機，詞之形式與內涵去分析，全面的掌握此詞的意涵與風格，藉以提供分析蘇軾詞風的不同角度。

一、前 言

北宋一代文學家蘇軾，為一位全能之文才，無論於古文、詩歌、詞，乃至於書畫皆堪稱能手，成績蔚為可觀，真可謂無一體不工，無一體不擅，而成為中國文學史上的一顆耀眼明星。其文學風格，以豪放、曠達著稱，但婉約之作，亦所在多有。尤以詞作，更能突破前人之束縛，另創新局。如詞與音樂的初步分離、以詩入詞、詞境與題材之擴大，詞中個性的表現等，在在都顯示其不凡的創作功力，令詞的生命注入新血液，開拓更為寬廣的創作空間，其對詞壇的貢獻，甚是卓著，而成為文學史家所大書特書的一代文豪。其詞作雖開豪放、曠達一格外，婉約之詞作，亦絲毫不遜色，其中尤以〈水龍吟‧次韻章質夫楊花詞〉一詞，更是千古傳誦不朽之絕唱，先錄其詞如下：

> 似花還似非花，也無人惜從教墜。拋家傍路，思量卻是，無情有思。縈損柔腸，困酣嬌眼，欲開還閉。夢隨風萬里，尋郎去處，又還被，鶯呼起。　不恨此花飛盡，恨西園、落紅難綴。曉來雨過，遺蹤何在，一池萍碎。春色三分，二分塵土，一分流水。細看來不是，楊花點點，是離人淚。

此詞以物擬人，將物予以人格化，除繼承《詩經》中之比興手法，富含作者深遠的寄託之外，復成為有宋一代詠物詞之代表。於此更可窺出東坡於豪放詞風外，另一種婉約手法的展現，足見蘇軾過人的創作才華。本文試就此詞之背景、形式、形式、內涵諸端予以分析，並以之與章質夫原唱作一比較，藉以凸顯東坡此詞之價值。而由各種的探究方式中，冀能對東坡此詞有一全面之認識。

二、詞作背景

欲研究詞作背景，詞牌的小序是極佳的資料。此詞的題序是「次韻章質夫楊花詞」，可見此詞乃是和章質夫詞韻而作。蓋和詞之法有三：一曰同韻，即同用某韻；二曰依韻，即用其韻而次序不必同；三曰次韻，即韻部和次序均同。東坡此詞屬第三類，在最侷束的規格中展現最超妙的思想和技巧。但章質夫究為何人？其與東坡究有何關係？又何以會引發東坡和其〈楊花詞〉之興，皆是該探討的問題。

章質夫，名楶，浦城人（今福建省浦城縣），乃神宗宰相章惇之兄，英宗

治平四年進士，徽宗時官至同知樞密院事，資政殿學士，卒諡莊簡。其〈水龍吟〉（楊花詞）原作見唐宋諸賢絕妙詞選（即《花菴詞選》）卷五。其詞云：

> 燕忙鶯懶芳殘，正堤上柳花飄墜。輕飛亂舞，點畫青林，全無才思。閒趁遊絲，靜臨深院，且長門閉。傍珠簾散漫，垂垂欲下，依前被風扶起。　蘭帳玉人睡覺，怪春衣、雪沾瓊綴。繡床漸滿，香球無數，才圓卻碎。時見蜂兒，仰黏輕粉，魚吞池水。望章台路杳，金鞍遊蕩，有盈盈淚。

由於章質夫與東坡甚善，曾同官京師，可謂同僚及朋友，章質夫此〈水龍吟〉（楊花詞）出，一時盛傳。東坡對於該詞，亦傾倒不已，文人之間相互唱和乃常事，於是東坡乃用同韻之字去和原作，故稱次韻。

若就此詞的編年言，王文誥《蘇文忠公編注集成總案》未言創作時間，朱祖謀《東坡樂府》及龍榆生《東坡樂府箋》則均編在哲宗元祐二年丁卯（西元 1087 年），然卻未有明確之論據，故未明何出。茲據《蘇軾文集》卷五十五，曾有東坡於黃州〈與章質夫〉信云：

> 承喻慎靜以處憂患。非心愛我之深，何以及此，謹置之座右也。〈柳花〉詞妙絕，使來者何以措詞。本不敢繼作，又思公正柳花飛時出巡按，坐想四子，閉門愁斷，故寫其意，次韻一首寄去，亦告不以示人也。〈七夕〉詞亦錄呈。

由東坡〈與章質夫〉之書信內容得知，東坡之〈次韻章質夫楊花詞〉為東坡到黃州之後所作，又因與〈七夕〉詞是同時所寫，而〈七夕〉詞據石聲淮、唐玲玲考定為元豐三年〔註1〕，故定〈水龍吟〉詞為元豐三年庚申（西元1080年）作。信中「慎靜以處憂患」，東坡以之為座右，蓋於東坡遭貶之後，感慨良多，政治上之不如意，使得東坡於黃州時期之詞作，多所寄託，以明其心志。信中之「思公正柳花飛時出巡按」一語，確與當時章質夫正「提點湖北

〔註1〕 東坡〈菩薩蠻〉（七夕）一詞，據石聲淮、唐玲玲於此詞之編年云：「據題目及詞意，應是寫於元豐三年庚申（西元1080年）七月。因為：第一，題目為七夕黃州朝天門二首，已豁明。第二，蘇軾被捕入獄，元豐三年到黃州，王夫人於元豐三年五月二十九日由子由伴到達黃州。據〈與章惇書〉云：『舍弟自南都來，絜賤累縷繞江淮，百日至此。』又蘇軾《詩集》卷二十〈遷居臨皋亭〉詩有『全家佔江驛，絕境天為破』句。臨皋亭距黃州朝天門不遠。這是蘇軾與王夫人在黃州度過的第一個七夕。詞的末句『願人無別離』表現了夫妻經過拆散後再團聚時的心中的餘悸。又蘇軾在黃州〈與章質夫〉信中說：『七夕詞亦錄呈』。故列在此年。」（《東坡樂府編年箋注》，華正，頁152）。

刑獄成都路轉運史」合，正由於此故，東坡感於時節，復因章質夫有詠楊花之詞，再以己之困頓不得志，故和其韻以寫己意，明己志，於此可見東坡此詞實蘊含無限的寄託之意。

　　由上可知，東坡的〈與章質夫〉書，為今日此詞寫作時間的推定，提供了不可或缺之寶貴資料，於此書信內容中可窺知東坡創作此詞的背景。也使得此詞的編年，得到了可靠的證據。

三、詞作形式

　　此詞形式，試分別由詞牌、聲調、字數句法、平仄、用韻諸端加以分析：

　　1. 就詞牌、聲調言：

　　〈水龍吟〉又名〈小樓連苑〉、〈海天闊處〉、〈莊椿歲〉、〈鼓笛慢〉、〈龍吟曲〉、〈豐年瑞〉。清・毛先舒《塡詞名解》云：

> 　　〈水龍吟〉，越調曲也。采李白詩笛奏龍吟水。一名〈小樓連苑〉，
>
> 　　取宋秦觀詞「小樓連苑橫空」之句。

此調有平仄兩體，平韻見清汪曰楨《荔牆詞》，仄韻見宋蘇軾《東坡詞》，格式或各家不同，然大抵以蘇軾此詞為標準。此調一百零二字，屬雙調。

　　2. 就字數句法言：

　　上片句法為六、七、四、四、四、四、四、四、五、四、三、三，共十二句。下片句法為六、三、四、四、四、四、四、四、四、五、四、四，共十二句。

　　東坡〈水龍吟〉一詞，歷來學者由於對末十三字「細看來不是，楊花點點，是離人淚」之句法，頗多爭議，遂造成標點有異之情形，如或有「細看來，不是楊花點點，是離人淚」；或有「細看來不是楊花，點點是離人淚」；或有「細看來，不是楊花，點點是離人淚」，凡此皆無損於詞意。此句法較合詞格。然就〈水龍吟〉之正確句式，則最後十三字應為五、四、四句法，即「細看來不是，楊花點點，是離人淚」，且東坡既明言「次韻」，不可能不守原唱韻律，此亦可證。

　　3. 就平仄與用韻言：

　　〈水龍吟〉前後片各四仄韻，又第九句第一字並是領格，宜用去聲。此詞之定格如下：

　　｜－＋｜－－（句）＋－＋｜－－｜（韻）＋－｜｜（句）＋－＋｜（句）

＋－＋｜（韻）＋｜－－（句）＋－＋｜（句）＋－－｜（韻）｜＋－＋｜
（句）＋－＋｜（句）＋－｜（句）－－｜（韻）＋｜＋－＋｜（句或韻）
｜－－（豆）＋－－｜（韻）＋－＋｜（句）＋－－｜（句）＋－－｜（韻）
＋｜－－（句）＋－＋｜（句）＋－－｜（韻）｜－－｜（句）＋－＋｜
（句）｜－－｜（韻）

　　由上列定格，再看東坡此詞的平仄用韻：

　　｜－－｜－－（句）｜－－｜－－｜（韻）－－｜｜（句）－－｜｜（句）
－－｜｜（韻）｜｜－－（句）｜－｜（句）－－｜（韻）－｜｜－－｜（句）｜－
－（豆）｜－－｜（韻）｜－｜｜（句）－－－｜（句）－－－｜（韻）－
－－（句）｜－－｜（句）｜－－｜（韻）｜－－｜｜（句）－－｜（句）
｜－－｜（韻）

　　東坡此詞格律合於正格，未有出律之現象，其用韻乃依章質夫〈楊花詞〉
之韻腳，分別押於「墜」、「思」、「閉」、「起」、「綴」、「碎」、「水」、「淚」等字。
全詞共押八仄韻，上四仄，下亦四仄，皆爲詞韻第三部，可見未有出韻的現象。

四、詞作內涵

　　試從〈水龍吟〉一詞中，逐句闡述其內涵如下：

1. 似花還似非花，也無人惜從教墜

　　言柳絮似花但不是花，也無人愛惜它，任憑它飄落。梁元帝〈詠陽雲樓
簷柳〉詩云：「楊花非花樹」，又白居易〈花非花〉詞云：「花非花，霧非霧。
夜半來，天明去。來如春夢不多時，去似朝雲無覓處。」此兩句詠楊花確切，
不得移詠他花，人皆惜花，但誰復惜楊花者，可見東坡此兩句既攝楊花的形
影，也表露作者的別具情懷，對這般微不足道，稱不上花的「楊花」，特別賦
予憐惜感歎。蓋以楊花，若一粒小小的種子，周圍圍繞著一圈白色的細細的
茸毛，又稱柳絮，很像棉絮。說它似花，又不似花，每當暮春三、四月間，
隨風飄來墜去，它不若蘭花、玫瑰等嬌艷的花，讓人賞識愛惜，它無美姿艷
色，亦微不足道，因此其飄逝也就無人憐惜。可見此兩句已吸取楊花之全神，
是全詞之總綱，由「惜」字生發，拿楊花自比，不只賦物，亦屬言情。

2. 拋家傍路，思量卻是，無情有思

　　言楊花離開枝頭，飄零路旁，看似無情，卻是有其深意。此情思之「思」

與柳絲的「絲」字同音雙關。如梁簡文帝〈折楊柳詩〉云：「楊柳亂成絲，攀折上春時。」杜甫〈白絲行〉云：「落絮游絲亦有情」，溫庭筠〈詠柳詩〉云：「楊柳千條拂面絲」，皆是此意。至於拋家傍路之景，韓愈〈晚春〉詩有云：「楊花榆莢無才思，惟解漫天作雪飛。」正是最佳寫照。此三句乃承上句「墜」字而來，寫楊花之態，惜其飄落無歸。「拋家傍路」乃描繪實情實景，「思量卻是，無情有思」乃抒寫春風吹得楊花四處飄零，而使得多愁善感的詞人思緒，被牽引出來，可見「無情」二字乃承上二句，「有思」二字則下開以下之詞意。東坡以楊花自比其四處飄零，但不爲自己的飄零而感傷，仍思及欲有所作爲，故以楊花之無情有思，藉著情與物會之手法，來寄託己意。

3. 縈損柔腸，困酣嬌眼，欲開還閉

言情思迴繞著柔腸，那睏熟剛醒的嬌慵眼神，欲開還閉（楊花中間的種子綻開一道細縫，頗似無情有思的佳人欲開還閉的嬌眼）。此三句乃寫楊花之動人情態，已將楊花人格化，以佳人的思戀柔情來比擬其細柔，以佳人倦極時欲開還閉的嬌眼來擬其嬌態，可見東坡在此把楊花設想成有「柔腸」，有「嬌眼」之佳人，語語雙關，既描繪楊花點點飄落的姿態，也傳達佳人寄思的神情。當然，東坡在此把楊花從無情說到有情，又摹寫楊花之神，將楊花人格化，擬成佳人，也隱含著東坡對朝局的關懷與寄思的冀望之情。

4. 夢隨風萬里，尋郎去處，又還被，鶯呼起

言佳人沉醉在夢中，凝視著眼前楊花隨風飄送至萬里之外的遠方，那一顆繫念之心也跟隨前去，尋覓縈損柔腸之郎君，奈何一聲曉鶯的啼喚，而驚醒了幽夢。此四句，東坡化用了唐金昌緒〈春怨詩〉，詩云：「打起黃鶯兒，莫教枝上啼。啼時驚妾夢，不得到遼西。」由於楊花隨風飄墜，猶如夢中，隨風尋郎萬里，一聲鶯啼，忽然夢醒，卻已沾滯於地，拋家傍路。楊花之飛去飛還，忽起忽墜，此乃其命運也。誰謂楊花無情，只是身不由己！若非「被鶯呼起」，而驚破好夢，則其心願即將完成矣！東坡在此暗喻自己淪落一隅，無人憐惜，欲尋郎去處（即欲重回京師），無奈「被鶯呼起」（小人排擠），使得東坡只能回歸現實，有所自覺。

上片詞中，東坡寫盡了楊花的特性及其隨風四處飄零的命運，暗含自己生命之無憑及遭貶謫之心態，正如同楊花之無主。東坡以物擬人，賦予其生命思想感情，境界極高。而下片乃從作者的角度，描寫因楊花而勾起的傷春情感，此又是一番創意。

5. 不恨此花飛盡，恨西園，落紅難綴

言不恨此楊花飄飛完盡，而遺憾的是：西園落滿一地的花朵，難以再接合到花樹上去，春光的消逝也無計可挽留。此由柳絮飄零，轉到春盡花落；花落不能再綴到枝上，除感傷春光將盡，大好時光不再，亦暗喻自己年華飛逝，仍四處飄零，一無所成，也對友人章質夫、親友之別離難再聚首，除盼能再聚合，以敘別情之外，亦冀能重回京師，一展抱負。此「西園」，本指魏鄴都的西園，即銅雀園，曹操所作，曹丕每以月夜集文士於此，為一遊歷勝地。後代詩人皆以之泛指遊賞勝地。東坡此處用「西園」，殆欲回京師，與群臣共謀國事，而非單純只指遊賞勝地，只可惜「西園之落紅難綴」，暗指己之屬「落紅難綴」，年復一年，日復一日，仕途困厄，東坡以此句傷春之逝，亦復有其寄託於其間。故此三句撇下對楊花飛盡之憐惜，著力言明「花兒盡下枝頭」的遺憾。

6. 曉來雨過，遺蹤何在，一池萍碎

言清早下了陣雨，當陣雨過後，地上的落花皆已消失得無影無蹤，不知何在？只見一池盈滿澄碧的水面上，零散著叢叢點點嫩綠的浮萍。蘇軾舊注云：「楊花落水為浮萍，驗之信然。」此乃不合科學之說。又蘇軾〈再次韻曾仲錦荔支〉詩云：「柳花著水萬浮萍」，東坡自注云：「柳至易成；飛絮落水中，輕宿即為浮萍。」根據姚寬《西溪叢話》云：「楊柳二種，楊樹葉短，柳樹葉長。花初發時黃蕊，子為飛絮。絮中有小青子，著水泥沙灘土，即生小青芽，乃柳之苗也。東坡謂絮化為浮萍，誤也。」即令東坡此詞雖言「楊花落水為浮萍」，不合物理，但卻不以辭害意，因文學較重美感，雖不合科學，仍無損於詞意及其價值。東坡此三句，指出楊花之經雨，入水經宿化為浮萍，此乃楊花最後的歸宿，此處已令人對它有遺跡黯然魂斷之感，當然也是東坡自我感傷的呈現。

7. 春色三分，二分塵土，一分流水

言原來僅有的三分春色，已而二分落在地上化為塵土，一分落在水上而流去。如此三分春色已然消逝殆盡了。此三句又承化萍說，寫出楊花沾泥入水，歸途無定，更令人為之惋惜不已。此般景象，正是李後主詞「流水落花春去」之意。東坡用此三句，也暗喻自己的良辰美景與幸福希望也隨之消逝，此乃以楊花的命運比成春的命運，而又何嘗不是作者仕途多蹇，命運多舛的自我表白。

8. 細看來不是，楊花點點，是離人淚

言仔細看來，那池中飄浮的不是楊花所化的碎萍，而是一點點聚集的離人眼淚。唐人詩有云：「時人有酒送張八，唯我無酒送張八。君看陌上梅花紅，盡是離人眼中淚」，可見「點點是離人淚」似從唐人詩脫換而致。「離人之淚」近承「流水」，遠應「尋郎」，因東坡自傷離落，故而思量到楊花點點都是離人淚。而「細看來不是，楊花點點」又與首句「似花還似非花」首尾呼應，最後點出那是「離人之淚珠」，可見其怨悱之懷，力透紙背，既傷離索，兼有遷謫之感，作者已把楊花與傷春情緒合而為一，不僅詠物，甚且言情。

由全詞可知，東坡從身世飄泊的感受上賦予楊花生命，將楊花人格化，寫楊花之飄零，即是明自己的不得志。茲因東坡一生於京師任職甚短，仕途坎坷，多飄流於外，宦海浮沉，屢遭打擊，詞雖詠楊花，實則以楊花寄託心聲，此乃比興手法的高度運用。

五、章質夫原作與蘇軾和作之比較

章質夫〈水龍吟〉（楊花詞）出，極為東坡所賞，曾稱其「妙絕」，而不敢繼作，但因有感而發，故借和詞以言志，兩詞一出，詠物詞於焉興起，後代詞論家或謂和作勝過原作，如南宋的朱弁《曲洧舊聞》卷五云：

> 章質夫作〈水龍吟〉詠楊花詞，命意用事，瀟灑可喜。東坡和之，
> 若豪放不入律呂。徐而視之，聲韻諧婉，反覺章詞有繡織工夫。

又清‧王國維《人間詞話》卷上云：

> 東坡〈水龍吟‧詠楊花〉和韻而似元唱。章質夫詞原唱而似和韻。
> 才之不可強也如是。

蓋東坡以次韻方式和章質夫之詞，於次序及韻腳皆必同之，於如此嚴格的限制之下，仍具豪放，聲韻諧婉，後出轉精之特色，令和作高於原唱。試觀章氏原詞大力著眼於物象之刻劃，且稍顯瑣碎而無深意，東坡之和作，融情於物，物中有作者豐富的情感存乎其中，亦寓有寄託之深意，乃詠物詞之上乘。東坡的和詩、和詞皆比元唱出色，可見其才之高也。

或有謂和作不及原作者，如南宋‧魏慶之《詩人玉屑》卷二十云：

> 章質夫詠〈楊花詞〉，東坡和之，晁叔用以為東坡如王嬙西施，淨洗
> 腳面，與天人婦人鬥好。質夫豈可比哉！是則然矣。余以為質夫詞
> 中所謂「傍珠帘散漫，垂垂欲下，依前被風扶起」亦可謂曲盡楊花

妙處。東坡所和雖高，恐未能及。詩人議論不公如此耳。

魏氏肯定章氏此詞於刻劃物象上，極盡微妙之能事，亦即章氏對於物象能準確捕捉，並注入了作者精神血肉，使得所刻劃的物象，能栩栩如生，躍然紙上。

對於詠物詞的寫作，若能達到「物物而不物于物」，意即要把握住對象（物物）而又不受對象所束縛（不物于物）。文學作品所描寫的對象，既然無法純客觀的加以描寫，它就必須注入作者的精神，使得作品內容呈現作者本人的個性、思想和感情。但也並非完全主觀的描述對象，而歪曲其面目。若以此為標準，章氏顯然在刻劃物象上略勝東坡一籌，其所描寫之物象，極為鮮活，富動態美感，只要再多點想像，則其自可串連成趣，生動活潑。但也因此而較乏詩人「言志」之成份。反觀東坡此詞，先描寫物象，再以物擬人，注入了作者的強烈情感，讓物象染上作者思想、個性、情感，達於物、我交融之境界，使得作者於詞中展現更高層次的寄託，以豐富詞的生命，此乃章氏不及之處。其實章、蘇兩詞都富艷精工，當行本色，雖後代詞論家多以為蘇詞優於章，然亦各具擅場，均是絕唱，不必強分軒輊。而應指出的是，此兩闋詞實開北宋周邦彥及南宋史達祖、吳文英等人詠物詞之先河，奠定南宋詠物詞之規模格局。詞中狀物擬人化的寫作方式，也是絕妙的度人金針。至於這兩闋詞的藝術技巧，如命意的新穎，章法的綿密，摹寫的細緻，於北宋詞壇亦屬少見。

六、結　語

茲先舉下列諸家之詞評，以見此詞之題意及特色：

1. 宋‧張炎《詞源‧雜論》：

　　詞不宜強和人韻；若倡者之曲韻寬平，庶可賡歌；倘韻險又為人所先，則必牽強賡和，句意安能融貫？徒費苦思，未見有全章妥溜者。東坡次章質夫楊花〈水龍吟〉韻，機鋒相摩，起句便合讓東坡一頭地，後片愈出愈奇，真是壓倒今古。我輩倘遇險韻，不若祖其元韻，隨意換易，或易韻答一。是亦古人「三不和」之說。

2. 明‧王世貞《藝苑巵言》：

　　昔人謂銅將軍鐵綽板，唱蘇學士大江東去，十八九歲好女子唱柳屯田楊柳外曉風殘月，為詞家三昧。然學士此詞，亦自雄壯，感慨千

古。果令銅將軍於大江奏之，必能使江波鼎沸。至詠楊花〈水龍吟慢〉，又進柳妙處一塵矣。

3. 清‧沈謙《填詞雜說》：

東坡「似花還似非花」一篇，幽怨纏綿，直是言情，非復賦物。徽宗亦然。

4. 清‧黃蓼園《蓼園詞選》：

首四句是寫花形態。「縈損」以下六句是寫見楊花之人之情緒。二闋用議論，情景交融，筆墨入化，有神無跡矣。

5. 清‧況周頤《蕙風詞話續編》卷一：

東坡〈水龍吟〉起云：「似花還似非花」，此句可作全詞評語，蓋不離不即也。

6. 清‧王國維《人間詞話》卷上：

詠物之詞，自以東坡〈水龍吟〉為最工，邦卿〈雙雙燕〉次之。

由以上諸家詞評，可知此詞確為詠物詞上乘之作，東坡以楊花自比，傷春亦復傷情。仕途之多蹇，令東坡自覺漂泊無定，也無人憐惜，深含豐富的情感，發揮自《詩經》以來比興的寄託手法，將詞的境界往前推展，使詞的生命更加豐富，也讓吾人更深一層的了解東坡的內心世界，更全面性的掌握時代背景給予東坡文學創作的影響。

七、參考書目

1. 《東坡樂府》，朱祖謀，台北：廣文影本，民國 49 年 12 月。

2. 《東坡樂府箋》，龍沐勛，台北：華正影本，民國 74 年 8 月。

3. 《東坡樂府編年箋注》，石聲淮、唐玲玲，台北：華正影本，民國 82 年 8 月。

4. 《蘇軾文集》，孔凡禮點校，北京：新華，1986 年 8 月。

5. 《蘇文忠公詩編注集成總案》，清‧王文誥，台北：學海影本，民國 80 年 9 月。

6. 《蘇東坡新傳》，李一冰，台北：聯經，民國 72 年 6 月。

7. 《千古風流蘇東坡》，陳桂芬，台北：莊嚴影本，民國 75 年 2 月。

8. 《蘇軾》，葉嘉瑩，台北：大安，1988 年 12 月。

9. 《東坡詞研究》，王保珍，著者，民國 81 年 9 月。

10. 《唐宋詞選注》，張夢機、張子良，台北：華正，民國 74 年 9 月。

11. 《詞選》，包根弟，台北：輔大文學院，民國 69 年。

12. 《索引本詞律》，清，萬樹，台北：廣文，民國 60 年 9 月。

13. 《欽定詞譜》，清，王奕清等，北京：中國書店，1983 年 3 月。

14. 《唐宋詞格律》，龍沐勛，台北：里仁，民國 75 年 12 月。

15. 《詞學全書》，查培繼輯，台北：廣文，民國 60 年 4 月。

16. 《唐宋詞名家論集》，葉嘉瑩，台北：國文天地，1987 年 11 月。

17. 《詞學十講》，龍榆生，福建：人民，1988 年 7 月。

18. 《談詞隨錄》，廖輔叔，廣東：人民，1985 年 12 月。

19. 《詞學（第二輯）》，詞學編委會，上海：華東師大，1988 年 10 月。

20. 《歷代詠花詩詞三百首譯析》，葛世奇、楊春鼎編著，吉林：文史，1992 年 9 月。

附錄二　林紓的詩歌理論

摘　要

　　身處清末民初新舊文化交替的林紓，雖說是個傳統文化的衛道者、「五四」新文化運動的反對者，然卻也是一個熱情的愛國者、譯述西洋文學的先驅、傳統古文的殿軍、「五四」新文學的不祧之祖。其功過如何，雖難以定論，然其文學成就，卻頗足為人道者。舉凡古文、詩歌、小說、傳奇、筆記、文論、畫論皆有傲人的成績。尤以譯述西洋文學名著多達一百多種，更是譯界的泰斗。本文僅就其詩論部份，分別從詩論和詩派兩方面去探討其詩歌理論。於詩論中，論述林紓論詩崇尚自然感人，並注重性情境地的主張；於詩派中，探討林紓詩派的詩源，及對當時詩壇專主江西詩派的批評，藉由如此的探究方式，冀能全面的掌握林紓詩論的價值。

一、前　言

　　林紓，字琴南，號畏廬，學者稱閩侯先生。〔註1〕幼名群玉、又曰徵及秉輝，福建閩縣南臺人。生於清文宗咸豐二年壬子九月二十七日（西元 1852 年 11 月 8 日）；民國十三年甲子九月十一日（西元 1924 年 10 月 9 日）卒於京寓，〔註2〕享年七十有三。因居閩之瓊水，所居多楓樹，因取「楓落吳江冷」詩意，自號冷紅生。後客居杭州，又自號六橋補柳翁；民國肇立，自號蠡叟，晚年又號踐卓翁。卒之百日，門人會而私諡曰貞文先生。〔註3〕

　　自鴉片戰爭起，至軍閥混爭止，其間數十年，外侮內亂，交相煎熬。琴南生處其世，眼見國運危殆，憂心如焚，為救國之計，孜孜致力於學術研究，著作甚豐，成就輝煌。可得而言之者，古文理論有《畏廬論文》、《文微》、《韓柳文研究法》；古文創作有《畏廬文集》、《畏廬續集》、《畏廬三集》；詩歌有《閩中新樂府》、《畏廬詩存》；畫論有《春覺齋論畫》；小說創作有《京華碧血錄》、《金陵秋》、《冤海靈光》；傳奇有《天妃廟傳奇》、《合浦珠傳奇》、《蜀鵑啼傳奇》等，另有《畏廬筆記》、《畏廬漫錄》、《技擊與聞》等筆記小說。至於其翻譯泰西小說，有《巴黎茶花女遺事》等多達一百多種。其中尤以譯作，更為世所習知，其以古義法譯西書，更成為中國文學史上，介紹西洋文學的第一人。

　　琴南不僅於文學上的成就頗巨，且一生的所作所為，亦充滿愛國、忠君、孝親、重友等種種美德，實文德兼備之學者。然以目前研究琴南之作品，或偏重於身世學行，或著眼於譯作，至於研究其古文、詩歌之篇章，卻寥若辰星，因而不揣淺陋，決以「林紓的詩歌理論」為題，以掘發其在譯作之外不容忽視的成就，冀能更全面的認識林紓其人。

〔註1〕清以閩、侯官二縣為福建省治。福州府亦治此。民國二年廢府，併閩、侯官為閩縣。

〔註2〕見朱羲冑《貞文先生年譜》，云：「越乙丑歲（西元 1925 年），籃室楊宜人及子琮，始扶櫬歸葬於閩侯北五十里之白鴿籠，則以時世變亂，道涂梗塞也。」此書收於《林琴南學行譜記四種》，台北世界書局，卷二，頁 66。

〔註3〕見朱羲冑《貞文先生年譜》云：「清白守節曰貞，不隱無屈曰貞，內外用情亦曰貞，道德博聞曰文，勤學好問曰文，慈惠愛人亦曰文。而清室遜帝，又嘗頒贈先生『貞不絕俗』匾額，宜體忠貞之悃，居貞於文上，乃擬『貞文』二字。」，亦見《林琴南學行譜記四種》，台北世界書局，卷一，頁 1。

二、林紓的詩論

　　琴南雖未有系統的詩歌理論著作，然在其文章、序跋中卻發表過不少關於詩歌之見解，藉此亦可窺其論詩之旨要。琴南自幼即隨薛則柯精讀杜詩，甲申中法之役後之詩作，又「類少陵天寶亂離之作」，〔註 4〕至甲午中日戰後又以白居易諷諭課蒙，並仿其體作感懷時事、憤念國仇、憂憫敗俗、呼籲維新的「新樂府」，〔註 5〕可見有唐一代傑出的現實主義詩人杜甫及其繼承者白居易，予以琴南深遠的影響。復以琴南與杜甫、白居易皆生逢亂世，目睹國家之憂患、民生之疾苦，故而琴南之詩歌見解，極自然的形成以杜甫、白居易爲宗的現實主義精神。以下試就琴南的詩歌主張中兩大宗旨，予以分別論述。

（一）論詩崇尚自然感人

　　光緒二十一年（西元 1895 年）秋，琴南應興化知府張僖（字韻舫）之邀赴福建興化府（今莆田縣）校閱試卷時，曾住於張僖修繕的一個名爲「梅花詩境」之花園中。翌年春，琴南作〈梅花詩境記〉一文，〔註 6〕闡述其對詩歌之見解，成爲研究琴南詩論不可或缺之資料，文云：

> 吾友濰縣張韻舫太守適典茲郡，因其軒之舊葺之，號曰「梅花詩境」。
> 公退之暇，輒哦吟其中，以爲陶寫性情者，莫詩若也。余不爲詩，
> 以爲詩之道，以自然爲工，以感人爲能。凡有爲而作，雖刻形鏤法，
> 玉振珠貫，皆務眩觀者之耳目而已。而欲感人心，廣流傳，則未之
> 或逮。大抵詩者，不得已之言也。憂國思家，歎逝怨別，弔古紀行，
> 因人情之所本有者，播之音律，使循聲而歌之，一觸百應，迺有至
> 於感泣者，若〈谷風〉、〈桑柔〉、〈板蕩〉、〈離騷〉、杜甫〈北征〉諸
> 作是爾。其次則閒適，若陶、韋之屬，俯仰悠然，亦足自抒其樂，
> 此即韻舫所作詩境之詩也。

由此文可見琴南對於《詩經》以下迄杜甫的現實主義詩歌或具現實主義精神

〔註 4〕張僖《畏廬文集·序》，見《畏廬文集》，台北：文津，頁 1。
〔註 5〕《閩中新樂府》是光緒二十三年（西元 1897 年）十一月由魏瀚出資在福州刻版印行，署名畏廬子，內收白話新樂府詩共二十九題三十二首。內容實仿白居易的諷諭詩而作，深具鮮明的時事性、政治性和現實性。據高夢旦《閩中新樂府·書後》，其寫作時間當在一八九五年「馬關條約」簽訂之後。參見張俊才《林紓評傳》「林紓著作目錄」部份，天津：南開大學出版社，頁 275。
〔註 6〕見《畏廬文集》，台北：文津，頁 57。

的詩歌，是備極推崇的。同時也直抒己見，以為若陶淵明、韋應物、張偒「陶寫性情」的「閒適」之作，應是「其次」之屬。琴南在其他文章或序跋中，也與〈梅花詩境記〉中的主張一致，尤其在《畏廬論文‧流別論》中也多所探討，〈流別論〉云：《文心雕龍‧辨騷篇》曰：「酌奇而不失其真，翫華而不墜其實，是言真知騷者也。」〈流別論〉次云：

> 少時喜誦〈九章〉，謂怨悱不可申愬者，無如〈惜誦〉之文，……，由積憚莫伸，悲憤中沸，口不擇言而發，惟其無可伸愬，故沓。惟沓，乃愈見其衷情之真。若無病而呻，為此絮絮者，便不是矣。

〈流別論〉復云：

> 讀〈涉江〉全文，只此小小結構，靜中思之，在在咸足悲梗，乃知騷經之文，非文也，有是心血，始有是至言。賈誼、劉向作〈惜誓〉、〈九歎〉，皆有所感，故聲悲而韻亦長，東方、嚴忌諸人習而步之，彌不及矣。後人引吭佯悲，極其摹仿，亦咸不能似。

由〈流別論〉中之言，可知琴南極力崇尚詩歌那股自然感人之力量。讚許〈離騷〉之文既「真」且「實」，故要求「因人情之所本有者，播之音律，使循聲而歌之」，合乎要求者，除〈離騷〉之外，復有〈谷風〉、〈桑柔〉、〈九章〉及杜甫〈北征〉諸作，言其能「一觸百應，乃有至於感泣者」。至於無真情實感者，有所為而作，或硬事摹仿，即使「刻形鏤法，玉振珠貫」、「引吭佯悲」，極盡摹仿之能事，僅能眩人耳目，卻未能感動人心。因其入想不痛切，出手不自然，便無感人的力量。蓋「詩者，不得已之言也」，它是思想感情的自然流露，「有是心血，始有是至言」，反無病呻吟，矯揉造作之文，以自然感人為原則。琴南在《畏廬三集‧拜菊盦詩序》中以此原則讚譽文天祥之詩云：

> 文文山之詩，時時摹仿老莊，間有臨時率然之作，不盡協律，而寸縑尺素，人皆珍惜。

文天祥的摹仿之作，固不可取，但偶有出於自然，直抒胸臆，寫來沈鬱悲壯，痛切感人之詩，琴南亦極其肯定。

由〈梅花詩境記〉中之主要詩論的提出，再聯繫其他文章中所言，琴南認為詩歌應以反映作者在現實生活中的真情實感，期能達致「以自然為工，感人為能」的要求，此乃琴南對詩歌的一大主張。

（二）論詩注重性情境地

由於琴南論詩推本於自然，著重於感人，故亦主「性情境地」予以詩人

風格的影響，可見兩者的密切關係，關於「性情」，琴南於《畏廬三集‧拜菊盦詩序》中曾云：

> 實則詩者，性情之所寓。

詩歌乃作者眞情至性的體現，而由於作者的「性情」各異，詩的風格自也獨具，〈拜菊盦詩序〉也以此論點盛讚臨川、後山之詩云：

> 而紓每讀臨川、後山詩，亦未嘗不心醉，即亦不知其所以然，殆眞樸之氣入人深也。

又於《畏廬文集‧郭蘭石先生增默庵遺集序代》中云：

> 陳後山之詩，猶寒潭瘦竹，光景清絕。性情稍弗近者，即弗能入。

詩人的詩風是隨性情之不同而獨具一格的，其評陳後山之詩具「眞樸之氣」、「寒潭瘦竹、光景清絕」，皆由其性情使然。性情既有不同，取徑亦應有異，自不必強求一律以齊之，在譯作《旅行述異‧畫征篇識語》〔註7〕中，琴南表達了此一看法，其云：

> 吾嘗持論，謂詩者，稱人之性情，性情近開元、大歷者，開元大歷可也。近山谷、後山者，山谷後山可也。

琴南雖抨擊「以西江立派」，卻不否定宋代江西詩派的詩歌藝術。由前引琴南對臨川、後山之評論，可見琴南對其詩風獨具的特色，極其肯定。

　　琴南認爲詩歌的風格取決於詩人的「性情境地」，其所謂「境地」，應指人的生活際遇，和「意境」、「境界」的含義有別。其認爲作者的「性情境地」如何，將自然的形成不同的詩歌風格。關於此一論點，琴南多集中的發表於〈郭蘭石先生增默庵遺集序代〉一文，文云：

> 詩之有性情境地，猶山水各擅其勝，滄海曠渺，不能疾其不爲瀟湘、洞庭；泰岱雄深，不能疾其不爲武彝、匡廬也。漢之曹、劉，唐之李、杜，宋之蘇、黃，六子成就，各雄於一代之間，不相沿襲以成家。即就一代之人言之，亦意境各別。……身爲齊產，屈天下胥齊言；身爲楚產，屈天下胥楚言。此勢所必不能至者耳。天下人之聰明，安能以我之格律齊一之？格律者，用以範性情之具，非謂格律即性情也。性情境地近乎建安，既發之詩，不期然其爲建安。性情

〔註7〕《旅行述異》Tales of a Iravella（西元 1824 年），華盛頓歐文（Washington Irving, 1783-1859）原著，魏易口譯。光緒三十三年（西元 1907 年）六月商務印書館出版。

境地近乎開元大歷，既發之詩，不期然其為開元大歷。

由此可見，琴南認為由於詩人的稟賦修養、思想感情、生活際遇各異，發而為詩，自不會千人一面，萬人一腔。作者的「性情境地」不同，詩風亦必呈現多樣化，異代詩人不相沿襲，同代詩人亦意境各別，各種風格可各擅其勝，各顯其長。格律（即形式）是「用以範性情之具」，但非等於性情，不應用一種格律來桎梏詩人的手足，束縛詩人的思想，否則便流於公式化，而造成詩苑的衰敗。琴南此論，實為真知灼見，提倡詩歌的多種藝術風格並存，正是其論詩注重「性情境地」的宗旨。

三、林紓的詩派

早期的琴南，曾作《閩中新樂府》以為童子的課蒙讀物，雖沿用了「樂府」的舊形式，但就其內容而言，無疑是當時中國最富有新思想的兒童讀本。其中仍一本詩歌反映現實，在戊戌變法前夕，注入了作者呼喚救國，促進維新的動機。針對時代予以琴南的影響，本節將從「林紓的詩派淵源」以及「林紓對江西詩派的批評」兩方面去探究琴南對當時詩派的見解。

（一）林紓的詩派淵源

處於維新時代的琴南，其詩作和詩論都體現了時代的脈動，除受到現實主義詩歌理論的影響外，亦極力推崇傳統的現實主義詩歌，以及肯定現實主義詩人的歷史地位和價值。在其《畏廬文集‧贈李拔可舍人序》中云：

> 世變將兆，有識必先憂之者，非其惜死之心特篤於眾也。同處大陸之上，目睹滔天泯夏之賊，劫勒君父、殘賊國眾，既無遺噍，而吾亦將不獨完其身與家。顧又無權以與之抗，則發為悲號，以警覺世士，如唐杜甫、元結之徒。而唐世敘論勳伐，曾無及此二公。而二公率能自立於唐世，則以其所鳴號者，固大有益於其國與眾也。

琴南在此篇贈與晚輩李拔可的序中，〔註8〕對杜甫、元結的推崇溢於言表，對現實主義詩歌的意義和價值也備極肯定。而其創作《閩中新樂府》，在客觀上都是繼承近代以來龔自珍、魏源等進步詩歌的優良傳統，並與戊戌變法前出現詩界革命先聲的新派詩，同氣一聲，可見於維新時代的琴南，若要賦予其

〔註8〕李拔可本名李宣龔，係林紓摯友李宗褘之子，其時寓居北京，開始以詩名於世，後人亦有稱其為宋詩派者。參見張俊才《林紓評傳》，頁61。

以詩人的頭銜，就該屬於當時的新派詩人。〔註9〕

　　試觀龔自珍（西元1792～1841年）處於統一的封建帝國開始沒落、崩潰的歷史新階段。其詩歌著眼於對當時社會抒發感觸，揭露封建社會末期隨處可見令人窒息的生活和精神狀態，呼喚著巨大的社會變革。〔註10〕再觀魏源（西元1794～1859年）是龔氏之友，目睹鴉片戰爭中國的飽受侵掠，因而寫下了不少的政治詩，表現了高尚的愛國主義情懷。〔註11〕而中國自甲午戰敗後，文人志士極思奮起，因而龔自珍、魏源的詩歌傳統更爲維新志士所繼承，不僅在政治思想上呼喚變化維新，在文學上更用詩歌以抒發其維新理念，遂在戊戌變法前一兩年間喊出了「詩界革命」的呼聲，而產生了深具改良色彩的「新派詩」。當時梁啓超在其《飲冰室詩話》中曾云：

　　能以舊風格含新意境，斯可舉革命之實矣。苟能爾爾，則雖間雜一
　　二新名詞，亦不爲病。

當時新派詩雖頗喜標舉新名詞以表自異，看似浮淺，但「以舊風格含新意境」的革新主張，卻有其現實意義。詩界革命的巨擘，也是新派詩的傑出作家黃遵憲在其〈雜感〉詩中云：

　　我手寫我口，古豈能拘牽。即今流俗語，我若登簡編；五千年後人，
　　驚爲古爛斑。

黃氏反對模擬古人，要擺脫束縛，反映時代精神，自能代表著新派詩革新主張的要求。

　　龔自珍、魏源詩歌中的針砭時弊、反抗侵略、呼喚變革的現實主義精神，以及黃遵憲的「我手寫我口」的主張，無疑的給琴南深遠的影響，其《閩中新樂府》用「樂府」的傳統詩歌形式，以表現反帝的內容和維新的要求，而且語言淺俗流暢，幾近白話，其雖不主宗派，然卻受到新派詩人現實主義的影響。

〔註9〕此說參見張俊才《林紓評傳》，頁62。
〔註10〕龔自珍〈己亥雜詩〉之一云：「九州生氣恃風雷，萬馬齊瘖究可哀。我勸天公重抖擻，不拘一格降人才。」可見其期待狂風和春雷的衝擊，冀展開一個新的局面。參見劉大杰《中國文學發展史》，頁1239。
〔註11〕魏源〈寰海〉其五詩云：「揖盜開門撒守軍，力翻邊案熾邊氛。但師讀塞牛僧孺，新換登壇馬服君。壯士憤捐猿鶴骨，嚴關甘送虎狼群。尚聞授敵攻心策，惜不夷書達九雯。」詩中將鴉片戰爭中琦善之流投降派自毀海防，出賣疆土，阿諛洋人的無恥嘴臉，揭露得淋漓盡致。參見張俊才《林紓評傳》，頁63。

（二）林紓對江西詩派的批評

作為維新時代的新派詩人，其時詩壇也正是「同光體」的興盛時期。所謂「同光體」，即鄭孝胥和陳衍「戲稱同、光以來詩人不墨守盛唐者」（陳衍《沈乙庵詩序》）。以「同、光」相標榜，是欲用以表明與道、咸以來的宋詩運動的相承關係，實則為光、宣年間各種宋詩派的總稱。宋詩運動開始於鴉片戰爭以後，始是作為模仿漢魏六朝盛唐詩的反對派而出現的詩壇風尚。至同治年間曾國藩出，特尊黃庭堅，以「江西派」號召天下，遂以模仿黃庭堅，歸附「江西派」為一時之風尚。宋詩派是宋詩運動至同治、光緒年間的進一步發展，號稱「同光體」，其詩人人數眾多，代表人物有陳三立、沈曾植及琴南的同年好友陳衍。此三人雖也各自寫過反映現實的詩歌，卻為數寥寥，大多脫離現實，以模擬「江西派」首領黃庭堅為能事，講究搬運典故，堆砌辭藻，詩風趨於生澀奧衍，成為清末詩壇一個影響很大的形式主義流派。琴南對當時這股詩壇上以宋詩運動、宋詩派為代表的形式主義、擬古主義詩風也提出過明確的批評意見。在《畏廬文集・郭蘭石先生增默庵遺集序代》中云：

> 凡侈言宗派，收合黨派，流極未有不衰者也。時彥務以西江立派，欲一時之後生小子，咸為寒澀之音。有力者既為之倡，而亂頭麤服，亦自目為天趣以冒西江矣！識者即私病其尟味。然宗派既立，亦強名之為澀體，吾未見其能欺天下也。陳後山之詩，猶寒潭瘦竹，光景清絕，性情稍弗近者即弗能入。妄庸者乃極意張大之，力闢李杜，惟此是宗。然則菖蒲之菹，可加乎太牢之上矣。

又在《旅行述異・畫征篇識語》中云：

> 但觀秋谷、漁洋之鬩於康熙之朝，子才、歸愚之爭於乾隆之朝，互相鄙薄，至於今日，則又昌言宋詩，搜取枯瘠無華者，用以矜其識力，張其壇坫，其視漁洋、歸愚，直同當狗。

由以上兩段近乎痛罵的文字，可見琴南不惟不主宋詩，不持宗派之見，且大斥昌言宋詩者以西江立派。其言「有力者」，係指陳衍極力吹捧的「始言宋詩」、詩文皆私淑江西的曾國藩。在此琴南痛責陳三立、沈曾植、陳衍等人踵步曾國藩之後，推崇以黃庭堅、陳師道為首的「江西詩派」。指其蹇澀之詩歌，即使勉強名之為「澀體」，亦畢竟「尟味」。陳師道之詩風清瘦，但若無其性情，硬事模擬亦不可得。故琴南認為「同光體」諸子的「搜取枯瘠無華者」，也只是用以「矜其識力，張其壇坫」而已。

　　早在戊戌變法前夕，琴南就對宋詩派詩作的擬古有所非議，在《閩中新樂府‧知名士》一詩云：

> 方今歐洲吞亞洲，噤口無人談國仇。即有詩人學痛哭，其詩寒乞難為讀。藍本全抄陳簡齋，祖宗卻認黃山谷。亂頭粗服充名家，如何能使通人服。

琴南於此感嘆當時詩人之無益於國家民族，一味的對江西詩派的擬古和寒乞，以致脫離現實。其後，在「同光體」詩人的陳衍便屢稱「詩者荒寒之路，無當乎利祿」(〈何心與詩序〉)，所謂「荒寒之路」者，實為反現實主義的道路。琴南在《畏廬詩存》自序中云：

> 詩人多恃人而不自恃，不得宰相之寵，則發己牢騷，莫用儈父之錢，則憾人鄙嗇，跡其用心，直以詩為市耳。

於此琴南更譏刺了陳衍所謂「無當乎利祿」的虛偽性。復於《旅行述異》序中對「名士」詩人作過抨擊云：

> 且名士者，多幽憂隱憾，散髮呼囂，歌哭不恆，陵詆無上，則渾良夫之叫天也，殆有鬼之氣矣；文干當路，書詆故人，茹恨鳴高，匿欲表潔，無能事事，待人而食，稍不加禮，動肆丑詆，則蘭陵老人之怒尹也，殆有盜之氣矣。

琴南認為「名士」詩人「多幽憂隱憾」又「匿欲表潔」，可見其心境並不平靜，思想也並不純潔。再者，名士的「散髮呼囂，歌哭不恆」、「文干當路，書詆故人」，皆可見其鬼氣和盜氣。因此，琴南在《旅行述異》序中以自嘲的口吻云：

> 嗚呼，畏廬其萬幸不為名士矣！夫澹泊明志，吾固不能，然得粗衣飽食，于心滋以為足。

琴南抨擊的「名士」詩人，不專指「同光體」的代表人物，此派中的某些人亦在其影射之中，於此可見琴南已結合了詩格和人格的批評。

　　琴南的《閩中新樂府》、《旅行述異》序及〈畫征篇識語〉、〈郭蘭石先生增默庵遺集序代〉是前期對於「同光體」言論的批評，反其昌言宋詩。後期的《畏廬詩存‧自序》及〈拜菊盦詩序〉也與前期的看法一致。其〈拜菊盦詩序〉作於一九一六年，序中提及「必斤斤繩之以宋人之軌跡則謬矣」的言論。但琴南並非完全否定「同光體」詩人，只是反對其以江西詩派為宗的擬古偏弊，至於其中某些人的某些詩作的藝術成就，仍給予高度的肯定，在其

譯作《拊掌錄》跋尾云：〔註12〕

> 顧余不能爲詩，而能詩之友，有鄭蘇龕、陳伯潛、陳石遺三人，而
> 此三人又隔沮天末，不能見尋，當寄稿示之，請彼一點染也。

此文和《旅行述異》之〈序〉及〈畫征篇識語〉同作於一九〇六年，但此文
並不否認他們的「能詩」，且極力推崇他們在詩歌上的藝術造詣，琴南也自嘆
弗如。而在晚期的〈胡梓方詩廬記〉中亦云：

> 方今海內詩人之盛，過於晚明，而余所最服膺者，則君之鄉人陳伯
> 嚴，吾鄉陳橘叟及鄭蘇堪而已。

琴南晚年與此三人相友善，因爲同閩縣同鄉，加以此三人的詩力深厚，且皆自
託遺老，和琴南的臭味相投，遂爲江西派助陣，故其詩歌的藝術成就，亦爲琴
南所推重。由此觀之，琴南早期反對昌言宋詩並非一概否定，晚期服膺「同光
體」中的某些詩人詩風的獨具一格，是與其論詩宗旨切合的。琴南所反者，在
於「同光體」詩人的亦步亦趨，走入形式主義的道路，以致無法反映現實的弊
病。琴南對宋詩派的批評態度，宋詩派的代表人物陳衍也直認不諱，在琴南逝
世後，陳衍在輓詩中曾有所提及，〔註13〕但兩人並未因詩見不合而影響交誼。

　　琴南在《閩中新樂府》自序中曾云：「畏廬子，……目不知詩，亦不願垂
老冒爲詩人也。」琴南於十九歲即「恣肆爲詩」，中舉後又參與福州支社唱和，
〔註14〕甲申中法之役後又寫詩百餘首，說其「目不知詩」，不願「冒爲詩人」，
顯然不能自圓其說，只是在宋詩派風靡當時詩壇的情形下，提出了反對專宗
黃庭堅江西詩派的態度，其不願「冒爲詩人」即是說其並不願作宋詩派那樣
的詩人，也不服膺宋詩派那樣的詩，晚年的助西江張目，雖與其早期所言「侈
言宗派，收合黨徒，流極未有不衰」牴牾，然在盛名之下，宗派不言而自立，
黨徒不收而自合，勢所必然。至於其肯定西江中某些詩人的風格獨具，是與
其詩歌主張密切配合的。

〔註12〕《拊掌錄》The Sketch Book of Geoffrey Crayon, Gent.（西元 1820 年），華盛頓
歐文原著，魏易口譯。光緒三十三年（西元 1907 年）六月商務印書館出版。

〔註13〕陳衍《石遺詩續集》卷二云：「人事如轉燭，交君五十年，長我才四齡，奄忽
竟先我，君去長已矣，我心鬱煩冤，論文常訾我，自昔荷斷斷，反以報君施。」
此詩爲五言古詩四十韻，又見《林琴南學行譜記四種‧貞文先生學行記》卷
三，頁3。

〔註14〕福州支社約在光緒十九年（西元 1893 年）解體，前後活躍了十年之久。參見
張俊才〈貞文先生年譜考補〉，《河北學刊》，1985 年第 3 期。

四、結　語

清末民初的古體、近體詩已至窮途末路，文人作詩總侷限於漢魏六朝和唐宋，無能突破。琴南生處於維新時期，認識到詩歌深具感人的力量，並欲探討古、近體詩沒落之因及詩人致窮之由，因而提出了自己的理論主張，茲歸結以下兩點，以明其受到傳統的現實主義詩歌理論的影響。

其一：詩歌應反映作者在現實生活中的眞情實感，方能臻於「以自然爲工，以感人爲能」的藝術特色。此點正是「詩言志」傳統詩歌理論的發揮，把《詩經》以至杜甫的詩作奉爲「言志」的圭臬，由〈梅花詩境記〉中肯定「憂國思家、嘆逝怨別、弔古紀行」之作可知，琴南要求詩歌能以眞實的感情反映眞實的現實，是極爲明確的。反對「刻形鏤法，玉振珠貫」的「有爲」之作，即以雕琢爲能事，以講究格律之美爲目的形式主義詩歌。此又正是對以白居易爲代表的樂府詩現實主義藝術理論的繼承。白氏在〈新樂府自序〉曾云：「其辭質而徑，欲見之者易喻也；其言質而切，欲聞之者深誡也；其事覈而實，使采之者傳信也；其體順而肆，可以播於樂章歌曲也。總而言之，爲君、爲臣、爲民、爲物、爲事而作，不爲文而作也。」〔註15〕可見琴南受到白氏的影響，至深且鉅。因而極力推崇傳統的現實主義詩歌，及肯定現實主義詩人的地位和價值。

其二：其「性情」之說，和《詩大序》、陸機《文賦》、劉勰《文心雕龍》、鍾嶸《詩品》的重情性都有淵源關係，琴南顯然受到他們的影響，但並未完全抄襲，仍有其獨特的見解，在《畏廬文集・應知八則・識度》中即謂：「魏叔子曰：『學古人必知古人之病，而力前滌之。不然吾自有其病，而又益以古人之病，則天下之病皆萃於吾之一身。』此語至爲切當。……故學前後七子者，幾于七子外無文字；學竟陵公安者，幾于竟陵公安之外無文字。物蔽於近，性遷於習，豈惟文字爲然，顧此猶言癖於所嗜，使知識昏瞀耳，所難者似知非知，似解非解，此時正須一番爐火工夫。」於此可見琴南對待文學遺產的態度是極爲贊同魏禧之語，認爲明明是古人病處卻盡力模仿、盡力追求者，是極應避免的，應就其情性所近，博涉諸家，以定其去取，下「一番爐火工夫」，方不致於因癖於所嗜而又「似知非知，似懂非懂」，造成「知識昏瞀」。而其「性情」又和「境地」即詩人的生活際遇聯繫，在維新時代的琴南，

〔註15〕參見郭紹虞主編《中國歷代文學論著精選》上冊，頁421。台北：華正。原錄於《白氏長慶集》卷一。

能注目於國家的盛衰、民族的存亡。在譯作《伊索寓言》敘中云：〔註16〕「嘗謂天下不易之理，即人心之公律。吾私懸一理，以征天下之事，莫禁其無所出入者，吾學不由閱歷而得也。其得之閱歷，則言足以證事矣，雖欲背馳錯出，其歸宿地，於吾律亦莫有所遁。」於此琴南特重閱歷，是其可貴之處，比宋詩派作者只論性情和學問，更覺周全。可見其「性情境地」說比較注重思想和現實的聯繫。

至其詩派則是源自龔自珍、魏源的進步詩歌的優秀傳統，與「詩界革命」的巨子黃遵憲的「新派詩」屬於同調。其對「宋詩派」的批評，可歸結爲以下兩點：

其一：琴南由詩歌與現實關係著眼，批判宋詩派脫離現實的弊端，在〈梅花詩境記〉一文中已飽含了對宋詩派的針砭。

其二：琴南從詩歌應有不同的藝術境界上，批評了宋詩運動和宋詩派專尊黃庭堅的作法，此點在〈郭蘭石先生增默庵遺集序代〉已得到充分的論述。

綜觀而論，琴南的詩論是要求詩歌反映現實，有益國眾，在藝術上貴眞情實感，反模擬、尚自然、重性情境地，忌蹇澀、斥宗派。在「宋詩派」風靡詩壇的情況下，提出針砭晚清宗宋派之流弊，實未反對宋代詩人或宋詩，由其推崇宋之臨川、東坡、山谷、後山等詩人可證。可見琴南欲振衰起弊，力挽狂瀾的用心，是值得肯定的。

主要參考書目

1. 《畏廬論文等三種》，林紓，台北：文津影本，民國 67 年 7 月。
2. 《畏廬文集‧詩存‧論文》，林紓，台北：文海影本，近代中國史料叢刊第九十四輯。
3. 《林琴南學行譜記四種》，朱羲胄，台北：世界，民國 54 年。
4. 《論林琴南文學》，孔祥河，香港：能仁中文，民國 72 年。
5. 《林紓評傳》，張俊才，天津：南開大學，1992 年 3 月。
6. 《校訂本中國文學發展史》，劉大杰，台北：華正，民國 73 年 8 月。
7. 《中國文學批評史》，王運熙、顧易生，台北：五南影本，民國 80 年 11 月。

〔註16〕《伊索寓言》爲伊索（AESOP）原著，嚴培南、嚴璩口譯。光緒二十九年（西元 1903 年）五月商務印書館印行第四版，初版時間未詳。

8. 《中國新文學史》，司馬長風，台北：駱駝，民國 76 年 8 月。

9. 《現代中國文學史》，錢基博，台南：唯一，民國 64 年 9 月。

10. 《中國歷代文學論著精選》，郭紹虞，台北：華正，民國 73 年 8 月。

11. 〈林紓傳〉，曾憲輝，福建師大學報哲社版，1981 年 2 月。

12. 〈試論林紓的詩論和詩作〉，曾憲輝，福建師大學報哲社版，1983 年 3 月。

13. 〈左海畸人林畏廬——《林紓詩文選注》前言〉，曾憲輝，福建師大學報哲社版，1987 年 2 月。

14. 〈論《閩中新樂府》——兼談其梓行及其它〉，曾憲輝，福建師大學報哲社版，1994 年 1 月。

附錄三　林琴南與桐城派

摘　要

　　晚清之季，西學東漸，文人學士或引進西方思想，或引進西洋文學，致使中國傳統文學地位開始動搖，其中尤以古文的衝擊最大。桐城一派，雖能承繼傳統，揚古文之華，但終究欲振乏力，與清世國運相終始。身處於此新舊文化交替的林琴南，為力延古文命脈，乃挺身捍衛古文，徵聖宗經，靠攏於桐城，企圖以桐城之力與新文學對抗，雖功虧一簣，然其力挽狂瀾的用心，顯而易見。本文試就林琴南與桐城派的關係及其區別上，分論林琴南和桐城派的淵源、林琴南對桐城文論的繼承及林琴南與桐城派之異調諸端，以明林琴南與桐城文人密切關係，及兩者於古文理論上之分合，藉以了解林琴南於長河落日下，對古文所投注的心力，重新予以林琴南合理公正的評價。

一、前　言

中國古典散文，於先秦、兩漢奠其基，歷經唐宋八大家的努力，更大放異彩。有明一代如唐宋派、公安派、竟陵派亦皆在前人之基礎上，繼續向前馳騁。時至清代，桐城派更主導散文文壇。唯時運交移，由於西學引入，古文乃遭受前所未有的衝擊，其中為力延古文一線的林琴南，更挺身而出，企圖延續古文之命脈，孳孳投注於古文，非但有古文理論問世，甚至有豐富的古文創作，理論與實踐的相輔，使琴南成為傳統古文的殿軍。至其理論的形成，自有其對傳統的繼承，且與清代的桐城派頗有淵源，但仍見其有對桐城派修正之處，故而本文試就「林琴南與桐城派之淵源」、林琴南對桐城文論之繼承」及「林琴南與桐城派之異調」三目，藉以探究林琴南古文理論的繼承與開創，並釐清後人將之劃歸桐城派之不妥，以還予琴南古文理論的真正面貌。

二、林琴南與桐城派之淵源

琴南與桐城派的淵源頗深，且關係密切，致後人將之視為桐城，如陳炳坤云：

> 嚴復、林紓同出吳汝綸的門下，世稱林、嚴。他們的古文都可以說是桐城派的嫡傳，尤以林紓自謂能謹守桐城義法。(《最近三十年中國文學史》)

此說直視琴南為桐城派之衣鉢傳人，也代表著後世多數文學史家之見，然此說並不可靠，容後再討論。另有顧鳳城謂林紓：「善古文辭，但頗反對桐城派。」(《中外文學家辭典》)不知所據為何？琴南對桐城派或有修正，但從未言反對桐城，對此，寒光曾提出質疑云：〔註1〕

> 他（指顧鳳城）所謂「頗反對桐城派」的話，恰與一般人目林紓為桐城者相反。據我們所知道，林氏雖自己聲明否認他為桐城派，但也不曾有過反對桐城派的論調，只不知顧氏何所據而云然呢？

基於上述的不同看法，為澄清疑慮，有必要考其本末終始，只有正確得知琴南與桐城派的關係，方能予以琴南正確公允的評價。因而特以「琴南與桐城

〔註 1〕 寒光〈林琴南〉一文，載於 1935 年 6 月 20 日《人間世》三十期。此轉引自林薇《百年沈浮—林紓研究綜述》，河北：天津教育，頁 286。

文人相善」、「推崇方、姚之文並爲桐城辯護」、「反立派別並屢言桐城無派」
三目，藉以窺知琴南與桐城派之關係，從而證明琴南並非屬之桐城。

（一）琴南與桐城文人相善

光緒二十七年（西元 1901 年），琴南於北京五城學堂首次晤會桐城末代
宗師吳汝綸。琴南以古文向其請教，吳氏大爲讚賞，琴南嘗提及此事云：

> 余治古文三十年，恆嚴閉不以示人。光緒中，桐城吳摯甫先生至京
> 師，始見吾文，稱曰：是抑過掩蔽，能伏其光氣者。（《畏廬續集·
> 贈馬通伯先生序》）

琴南會見吳汝綸之前，治古文已三十年，但「恆嚴閉不以示人」而已。張僖
亦云：

> 獨其所爲文，頗祕惜，然時時以爲不足藏，摧落如秋葉，余深用爲
> 憾。（《畏廬文集·序》）

張氏對琴南的文不足藏，亦深以爲憾事。然吳汝綸對琴南之文卻讚譽有加，
以蘇明允稱韓退之「抑過掩蔽」之語，贊揚其文能斂氣蓄勢。〔註2〕之後兩人
如獲知音，乃相互論文。琴南云：

> 摯甫先生與余聚京師累月，旋亦物故，晚交得通伯，以上書論時政
> 不合，悒悒亦遇亂歸桐城，計可以論文者，獨有一叔節，而叔節亦
> 行且歸，然則講古學者既稀，而二三良友，復不得常集而究論之。（《畏
> 廬續集·送姚叔節歸桐城序》）

琴南除與吳汝綸聚京師相互論文外，又與桐城派文人馬通伯、姚叔節切磋文
事，並視之爲良友。琴南嘗云：

> 辛丑入都，晤吳摯甫先生於五城學堂，論《史記》竟日，先生深韙
> 吾説，……，余尊先生如師保，……，且其陳酬於《史記》，識見乃
> 高余萬倍矣。（《畏廬續集·桐城吳先生點勘史記讀本序》）

兩人論《史記》竟日，相互切磋，琴南尊之如師，非眞正師事吳汝綸，但爲
論文之友而已。其他若稱吳氏爲「亡友」、「亡友吳摯甫先生」可證。〔註3〕

〔註2〕 蘇洵〈上歐陽內翰書〉云：「韓子之文，如長江大河，渾浩流轉，魚鱉蛟龍，
萬怪惶惑，而抑過蔽掩，不使自露。」見《嘉祐集》第十一卷，台北：台灣
中華，頁2。另林紓《畏廬論文·應知八則·氣勢》亦引蘇洵贊韓愈之語，並
云：「此眞知所謂氣勢，亦眞知昌黎之文能斂氣而蓄勢者矣。」台北：文津，
頁24上，下引此書版本並同。

〔註3〕 《畏廬三集·答甘大文書》云：「亡友吳摯甫爲桐城適傳。」台北：文海，頁

　　琴南執教於京師大學堂，與姚永樸、姚永概與馬其昶等桐城文人結成「道義之友」，三人常以文相往來，琴南曾云：

> 而來書所舉之二姚及通伯，又皆僕道義之友，通伯謙德無尚，每得一篇，必走而就商於僕。（《畏廬三集‧答甘大文書》）

馬其昶請琴南為其改文，相互切磋，乃桐城派古文家的傳統美德，不僅如此，也以文章相標榜，如琴南云：

> 余尊先生如師保，讀其遺文，繁而不涉猥釀，簡而弗流疏牾，系出桐城，仍韓法也。（《畏廬續集‧桐城吳先生點勘史記讀本序》）

琴南盛讚吳汝綸文之繁簡得宜，宗法退之。又推崇馬氏之文云：

> 通伯文方重飫衍，析理毫芒之間，而咸擷其精。……吳先生既逝，世之歸仰桐城者，必曰是馬通伯先生。（《畏廬續集‧贈馬通伯先生序》）

馬其昶為文之析理入微，擷精取實，更是繼吳汝綸之後的桐城巨擘。琴南又讚姚永概之文云：

> 叔節家世能文，為惜抱之從孫，所著慎宜軒文若干篇，氣專而寂，澹宕而有致，不矜奇立異，而言皆衷於名理，是固能補其祖矣！……今日微言將絕，古文一道，既得通伯，復得叔節，吾道庶幾不孤乎！
>
> （《畏廬三集‧慎宜軒文集序》）

琴南對於姚永概承繼家學，又能踵事增華，深表肯定。

　　經由上述引論，知琴南將吳汝綸、馬其昶、姚永概視為師友、同調，並極力讚美其文，其間的淵源頗深，關係至密，但若是因此即將其歸入桐城，則有欠妥。

（二）贊方、姚之文並為桐城辯護

　　琴南論文宗桐城，尤其推崇方望溪、姚姬傳之文，嘗盛讚方望溪之文云：

> 望溪組述六經，寢饋程朱，發而為文，沈深處而不病其晦，主斷處一本之醇，道論能發明容城之所長，亦不護姚江之短，堂堂正正，讀之如飲佳茗，震川後一人而已。（《方望溪集選序》）

對於方望溪之「祖述六經，寢饋程朱」，琴南尤其讚嘆，並認為於歸震川之後，方氏獨能繼其遺緒。至於姚姬傳之文，琴南也時有溢美之詞，如云：

679，下引此書版本並同。又《畏廬論文‧論文十六忌‧忌陳腐》云：「亡友吳摯甫先生，謂馬通伯說理之文最不易作。」頁44下。

陽湖諸老，復各樹一幟，爭爲長雄。惜抱伏處鍾山，無一息曾與競，
不三十年間，諸子光焰皆熸，而天下正宗尊桐城焉。（《畏廬三集‧
慎宜軒文集序》）

姚姬傳對桐城之貢獻乃在於能揚其精華，致使當時與之相競之陽湖派趨於式
微，使桐城成天下之正宗。〔註4〕又云：

僕生平未嘗言派，而服膺惜抱者，正以取徑端而立言正。若弗務正，
而日以撏扯餖飣震炫流俗之耳目，吾可計日而見其敗。（《畏廬續集‧
與姚叔節書》）

琴南對於惜抱之「取徑端而立言正」極力推重，以期能本於前賢的學行，發
而爲文，有雅正之語。正由於琴南與桐城派文人多有投契，且對方、姚之文
頗多讚頌，故而對於各種詆毀桐城派之言論，乃大力抨擊，爲其辯護。如云：

後生小子，於古文一道，望之不知涯涘，乃詆毀桐城，不值一錢，
余既歎且笑。（《方望溪集選序》）

琴南對於後生小子不知古文一道，因而詆毀桐城，頗置不滿，蓋由於琴南與
桐城派確有互通聲息之處。再者，對於當時的新文風，持反對之立場，如云：

天下唯有眞學術、眞道德，始足獨樹一幟，使人景從，若盡廢古書，
行用土語爲文字，則都下引車賣漿之徒所操之語，按之皆有文法，
不類閩廣人爲無文法之唧啾，據此則凡京津之稗販，均可用爲教授
矣！（《畏廬三集‧答大學堂校長蔡鶴卿太史書》）

由於文學立場乃推崇古文，極力反對白話文，因而以爲若提倡白話文，恐將
盡廢古書，古文之緒不存。在新文學的洪流下，目睹古文將成絕響，慨嘆「吾
清之亡，亡於廢經」〔註5〕之際，琴南乃極力爲桐城辯護，並非因己是桐城中
人，但爲維繫古文傳統而已。

　　基於上述，琴南對方望溪、姚姬傳之文的讚頌與服膺，復以後生小子的
不識古文之道，爲力延古文命脈，遂與桐城文人站在同一營壘，極力爲桐城
辯護，但斷不能因此而將之劃歸桐城派。

〔註4〕陽湖派產生於乾隆末至嘉慶時期，是繼桐城派之後，合創作和批評爲一的文
　　　學流派。該派以惲敬、張惠言爲首，其文論既有接受桐城派之影響，共同壯
　　　大古文之聲勢；又對桐城派進行批評，於當時與桐城相抗。詳參鄔國平、王
　　　鎮遠《中國文學批評通史——清代卷》中「陽湖派的文論」一節，上海：古
　　　籍，頁612-626。
〔註5〕語見《畏廬三集‧與唐蔚芝侍郎書》，頁674。

（三）反立派別並屢言桐城無派

琴南論文，忌率襲庸怪，文必己出，故主行文之要，須積理養氣，敷文明道，且不宜劃分統系派別，曾云：

> 古文惟其理之獲與道無悖者，則味之彌臻於無窮，若分劃秦、漢、唐、宋，加以統系派別，為此為彼，使讀者炫惑其目力，莫知其從，則已格其途而左其趣矣。（《畏廬文集・國朝文序》）

可見琴南論文雖持唐宋，亦未嘗薄魏晉，透露其對古文之獨特見解。除反對派別門戶之見外，並屢言桐城無派，其云：

> 桐城之派，非惜抱先生所自立，後人尊惜抱為正宗，未敢他逸而外軼，輾轉相承，而姚派自立。（《畏廬續集・與姚叔節書》）

琴南不承認文中有派，而桐城之為派，實由於輾轉相承，以姚惜抱為正宗而成，非有意立派也。又云：

> 世所謂桐城派者，多私淑桐城之人，非桐城自立一派，使人歸仰而仿效之。（《方望溪集選序》）

由於後人的歸仰仿效，致使桐城成派，固非有意為之。琴南又再度重申云：

> 夫桐城豈真有派？惜抱先生亦力追古學，得經史之腴，鎔裁以韓歐之軌範，發言既清，析理復粹，自然成為惜抱之文，非有意立派也。學者能溯源於古，多讀書，多閱歷，範以聖賢之言，成為堅確之論。韓歐法程自在，何必桐城，即桐城一派，亦豈能超乎韓歐而獨立耶！（《畏廬論文・述旨》）

足見惜抱得自經史、韓歐之助，為文自成一家，非有意立派。琴南亦勉學者推本於古，遍讀群籍，豐富閱歷，自能不囿於派別，立言傳世。琴南更有明確的論調云：

> 古文固無所謂派，襲其師說，因以求炫於世，門戶始立。古文之道，轉從而衰。亡友吳摯甫，為桐城適傳，僕數造其廬，則案上陳韓文一卷，韓者，惜抱文字之所從出也。摯甫，桐城人，又桐城之適傳，胡以舍惜抱而趣韓？則知桐城固無所謂派。其以派名之，實不知文；即其自命為桐城者，而亦不謂之擅於文也。（《畏廬三集・答甘大文書》）

極言古文無派，若囿於門戶，以派名之，將有不知文、不擅文之譏，古文一途，轉而趨衰。由以上之論證，琴南認為桐城無派，實已至顯。

　　琴南非但屢言桐城無派，並曾表示「吾非桐城弟子」，〔註6〕尤其反對人言其古文學桐城，否認自己爲桐城派作家，其云：

　　　　古之倡爲師說者，唯韓昌黎，而方望溪復作〈廣師篇〉，是二公者，皆信其文足以師天下，然當韓世而已受攻於人，而桐城一派尤爲後生小子所詬病，今生固不病，余正恐因生之勤余，而余轉爲後生小子所病。(《畏廬續集·送劉洙源赴嶺南序》)

琴南不願己之有派，恐蹈桐城覆轍，而爲後生小子所譏。且以其古文造詣，自有聲望，不必挾桐城以自重。又云：

　　　　亦有稱余之文學桐城者，某公斥余不應冒入此途，余至是既不能笑，亦不復歎，但心駭其說之奚所自來也。(《方望溪集選序》)

文中「某公」實指康有爲，琴南曾記載云：

　　　　夫文安得有派，古學者得其精髓，取途坦正，後生尊其軌轍而趨，不知者遂目爲派，然則程朱學孔子，亦將其謂之曲阜派耶。……辛酉五月，余晤康長素於滬上，長素曰：「足下奈何學桐城？」余笑曰：「紓生平讀書寥寥，左、莊、馬、班、韓、柳、歐、曾外，不敢問津，于震川則數過其集，方、姚二氏略爲寓目而已。」長素憮然。(《震川集選序》)

琴南否認文學自桐城，表明其古文淵源係「取法乎上」，〔註7〕並非系出桐城。又指出：

　　　　爲文當肖自己，不當求肖古人，有古人之志願問學，加以磨治，吐屬間不期古而自古，必分門別派，謂吾爲某家香火門人，步步剽竊，即到汪道昆、陳與郊地位，又何益者？(《畏廬論文·論文十六忌·忌剽襲》)

由此可見，琴南主張學古而能變化，通古方可變今，不願依傍他人門戶，期能自成一家，足證其反立統系派別之主張，以及不願被視爲桐城派之用心。

三、林琴南對桐城派的繼承

　　琴南雖屢言桐城無派，然桐城之有派，信而有徵，桐城派中興功臣曾國

〔註6〕　《畏廬三集·慎宜軒文集序》云：「吾友桐城姚君叔節，恆以余爲任氣而好辯，余則曰：『吾非桐城弟子爲師門捍衛者。』」頁628。
〔註7〕　語見《畏廬論文·述旨》，頁4上。

藩曾詳述桐城派之淵源流衍，其云：

> 乾隆之末，桐城姚姬傳先生鼐，善爲古文辭；慕效其鄉先輩方望
> 溪侍郎之所爲，而受法於劉君大櫆，及其世父編修君範。三子既
> 通儒碩望，姚先生治其術益精。歷城周永年書昌爲之語曰：「天下
> 之文章，其在桐城乎！」由是學者多歸嚮桐城，號桐城派，猶前
> 世所稱江西詩派者也。姚先生晚而主鍾山書院講席，門下著籍者，
> 上元有管同異之、梅曾亮伯言，桐城有方東樹植之、姚瑩石甫四
> 人者稱爲高第弟子，各以所得，傳授徒友，往往不絕。（《歐陽生
> 文集序》）

此段文獻對於後世治文學史者，極具參考價值。藉此亦可得知桐城派的來龍
去脈，而桐城之有派，已爲不爭之論。琴南基於反對門戶派別及否認文學桐
城，故而再三聲稱桐城無派。而有清一代，於古文理論與古文創作上影響最
爲深遠之流派者，厥爲桐城。桐城派承繼唐宋諸家遺緒，以古文號召天下，
篤守「文道合一」之說。初祖方望溪爲古文，標舉古文義法，謀「文統」與
「道統」的密切結合，力求「文」與「道」的合一，以標舉爲文之宗旨，並
開示其準的，嘗云：「學行繼程朱之後，文章介韓歐之間。」〔註8〕欲以程朱
義理，合韓歐之文而爲一。而其所倡之「義法」論，卻也建立了桐城文論的
架構。方望溪云：

> 春秋之制義法，自太史公發之，而後之深於文者亦具焉。義即《易》
> 之所謂言有物也，法即《易》之所謂言有序也；義以爲經，而法緯
> 之，然後爲成體之文。（《望溪文書‧書貨殖傳後》）

方氏以爲「義」在求「言有物」，「法」在求「言有序」，蓋「有物」則內容充
實，「有序」則「形式」完備，如此義法經緯，乃爲成體之文。近人姚永樸對
「義法」也論之頗詳，〔註9〕實有助於對「義法」之了解。雖說方氏「言之有
物」、「言之有序」的「義法」論，只是桐城文論的粗坯，然已具體而微，而

〔註8〕見王兆符《方望溪先生全集‧序》，江蘇：中國書店。

〔註9〕姚永樸《文學研究法‧綱領篇》論「義法」頗詳：《易‧家人卦大象》曰：「言
有物」；〈艮六五〉又曰「言有序」；物即義也，序即法也。《書‧畢命》曰：「辭
尚體要」；要即義也，體即法也。《詩‧正月篇》曰「有倫有脊」，脊即義也，
倫即法也；《禮記‧表記》曰「情欲信，辭欲巧」；信即義也，巧即法也；《左
氏‧襄公廿五年傳》曰「言以足志，文以足言」；志即義也，文即法也。台北：
廣文。

前修未密之處，正有待乎後出之轉精。望溪之後，劉海峰提出「神氣」論，強調風神格調、精神氣脈諸問題以補方氏之不足；〔註10〕姚姬傳更以爲：「只以義法論文，得其一端而已」，「望溪所得，在本朝諸賢爲最深，然較之古人則淺」，進而提出「神理氣味，格律聲色」以光大其說。〔註11〕故而方苞被推爲桐城派的初祖，與劉大櫆、姚鼐合稱「桐城三祖」。〔註12〕姑且不論方氏的「義法」論能否範圍桐城文論的全部內容和最高準則，然劉、姚之後的桐城文人，大抵立於此基礎上而多所發明布濩，使「義法」之內容更完備精密，而擴大桐城派的堂廡。至於方氏之爲古文，乃推本於《六經》、《語》、《孟》，頗究心於《春秋》，用力於《史記》，尤深得太史公之微旨，主繼程朱之學行，學韓歐之文章，桐城文人承其遺緒，即使自認不屬桐城的琴南，也一本依經附聖之思想，在其文論中展現對桐城文論之繼承。此節將以「古文之主張」和「學古文之法」兩目以見琴南對桐城文論的繼承之處。

（一）古文之主張

琴南治古文推本於《六經》，主取徑於秦、漢、唐、宋，馬、班、韓、歐，嘗云：

> 僕四十五以內，匪書不觀。已而八年讀《漢書》，八年讀《史記》。近年則專讀《左氏傳》及《莊子》（讀莊非醉其道，取其能變化也），至於韓、柳、歐三氏之文，楮葉汗漬，近四十年矣。此外則《詩》、《禮》二經及程朱二氏之書，篤嗜如飫粱肉，他書一無所嗜。（《畏廬三集・答徐敏書》）

琴南自幼接受傳統的道德教育，個性忠貞，復以拜謝章鋌爲師，研讀漢、宋兩代的儒學經典，經學得以大進。〔註13〕於孔孟之道、程朱義理，已深植於心。故而爲古文一本宗經，反對雜而不純，於《元豐類稿選本序》中云：

> 凡文字不由經籍溯源而出，未有不流於雜家者。（《林琴南學行譜記四種・春覺齋著述記》卷二）

極力強調爲文本於經籍的立場，如此方能使思想純正。於《文微》中更言：

〔註10〕詳參《劉海峰文集》卷首〈論文偶記〉。
〔註11〕詳參姚鼐《惜抱軒尺牘》卷五〈與陳碩士〉及《古文辭類纂・序目》。
〔註12〕有關「桐城三祖」之論定，及桐城派之確立，始於方東樹，其《儀衛軒文集》卷五〈劉悌堂詩集序〉論之頗明。詳參許結〈論方東樹在桐城派文學理論建設中的作用〉，載《古代文學理論研究》十三輯。
〔註13〕詳參張俊才《林紓評傳》，天津：南開大學，頁46，下引此書版本並同。

〔註14〕

> 自《六經》來，乃爲眞文。（《文微‧通則第一》）

> 能自《史記》、《漢書》、《左傳》、《禮記》、《詩經》中求根柢，再以
> 八家法度學周、秦及其他經文，乃有把握。（《文微‧籀誦第三》）

此種根柢於經的古文主張和桐城派的重視六經，基本上是前後相通的。其次，
桐城派學文的圭臬，應爲《左傳》、《史記》、韓、歐之文，而琴南也極其重視，
其言：

> 天下文章能變化陸離，不可方物者只有三家，一左、一馬、一韓而
> 已。……《左傳》之文，無所不能，時時變其行陣，使望陣者莫審
> 其陣圖之所出。（《左傳擷華序》）

足見琴南和桐城派文人對《左傳》的推重，方苞曾撰《左傳義法舉要》及《史
記評語》二書，以彰其「義法」可證。琴南又云：

> 俗士以古文爲朽敗，後生爭襲其說，遂輕蠛左、馬、韓、歐之作，謂
> 之陳穢，文始輾轉日趨於敝，遂使中國數千年文字光氣，一旦闇然而
> 燼，斯則事之至可悲者也。（《畏廬續集‧送大學文科畢業諸學士序》）

> 向見吳摯甫先生案頭日置韓文一卷，時時讀之。以桐城人師桐城之
> 大師，在理宜讀姚文，不宜取徑於韓，且曾文正亦力主桐城者，乃
> 日抱韓文不去手。（《畏廬論文‧述旨》）

對後生小子輕蠛左、馬、韓、歐之作爲陳穢，不知古文一途，頗感悲嘆。至
於桐城文人吳摯甫、曾文正者，雖是桐城嫡傳，亦上取韓文以得其文之精醇。
足見琴南與桐城派共同服膺和嚮往者，應是左、馬、韓、歐之文。

琴南爲文本於經籍，蓋經籍內容義理明備，故而於古文內容的主張首在
獲理適道。其云：

> 吾人平日熟讀經史及儒先之書，頗熔化爲液，儲之胸中。臨文以簡
> 語制斷之，務協於事理，此便是道；然斷非剽襲僞託，始臻此詣。（《畏
> 廬論文‧論文十六忌‧忌陳腐》）

> 獲理適道，亦不惟多讀書、廣閱歷而然，尤當深究乎古人心身性命
> 之學，言之始衷於理，且與道合。（《畏廬文集‧國朝文序》）

〔註14〕《文微》係朱義胄據聽林紓講課時的筆記整理而成。原書不見，此據李家驥、
　　　李茂肅、薛祥生《林紓詩文選》末所附，北京：商務。

琴南以爲學之經籍，深究聖哲之用心，如此則出之有本，言方寡要，故而意在言先，期能臻於外質中膏，聲希趣永之境，琴南又云：

> 綜言之，古文者先義理而後言詞，義理醇正，則立言必有可傳。(《林琴南學行譜記四種‧春覺齋著述記‧元明文序》)

> 義理明於心，用文詞以潤澤之，令讀者有一種嚴重森肅之氣，深按之又彌有意味，抑之不盡，而繹之無窮，斯名傳作。(《畏廬論文‧論文十八忌‧忌輕儇》)

對於古文內容的要求，提出「先義理後言詞」的主張，一本儒家之仁義，參之以生活歷練，潤之以文詞，令讀者深思細繹其無窮之韻味，以成佳篇名作。而琴南主張更與桐城文人如出一轍，如姚姬傳云：

> 夫文無所謂古今也，惟其當而已。得其當，則六經至於今日，其爲道也一。(《古文辭類纂序目》)

姚氏的「文無古今」與琴南的反立統系派別的主張一致，此已具如前述。要求理之明當，古今之文則一。故而姚氏更言「陳理義必明當」(《惜抱軒全集‧復魯絜非書》) 可見琴南的「獲理適道」乃承傳了姚氏之觀點。

再者，桐城派文人於古文禁忌上已頗爲嚴明，如方苞主張「忌語錄語及魏晉六朝人藻麗俳語，詩歌中儁語，南北史佻巧語」〔註15〕和「忌佛氏語，宋五子講學口語」(《方望溪全集‧答程夔州書》)。又如方東樹所言：

> 當力避陳言，忌語雜氣輕，忌陳腐散漫輕滑，忌平鋪直衍冗絮迂緩。
> (《昭昧詹言》)

曾文正亦云：

> 竊聞古之文，初無所謂法也。《易》、《書》、《詩》、《儀禮》、《春秋》諸經其體勢聲色曾無一字相襲，即周秦諸子，亦各自成體。……後人本不能文，強取古人所造而摹擬之，於是有合有離，而法不法名焉。若其不俟摹擬，人心各具自然之文，約有二端：曰理曰情。(《曾文正公全集‧湖南文徵序》)

桐城文人所提出的古文禁忌在琴南文論中得到更大的發揮，於其中亦可見繼承之跡。琴南於《畏廬論文‧論文十六忌》中，揭示了爲文的十六種禁忌，即忌直率、忌剽襲、忌庸絮、忌虛枵、忌險怪、忌凡猥、忌膚博、忌輕儇、

〔註15〕沈廷芳《隱拙軒文鈔》卷四〈方望溪先生傳〉後附〈自記〉，參見《中國歷代文論選》第三冊，上海，古籍，頁401。

忌偏執、忌狂謬、忌陳腐、忌塗飾、忌繁碎、忌糅雜、忌牽拘、忌熟爛。可見琴南於寫作之「法」的規定上，顯比桐城文人嚴格且具體。前於《畏廬論文‧論文十六忌‧忌剿襲》已提及琴南主張為文貴乎創造，學古而能變化，反字模句擬，陳陳相因，一味剿襲之文。琴南又云：

> 何謂牽拘？牽于所見，拘于成法也。文之入手，不能無法；必終身束縛於成法之中，不自變化，縱使能成篇幅，然神木而形索，真是枯木朽株而已，不謂文也。……入者，師法也；出者，變化也。守一先生之言，宗一先生之教，固是信服之篤；然有師而無我，有古而無今，仍不能抉出文中之妙。(《畏廬論文‧論文十六忌‧忌牽拘》)

「法」不在摹擬，要能入能出，以期思想和感情之真實，從而成「自然之文」，曾文正和琴南之見解可謂前呼後應。另外，忌文之「陳腐」，亦為桐城文人所講求，方東樹如此，琴南亦然。其云：

> 平心而論，古文無不由道理而出，當先辨此道理是否陳腐，有道理本非陳腐，一出冬烘手筆，即成陳腐者。……唯醇故不陳，唯精故不腐。(《畏廬論文‧論文十六忌‧忌陳腐》)

為文力求精醇，忌陳腐散漫，此點又與方東樹所言前後互通。琴南也強調為文當力求簡潔，繁簡得當，其云：

> 質言之，真庸絮者，由於不學理，不厚積，言之易盡，不能不取常用之言，足成篇幅。蓋讀時不悟古文繞筆複筆之訣，以為非至再補義，文理便不圓足，須知有法以駕馭之，則靈轉圓通，宜節處便節，宜繁處即繁，若不省用筆之法，故丁寧反覆，伸明己說，此未有不流於絮者也。……故洗伐嚴淨，自無庸絮之病，若不講行文之法及文之意境，則先無去取之能，即有先輩之名言，古書之辭義，亦何從使之道達得出。……苟無其學，雖有名言，亦不能達而使晰也，故為文者，知避庸絮則當知學。(《畏廬論文‧論文十六忌‧忌庸絮》)

文筆的雅潔，自來為桐城文人奉為寫作之準則，因而桐城文人極力積學儲寶，酌理富才，以為文之用。但若不出於此，則文流於平舖直敘、冗章冗句、連篇累牘，終將一無是處。為忌庸絮之文，琴南力主「嚴淨」以救其弊云：

> 蓋文體之嚴淨，不特佛氏之書不宜入，即最古如《老子》、《莊子》亦間能偶一及之，因為大道之證。若專恃老莊之理，又豈足以成文？(《畏廬論文‧論文十六忌‧忌糅雜》)

思想力求嚴淨，亦為《畏廬論文・論文十六忌》中企圖欲彰顯之文論。欲達思想之純正，需潤澤以六經文字、程朱思想，始克有為。至於老莊文字，但能為大道之證，不能專恃其理，而佛氏之書則萬不可入。凡此，皆承繼方苞以及方東樹之文論，而繼續往前奔馳者。而桐城初祖方苞論文注重「雅潔」，也為琴南所繼承，如云：

> 士大夫談吐，一涉鄙俗，卻不足以儕清流，矧文章為嚴重之器，奈何出於凡猥？……去俗本無他法，但有讀書、明理、宗道三者而已。讀書多，則聞見博，無委巷小家子之言。析理精，則立言得體，尤無飾智警愚之語。……若立言，則萬萬吐棄凡近，不能著以塵相。(《畏廬論文・論文十六忌・忌凡猥》)

古文用語的禁忌，方苞以為「藻麗俳語」、「雋語」、「佻巧語」不能入古文，琴南也提出「鄙俗語」、「凡賤語」、「委巷小家子言」不能入古文，目的在於使古文臻於「雅」的要求。不僅如此，琴南曾從明代公安派首領袁中郎文集中摘引出「徘徊色動」、「魂銷心死」、「時妝淡服，摩肩簇舄，汗透重紗如雨」等詞語，指斥云：「文體之狎媟，至於無可復加」、「破律壞度，此四字足以定其罪矣。」〔註16〕其中可見琴南大體沿襲方苞「雅潔」之說，並對於用語之「潔」有更明確之見。

（二）學古文之法

琴南的學古文之法，與桐城派頗有相通之處，此又是琴南文論傳承自桐城之證。姚姬傳曾云：

> 文士之效法古人，莫善於退之，盡變古文之形貌，雖有摹擬，不可得而尋其跡；其他雖工於學古，而跡不能忘，楊子雲柳子厚於斯，蓋尤甚焉，以其形貌之過於似古人也。(《古文辭類纂序目》)

琴南亦云：

> 讀時神與古會，做時心與古離，神會則古人之變化離合，一一解其用心之所在。至於行文，必自攬己意，不依倚其門戶。……韓之學孟，無一似孟；歐之學韓，無一似韓；即會其神而離其跡。(《畏廬三集・答徐敏書》)

姚氏主張學古文在得其神理，不可襲其面貌；琴南更主張學古人文章，當取

〔註16〕詳見《畏廬論文・論文十六忌・忌輕儇》，頁40下至41上。

其神而離其跡，不可一味剽襲，學古而能變化，出入便可自得。

其次，桐城派古文家自來以「熟讀古文」、「因聲求氣」爲學文不傳之秘。
〔註17〕此見解自劉海峰啓其端，其云：

> 行文之道，神爲主，氣輔之。曹子桓、蘇子由論文，以氣爲主，是
> 矣。然氣隨神轉，神渾則氣灝，神遠則氣逸，神偉則氣高，神變則
> 氣奇，神深則氣靜，故神爲氣之主。（《論文偶記》）

劉氏以爲「神氣」乃根植於作者才情稟性、精神品格，而呈現於文章之中的
神采風貌、氣勢韻味。其中以「神」爲首要，氣隨神轉，劉氏又云：

> 神者，文家之寶。文章最要氣盛，然無神以主之，則氣無所附，蕩
> 乎不知其所歸也。神者氣之主，氣者神之用。神只是氣之精處。（《論
> 文偶記》）

作者精神氣質體現於文中即爲「神」，而表現此種精神氣質所形成的文章氣勢
和風格則爲「氣」。至於文章的「神氣」如何表現，但靠「音節」與「字句」
而已。劉氏云：

> 神氣者，文之最精處也；音節者，文之稍粗處也；字句者，文之最
> 粗處也；然論文而至於字句，則文之能事盡矣。蓋音節者，神氣之
> 跡也；字句者，音節之矩也。神氣不可見，於音節見之；音節無可
> 準，以字句準之。（《論文偶記》）

文章的「神氣」以通過「音節」、「字句」體現，故而學古文宜由「音節」、「字
句」中尋求「神氣」。其中以「神氣」爲文之精；「音節」、「字句」爲文之粗。
然而粗者有規矩可準，而精者卻無跡可尋。因此劉氏特強調格調音節，其云：

> 音節高則神氣必高，音節下則神氣必下，故音節爲神氣之跡。……
> 積字成句，積句成章，合而讀之，音節見矣；歌而詠之，神氣出矣。……
> 學者求神氣而得之於音節，求音節而得之於字句，則思過半矣。其
> 要只在讀古人文字時，便設以此身代古人說話，一吞一吐，皆由彼
> 而不由我。爛熟後，我之神氣即古人之神氣，古人之音節都在我喉
> 吻間，合我喉吻者便是與古人神氣音節相似處，久之自然鏗鏘發金

〔註17〕「因聲求氣」四字乃張裕釗之語，其於《濂亭文集・答吳摯甫書》云：「欲學
古人之文，其始在因聲求氣，得其氣則意與辭則往往因之而並顯，而法不外
是矣。」引自《中國近代文學論著精選》，台北：華正，頁297，下引此書版
本並同。而此理論實始自劉大櫆，之後的姚鼐、曾國藩直至吳汝綸、張裕釗
仍強調此點。

石聲。(《論文偶記》)

以「音節」作爲領會文章神氣之基，去體會古人作品的神理氣韻。故劉氏特別注重誦讀之效，認爲「文章最要節奏，譬之管絃繁奏中，必有希聲窈渺處」(《論文偶記》)，此「因聲求氣」之主張，成爲桐城文人所傳承，且奉爲不二法門。其後姚鼐亦云：

> 詩、古文各要從聲音證入，不知聲音，總爲門外漢耳。……學古文者必要放聲疾讀，又緩讀，祇久之自悟，但若能默看，即終身自作外行也。急讀以求其體勢，緩讀以求其神味。(《惜抱軒全集・與陳碩士書》)

姚氏非但認爲聲音是把握文章之關鍵，同時亦提倡誦讀古文之法。繼姚氏之後，方東樹倡「精誦」，〔註18〕張裕釗標榜「因聲求氣」說，琴南也承襲此說，並專論「聲調」云：

> 時文之弊，始講聲調，古文中亦不能無聲調，蓋天下之最足動人者，聲也。試問易水之送荊軻，文變徵之聲，士爲何泣？及爲羽聲，士又何怒？知荊軻之必死，一觸徵聲，自然生感；本惡暴秦無道，一觸羽聲，自然生怒耳。……變風、變雅之淒厲，鄙人每於不適意時，閉戶讀之；家人雖不知詩中之意，然亦頗肅然爲之動容。……韓昌黎〈答李翊書〉言：「氣盛則言之長短、聲之高下皆宜。」張濂亭先生恆執「因聲求氣」之言，用以誨人。(《畏廬論文・應知八則・聲調》)

「聲調」爲古文中不可或缺的。「聲」之感人至深，隨宮、商、角、徵、羽而感受各異。音樂如此，文章中之聲調亦復如是，但憑誦讀之聲調，即使不解文中涵義，也大略可由聲調中尋得。古之作者雖已不在，但欲使吾心與古人契合，「因聲求氣」不失爲良方。琴南並引韓退之之語及張裕釗之論佐證。無怪乎琴南言「古來名家之作，無不講聲調者」(〈聲調〉)，其重聲調，辨聲調之佳處，正是桐城諸家乃至於琴南所倡者。

　　再者，劉海峰以爲神氣爲文之精，音節字句爲文之粗的理論，其後在姚姬傳的文論中得到了更大的開展，姚氏云：

〔註18〕方東樹《儀衛軒文集》卷六〈書惜抱先生墓誌後〉云：「夫學者欲學古人之文，必先在精誦，沈潛反覆，諷玩之深且久；闇通其氣於運思置詞抑拒措注之會，然後其自爲之以成其辭也，自然嚴而法，達而臧。」引自《中國近代文學論著精選》，頁41。

> 神、理、氣、味，文之精也；格、律、聲、色，文之粗也。然苟舍
> 其粗，則精者亦胡以寓焉？（《古文辭類纂序目》）

姚氏所謂「神、理、氣、味」無疑爲劉氏「神氣」之擴充；「格、律、聲、色」
顯然是「音節」、「字句」之發展。此「精粗」之主張，後世桐城文人更是相
沿不墜，如曾國藩云：

> 雄奇以行氣爲上，造句次之，選字又次之，然未有字不古雅而句能
> 古雅，句不古雅而氣能古雅者；亦未有字不雄奇而句能雄奇，句不
> 雄奇而氣能雄奇者。是文章之雄奇，其精處在行氣，其粗處全在造
> 字選句也。（《曾文正公家訓‧咸豐十四年正月初四》）

雖說談文之雄奇與古雅，但也論及遣字造句與文氣之關係。至於由「粗」去
表現「精」，則與劉、姚看法一致。不僅如此，曾氏更推闡姚氏論文章有陽剛
陰柔之說，進而提出「古文四象」論，〔註 19〕與姚氏所論相合。琴南在此基
礎上，於《畏廬論文‧應知八則》中除聲調外，尚有「意境」、「識度」、「氣
勢」、「筋脈」、「風趣」、「情韻」、「神味」之提出，以做爲古文所追求的藝術
境界。其中「意境」爲古文藝術美之前提，因「一切奇正之格，皆出於是間」；
「識度」爲古文藝術美之靈魂，因「世有汗牛充棟之文，令人不終篇，即行
舍置，正是無識度，規以無精神，所以不能行遠而傳後」，〔註 20〕再輔之以「氣
勢」、「聲調」、「筋脈」、「風趣」、「情韻」，自可獲致耐人品鑑之「神味」，而
「神味者，行文之止境也」。〔註 21〕主次分明，綱舉目張，所論皆前有所承，
其傳承桐城文論之跡至爲明顯。

四、林琴南與桐城派之異調

琴南對桐城文論傳承之處頗多，但也並不盲從，自有見解，自有開展，
修正桐城文論者，可得而言者，約有「師法之異調」及「文論之異調」兩端，
具如下述，以見琴南與桐城派文論不同之處。

〔註19〕曾國藩選《古文四象》以授弟子。其《曾文正公家訓‧同治四年六月十九日》
云：「氣勢、識度、情韻、趣味四者，偶思邵子四象之說，可以分配。」其後
《曾文正公家書‧同治五年十一月初二》又云：「《古文四象》目錄，鈔付查
收，所謂四象者，識度即太陰之屬、氣勢即太陽之屬、情韻少陰之屬，趣味
少陽之屬。」引自莊雅洲〈曾國藩文學理論述評〉，載《台灣師大國文研究所
集刊》，1972 年，第 17 期，頁 268。
〔註20〕見《畏廬論文‧應知八則‧識度》，頁 23 下。
〔註21〕見《畏廬論文‧應知八則‧神味》，頁 32 上。

（一）師法之異調

桐城派古文家於《左傳》、《史記》、韓昌黎用力殊深，琴南亦復如此，此點於前已闡明，此不再贅言。然對於《漢書》、柳宗元與歸有光文的愛好程度，桐城文人顯然不及琴南。桐城文人，對《漢書》不甚重視，如方望溪認爲「班史義法，視子長少漫矣」（《望溪文集・書漢書霍光傳後》）。又評云：

> 甚哉！班史之疏於義法也。……用此知韓、柳、歐、蘇、曾、王諸文家，敘列古作者，皆不及於固，卓矣哉，非膚學所能識也。（《望溪文集・書漢書禮樂志後》）

> 其鈎挾幽隱，雕繪眾形，信有肩隨子長，而備載莽之事與言，則義焉取哉？莽之亂名改作，不必有徵於後也。其姦言雖依於典誥，猶唾溺耳，雖用文者無取也。徒以著其譸張其幻，則舉其尤者以見義可矣；而喋喋不休以爲後人詼嘲之實，何意小說家駁雜之戲乎？（《望溪文集・書王莽傳後》）

方氏將《史》、《漢》相較，認爲《漢書》文章卑近，且疏於義法，而詳載王莽之事，無益於後世，有乖於正道，故不符合「義」之標準。其後曾國藩編《經史百家雜鈔》，將經史子集一併選入，雖也兼重《漢書》，但仍云：「班氏閎識孤懷，不逮子長遠甚」〔註22〕，雖稱許班固見識閎通，襟懷卓絕，但仍不及司馬遷甚遠。而琴南則視《史》、《漢》爲同等，研治《史記》和《漢書》皆發八年時日，〔註23〕其評《史》、《漢》云：

> 不讀《史記》則氣不舒，不讀《漢書》則語不雅。（《文微・籀誦第三》）

> 漢文，如馬、班之所爲者，其調度靡不盡善。（《文微・漢魏文平第七》）

又評《漢書》之特色及影響云：

> 讀《漢書》當學其采色，學其造語之能絜。（《文微・籀誦第三》）

> 班孟堅之文，有如故家子弟，而又多財，衣冠整齊，步履大方。（《文微・漢魏文平第七》）

由上所引，足見琴南以馬、班並論，各具特色，故同等重視，並認爲後世如韓、歐之文，頗有得力於《漢書》之處。可見桐城文人的揚《史》抑《漢》，與琴南的《史》、《漢》並列，其愛好之程度，頗有差距。

〔註22〕見《曾文正公全集・聖哲畫像記》，台北：世界，下引此書版本並同。
〔註23〕參見《畏廬三集・答徐敏書》，頁678。

其次，桐城文人不喜柳文，鄙薄柳文，尤以方苞爲最。方望溪曾云：

> 余嘗以古文義法，繩班史柳文，尚多瑕疵。（《望溪文集‧光祿卿呂公墓誌銘》）

> 子厚自述爲文，皆取原於六經，甚哉其自知之不能審也。彼言涉於道，多膚末支離而無所歸宿，且承用諸經字義，尚有未當者，蓋其根源雜出周、秦、漢、魏、六朝諸文家，而於諸經特用爲采色聲音之助爾。故凡所作，效古而自汨其體者，引喻凡猥者，辭繁而蕪、句佻且稚者，記序書說雜文皆有之，不獨碑誌仍六朝初唐餘習也。

> 其雄屬悽清釀郁之文，世多好者，然辭雖工尚有町畦，非其至也。（《望溪文集‧書柳文後》）

方氏以「言有物」、「言有序」的「義法」說衡諸古文，理論是否允當，姑且不論，然影響桐城文人厥爲深遠。對柳子厚的批評，頗感苛細，認爲子厚之文繼承六朝、初唐語言風格，因而用語龐雜，未能雅馴。然子厚之文，自具特色，乃能千古傳誦，後世文家頗有得之於子厚者，而方氏義正嚴詞，苛責至此，恐失公允。對此，章士釗於《柳文探微》中頗有微詞，極力爲子厚辯護。〔註24〕

琴南雖承繼桐城諸多文論觀點，然卻極喜柳子厚之文，前文已提及琴南研習韓、柳、歐三氏之書近四十年，又云：

> 余生平醉心者，韓、柳、歐三家；而於柳之遊記，顛倒尤深。（《柳河東集選本序》）

琴南對於子厚之山水遊記，頗爲激賞，約有下列數條以爲佐證，其云：

> 柳州西山諸記，外寫山狀水，景極肖，內寫生平極悲。

> 子厚記山水，色古響亮，爲千古獨步。

> 柳州〈永川萬石亭記〉，專寫石而不寫景，爲別一格調。

> 柳州〈至小邱西小石潭記〉，用字、寫景、描神皆妙，見其心胸潔，

〔註24〕章士釗《柳文探微‧通要之部》卷五〈評林下〉「方望溪之視柳集」云：「吾觀其首責子厚『承用諸經字義，尚有未當』，繼謂『詞繁而蕪，句佻且稚者記序書說雜文皆有之』，義正詞嚴，讀者爲之舌撟。夫文家得子厚，三代而還，亦可以歎觀止矣，而望溪苛責乃爾，此誠不知望溪熟精經典，用字一掃繁蕪佻稚之跡，功力之超軼於子厚者，究有幾許？至此方得自歊於堂上，而將子厚雜置於堂下，手執教刑，目送經文，一一條分件繫而攻之，顧如實乃大謬而不然。」台北：華正，頁 1523。

　　意氣高，手腕活。

　　柳州〈袁家渴記〉，專寫草木，用《漢書·西南夷傳》而變化其法。
　　（《文微·唐宋元明清文評第八》）

對於子厚的遊記佳作，大力稱頌，無論是外在的寫景狀物，以及內在的抒情寫意，皆堪稱能手。而琴南對子厚山水遊記之文的傾倒備至，方望溪仍不免有所譏彈，認為子厚所記永柳諸山，是荒陬中一邱一壑，乃經長期觀摩，故寫來易工；若描寫浙江雁蕩、安徽桐山，則又另當別論。〔註25〕其實融情於景，方可情景交融，方氏之批評，或有失之允當。

　　再如歸有光之文，琴南和桐城派的看法頗有差異，如方望溪云：

　　震川之文，於所謂有序者蓋庶幾矣，而有物者則寡焉。又其辭號雅
　　潔，仍有近俚而傷於繁者，豈於時文既竭其心力，故不能兩而精與？
　　抑所專主於為文，故其文亦至是而止。（《望溪文集·書歸震川文集
　　後》）

　　古文雖小道，失其傳者七百年。（《望溪文集·惲敬大雲山房文稿上
　　曹儷生侍郎書》）

方氏認為震川之文，合於「義法」者頗少，文仍不及雅潔之處，故而有所批評。並認為古文已失傳七百年，顯然方氏並不重視歸文。其後姚姬傳對歸震川的古文義法以及其「肆訾宋儒之非」頗有不滿，〔註26〕其《古文辭類纂》中所選以唐宋八大家之作為主，上溯戰國秦漢，下以歸有光、方苞、劉大櫆為終結，此寄寓姚氏建立文統之意圖。方東樹曾明確強調此點，認為桐城派文統是由歸有光通往唐宋八大家，並進一步與秦漢古文傳統相銜接。〔註27〕是故《古文辭類纂》中選歸氏之文不能少，可見歸震川之文自有其價值。相較於桐城，琴南對於歸震川之文則頗為折服，與方、姚看法有異，其云：

　　明人之文，吾於震川為無閒矣。（《林琴南學行譜記四種·春覺齋著
　　述記》卷二〈元明文序〉）

　　熙甫文長於述舊，以能舉瑣細之事為長，似學《史記》、《漢書》之
　　〈外戚傳〉。故敘家庭細瑣之事，頗款款有情致。（林紓選評《古文

〔註25〕參見《方望溪全集·遊雁蕩記》，江蘇：中國書店，頁209。
〔註26〕參見姚鼐《惜抱軒文集》中〈張貞女傳〉及〈復休寗程南書〉。
〔註27〕方東樹《儀衛軒文集》卷七〈答葉溥求論古文書〉云：「往者姚姬傳先生纂輯
　　　古文辭，八家後於明錄歸熙甫，於國朝錄望溪、海峰，以為古文傳統在是也。」

辭類纂‧周弦齋壽序》評語）

> 要在中間自述念妻，亦冀其子之念母，尋常語其中含有無窮悲梗之
> 言，淡淡寫來，而深情若揭，此是震川長處。（同上書〈二子字說〉
> 評語）

琴南認爲歸震川之文是有明一代無可抉之罅漏者，其文之長在於敘家庭細瑣之事，注入眞情之語，文雖平淡無奇，卻能感人肺腑。故對歸氏之文，極爲推重。也曾爲震川的「文無大題目」而反駁曾國藩云：

> 曾文正譏震川無大題目，余讀之捧腹，文正官宰相，震川官知縣轉
> 太僕寺丞。文正收復金陵，震川老死牖下，責村居之人，不審朝廷
> 大政，可乎？（《林琴南學行譜記四種‧春覺齋著述記》卷二〈震川
> 集選序〉）

以曾文正之位高權重，功勳彰炳，譏一位低權輕、老死牖下之文人「無大題目」，恐有不妥。可見桐城派古文家對歸震川頗有微詞，然琴南對震川則相當青睞。

（二）文論之異調

　　琴南的文論承襲桐城之處頗多，但細而言之，仍有其開拓與進展，故無法以桐城文論予以範圍。首先，方望溪所標舉的古文義法，如前所述，是欲將「文以載道」說桐城化，故方苞認爲古文內容應「本經術而依於事物之理」，〔註28〕「載道」之目的明矣。其後劉大櫆更試圖對方望溪文論大力開展，《清史稿‧文苑傳》曾較論兩者之文云：

> 大櫆雖遊方苞之門，所爲文造詣各殊。苞蓋擇取義理於經，所得文
> 者義法；大櫆并古人神氣音節得之，兼集《莊》、《騷》、《左》、《史》、
> 韓、柳、歐、蘇之長，其氣肆，其才雅，其波瀾壯闊。嘗著〈觀化〉
> 篇，奇詭似《莊子》，其他言義理者又極醇正，詩能包括前人，熔諸
> 家爲一體，雄豪奧秘，揮斥出之。

由此可知劉大櫆之文以奇詭雄豪見長，不同於方望溪之文的簡潔深厚。在方苞特重「義法」下，劉氏更以「義理」以擴充古文內容。劉氏認爲「義理、書卷、經濟者，行文之實」，〔註29〕以「義理」即「道」爲前提，擴大方望溪

〔註28〕方苞《方望溪全集‧答申謙居書》云：「若古文則本經術而依於事物之理，非中有所得，不可以爲僞。」，頁81。

〔註29〕見《劉海峰文集》卷首〈論文偶記〉。

「義法」的範疇。姚姬傳則主張古文應義理、考證、文章三者兼具,其云:

> 余嘗論學問之事,有三端焉,曰:義理也,考證也,文章也。是三
> 者,苟善用之,則皆足以相濟;苟不善用之,則或至於相害。(《惜
> 抱軒文集》卷四〈述庵文鈔序〉)

強調義理、考證、文章三者不可偏廢,都有各自存在的需要和價值。其所主
張的「義理」與劉氏前後呼應,使古文的內容有所開展。對於方望溪僅止於
「義法」說則評云:

> 望溪所得,在本朝諸賢為最深,而較之古人則淺,其閱太史公書,
> 似精神不能包括其大處,遠處,疏淡及華麗非常處,止於義法論文,
> 則得其一端而已。(《惜抱軒全集·與陳碩士書》)

前修未密,後出轉精,姚氏的三者合一,正能突破桐城之藩籬,以擴桐城文論
之堂廡。及至曾國藩出,雖不反對義理,卻正式突出「經濟」,主「有義理之學,
有詞章之學,有經濟之學,有考據之學」,「此四者缺一不可」,〔註30〕並將此四
者與孔門德行、文學、言語、政事四科聯繫,〔註31〕以增其權威性。其云:

> 義理者,在孔門為德行之科,今世目為宋學者也。考據者,在孔門
> 為文學之科,今世目為漢學者也。辭章者,在孔門為言語之科,從
> 古藝文及今世制義詩賦皆是也。經濟者,在孔門為政事之科,前代
> 典禮政書及當世掌故皆是也。(《曾文正公文集·勸學篇示直隸士子》)

四者的涵義闡之甚詳,然對四者的重要性卻認為「義理之學最大,義理明則
躬行有要,而經濟有本。辭章之學,亦所以發揮義理者也。」又云:「苟通義
理之學,而經濟該乎其中矣。」及「義理與經濟,初無兩術之可分,特其施
功之序詳於體而略於用耳。」〔註32〕足見曾氏以義理為體,統帥經濟;經濟
為用,落實義理,再加以考據多聞,文章之充實,自不待言。

　　琴南論古文,基本上遵循「義法」之說,在涉及古文思想內容的論述,
非但絕口不談自劉大櫆以來,尤其是曾國藩所強調的「經濟」,也不重視姚姬
傳所倡導的「考據」,但考據之風的盛行,不容有辯,曾文正曾言其盛況云:

> 當乾隆中葉,海內魁儒畸士,崇尚鴻博,繁稱旁證,考核一字,累

〔註30〕見《曾文正全集·求闕齋日記類鈔》。

〔註31〕《論語·先進》云:「德行:顏淵、閔子騫、冉伯牛、仲弓。言語:宰我、
子貢。政事:冉有、季路。文學:子游、子夏。」十三經注疏本,台北:藝
文。

〔註32〕見《曾文正公家書》卷四〈致諸弟〉。

數千言不能休，別立幟志，名曰漢學，深擯有宋諸子義理之說，以
爲不足復存，其爲文尤蕪雜寡要。(《曾文正公全集‧歐陽生文集序》)

言旁徵博引，累萬言不能止的考據風氣，對此，琴南曾提出批評云：

庸妄鉅子，剽襲漢人餘唾，以掇奢爲能，以飣餖爲富。補綴以古子
之斷句，塗堊以《說文》之奇字；意境義法，概置弗講；侈言於眾：
吾漢代之文也！(《畏盧續集‧與姚叔節書》)

認爲不講意境，不重義法，徒補綴古人斷句，塗堊說文奇字，即引考據入古
文，絕不能入古文之殿堂。於此可見其力斥考據學之態度，同文又云：

屬太鴻詩詞，均爲鄙人生平所服膺，唯其散文，則無篇不加考據，
縱極精博，亦第便人尋索，如求饌於廚門，充腹即已，謂能使人久
久留其餘味於胸中耶？

對屬鶚散文的「無篇不加考據」，嚴重破壞文中之意味，從而失其餘韻。因而
琴南特重發明「義理」，且反覆強調，屢屢陳述，有關「先義理而後言詞」之
主張，已具如前述。蓋「義理」是作文之根本，其云：

蓋文者，運理之機軸；理者，儲文之材料。不先求文之工，而先積
理，則亦未有不工者。(《畏盧論文‧述旨》)

唯有先積理，文方可大備。故對有清一代的不以「理」爲本者，頗不以爲然，
其云：

世之治古文者，初若博通淹貫，即可名爲成就。顧本朝考訂諸家林
立，而咸有文集，陸離光怪，炫乎時人耳目，而終未有尊之爲眞能
古文者，則掊撦之家，第侈其淫麗，於道莫適也。(《畏盧文集‧國
朝文序》)

足見琴南對當時的「考據」頗爲不滿，而主以義理統帥考據，方可謂之眞能
古文者。所謂「時運交移，質文代變」(《文心雕龍‧時序》)，桐城派古文及
其理論發展，與清朝的盛衰命運，可謂息息相關。姚姬傳處於「乾嘉盛世」，
考證大盛，學術昌明，因此姚氏期望以「考據」輔助「義理」。及至曾國藩時
代，清由盛轉衰，但統治者困獸猶鬥，仍做「中興」之想。尤其以「同治中
興」的功臣，躊躇滿志，高倡經世濟用的「經濟」之說。至於琴南所處時代，
清已病入膏肓，學術衰微，國難日極，人心思變。於此，「考據」、「經濟」均
已不切世情，只能退而侈談「義理」。所以外在的客觀環境足以左右文人的學
術思想，自古皆然。而若就文人內在的條件和特點，也有所侷限，如曾國藩

為封疆大吏，官拜宰相，因此較輕視空洞的「義理」，而相對重視實用的「經濟」。琴南僅是一介文人，無權無勢，自然無力倡言「經濟」，此實是「非不為也，實不能也」之因。〔註33〕由時代背景而至文人本身之條件去分析，或可了解桐城文人及琴南文論形成之因由。而琴南獨主「義理」，進而發明布濩，正可顯其特色。

琴南所主之「義理」，最終將其落實於「道」、「理」之上，如云：

> 歐公曰：「大抵道勝文，不難而自至。」王臨川亦曰：「理解者，文不期工而自工。」曰「至」、曰「工」，原非易事，然大要必衷諸「道」「理」。純從「道」「理」上講究，加以身體力行，自然增出閱歷。以「道」「理」之言，參以閱歷，不必章絺句飾，自有一種天然耐人尋味處。（《畏廬論文・應知八則・神味》）

> 須講究在未臨文之先，心胸朗徹，名理充備。（同前，〈意境〉）

> 欲察其識度，捨讀書明理外，無入手功夫。（同前，〈識度〉）

凡此皆足證琴南以「道」「理」為本，將儒家義理修養視作古文家創作之根本，正是在桐城文論的基礎上，展現其不凡的見解。

其次，對於劉海峰的「因聲求氣」說，琴南雖有前承，然亦有新意。劉氏強調誦讀古文，並由文中之音節、字句去求得神理氣味，已詳如上述。而琴南也認為古文之聲調，最足以動人，且知於抑揚頓挫的誦讀中，去領會古人之神氣，其中自有對劉氏之承襲處，但卻也提出自己的見解云：

> 實則講聲調者，斷不能取古人之聲調揣摩而摹仿之。在乎情性厚，道理足，書味深。凡近忠孝文字，偶爾縱筆，自有一種高騫之聲調。試觀〈離騷〉中句句重複，而愈重複愈見悲涼，正其性情之厚所以至此。（《畏廬論文・應知八則・聲調》）

強調若文人之性情、道理、書味深厚，縱筆為文，聲調自屬高騫，作品自然動人，讀之當可得其神氣。又云：

> 專於桐城派文，揣摩其聲調，雖幾無病之境，而亦必無精氣神味。（《文微・造作第四》）

可見琴南對於劉氏以來的「因聲求氣」說，不乏自己的發揮和創造。

再者，姚鼐將古文風格概括為陽剛之美和陰柔之美兩大類，其云：

〔註33〕參見張俊才《林紓評傳》，頁229。

鼐聞天地之道，陰陽剛柔而已。文者，天地之精英，而陰陽剛柔之發也。……且夫陰陽剛柔，其本二端，造物者糅其氣有多寡進絀，則品次億萬，以至於不可窮，萬物生焉。故曰：一陰一陽之爲道。夫文之多變，亦若是也。（《惜抱軒文集》卷六〈復魯絜非書〉）

然古之君子稱爲文章之至，雖兼具二者之用，亦不能無所偏優於期間，其故何哉？天地之道，協合以爲體，而時發其出以爲用者，理固然也。其在天地之用也，尚陽而下陰，伸剛而絀柔，故人得之亦然。文之雄偉而勁直者，必貴於溫深而徐婉。溫深徐婉之才不易得，然其尤難得者，必在乎天下之雄才也。（《惜抱軒文集》卷四〈海愚詩鈔序〉）

以陰陽剛柔概說文章風格，實濫觴於《周易》，其後劉勰、司空圖、嚴羽等也以此判分文章不同風格和特點。〔註 34〕姚氏繼承並發展了前人風格學的觀點和理論成就，認爲由陽剛、陰柔「二端」相濟而生之文學風格，雖或有偏陽剛或陰柔之區別，至於具體的表現則是「品次億萬」，變化無窮，多種多樣，姿態各異。陽剛中有陰柔，陰柔中有陽剛，分別構成陽剛美和陰柔美。但兩者之間，姚氏顯偏愛陽剛之美，在引文中明確指出陽剛風格「必貴於」陰柔風格，其云：

西漢人文，傳者大抵官文書耳，而何其雄駿高古之甚。昌黎官中文字，止用當時文體，而即可漢人雄古之意。歐、曾、荊公官文字，雄古者鮮矣，然詞雅而氣暢，語簡而事盡，固不失爲文家好處矣。熙甫於此體乃時有傷雅不能簡當之病。（《惜抱軒尺牘‧與陳碩士》）

此足見西漢文章「雄駿高古」和退之作文「得漢人雄古之意」，爲琴南所敬仰，更知其文論傾向於陽剛之美。其後曾文正更進一步發揮姚氏的「陽剛陰柔」說，並將此與「仁義」聯繫云：

西漢文章，如子雲、相如之雄偉，此天地道勁之氣，得於陽與剛之美者，此天地之義氣也。劉向、匡衡之淵懿，此天地溫厚之氣，得於陰與柔之美者也，此天地之仁氣也。（《曾文正公全集‧聖哲畫像記》）

〔註34〕《易‧說卦傳》云：「分陰分陽，迭用柔剛，故《易》六位而成章。」劉勰《文心雕龍》中〈體性〉、〈鎔裁〉、〈定勢〉等篇已較多運用剛柔判分文章風格，司空圖《詩品》和嚴羽《滄浪詩話》也運用此論。

仁氣，此天地之盛德也；義氣，此天地之尊嚴氣也，因仁以育物，
則慶賞之事起；因義以正物，則刑罰之事起。(《曾文正公全集·與
劉孟容》)

將陽剛的「尊嚴」、「刑罰」和陰柔的「盛德」、「慶賞」加以聯繫。然以曾氏
的出將入相，位高權重，面對當時激烈時局，注重「尊嚴」和「刑罰」，當可
理解。因而在兩美之中，亦如姚姬傳的傾向陽剛，其云：

若姚惜抱先生論古文之途，有得於陽與剛之美者，有得於陰柔之美
者……然柔和淵懿之中必有堅勁之質，雄直之氣運乎其中乃以自
立。(《曾文正公全集·與廉卿》)

將陽剛之美與「氣」聯繫，文章有氣勢方能呈現陽剛之美。又云：

大抵陽剛者氣勢浩瀚，陰柔者韻味深美，浩瀚者噴薄而出之，深美
者吞吐而出之。(《曾文正公庚申三月日記》)

曾氏強調文章內在的氣勢，尤重陽剛之氣，作品中除「雄直之氣」語外，尚
有「瑰瑋飛騰之氣」、「倔強不馴之氣」等語，〔註35〕足證文章的氣勢是判定
是否有陽剛之美的關鍵，亦可反映曾氏論文的好尚。由此又衍生出其「古文
四象」及將古文之境細分爲八的「八字之贊」理論。〔註36〕姚、曾文論的傾
向陽剛之美，也左右其後桐城文人的文論與創作傾向，突出發展雄健奇肆之
文風。對於姚、曾偏重「陽剛」、「雄直」之論，琴南則自有獨立見解，並不
一味附和，其云：

文字本貴雄直，亦貴直率。鄙言以直率爲忌，似易生人攻訐，不知
鄙所謂直，蓋放而不蓄之謂；所謂率，蓋麤而無檢之謂。……初學
入手，狃於前輩陽剛之說，一鼓作氣，極諸所有，盡情傾瀉而出，
驟讀之似有氣勢，不知氣不內積，雜收糟粕，用爲家珍，拉雜牽扯，
蟬聯而下，外雖崢嶸，而內無主意，無主意便無剪裁，此即成直率
之病。(《畏廬論文·論文十六忌·忌直率》)

〔註35〕曾國藩辛亥七月日記云：「奇辭大句，須得瑰瑋飛騰之氣，驅之以行，凡堆重
處皆化爲空虛，乃能爲大篇。所謂氣力有餘於文之外也，否則，氣不能舉其
體矣。」《曾文正公家書》又云：「予論古文，總須有倔強不馴之氣，愈拗愈
深之意。」

〔註36〕曾國藩將古文之境細分爲八，自庚申（西元1860年）至乙丑（西元1865年）
正月，幾經修正，最後定曰：「嘗慕古文境之美者，約有八言：陽剛之美曰雄
直怪麗；陰柔之美曰茹遠潔適。」見《曾國藩日記·乙丑正月》。

琴南以爲文章奔放而不知收斂，粗略而不知約束，即犯直率之病。而初學古文之人，由於習於姚、曾陽剛之說，入手便但知放而不收，遂以糟粕爲家珍，外雖剛強，內實柔弱，實不解斂氣蓄勢之道。琴南爲文，亦講「氣勢」，但比曾氏更爲明確，提出「斂氣蓄勢」之說，其云：

> 文之雄健，全在氣勢。氣不王，則讀者固索然；勢不蓄，則讀之亦易盡。故深於文者，必斂氣而蓄勢。然二者，皆須講究於未臨文之先，若下筆呻吟，於欲盡處力爲控勒，於宜伸處故作停留，不惟流於矯僞，而且易致拗晦。（《畏廬論文‧應知八則‧氣勢》）

氣不王，則讀來乏味；勢不蓄，則讀之易盡，毫無情韻、神味可言，故須斂氣以蓄勢。然並非臨文時一味呻吟，至該伸、該盡處而故作控勒、停留，如此將有矯僞、拗晦之病。至於文章之氣勢何由而得？琴南認爲：

> 凡理足而神王，法精而明徹，一篇到手，已全盤打算，空際具有結構矣，則宜吐宜茹，宜伸宜縮，於心了了，下筆自有主張。（《畏廬論文‧應知八則‧氣勢》）

道理足備，神氣旺盛，精於法度，明白通徹，自具氣勢。臨文之先，已做全盤打算，下筆自有主張。但求文章之氣勢，並非一味求其奔放，琴南舉駑馬和騏驥之例云：

> 駑馬和騏驥共馳於康莊，其始亦微具奮迅之概，漸而衰，久而竭矣。雖然即名之爲騏驥者，亦不能專恃其逸足以奔放。須知但主奔放，亦不能指爲氣勢。（《畏廬論文‧應知八則‧氣勢》）

良如騏驥，欲求千里，亦須知控勒，方可致遠。可知欲得陽剛之氣者，並非一味的剛強極致，須能曲能直，能放能收，始克有成。故而琴南要求「于命局製詞時在在經心，於讀古人文字時亦在在經心」（《畏廬論文‧論文十六忌‧忌直率》），方可避免「放而不蓄」、「麤而不檢」之弊，相較於姚、曾先輩，琴南顯較具系統與全面。除此，琴南對桐城派也有所批評云：

> 歐陽文學韓，而能淡永，故外枯中膏，桐城諸文學歐陽而僅得其淡，故氣息柔弱。（《文微‧唐宋元明清文平第八》）

> 然論文不能不取法乎上。須知桐城之文不弱也，以柔筋脆骨者效之，則弱矣。（《畏廬論文‧述旨》）

足見琴南雖與桐城派中人交厚，對其文也表欣賞，然而也窺出桐城古文之病在於「氣息柔弱」，認爲當「力追古學，勿流連今學而不反」（《畏廬論文‧述

旨》），只有師古而能變化，博涉諸家，定其去取，方有可觀之文。實則形諸於文字，桐城之文並不弱，要在學者根基太淺，以致於一沈溺其中，便成薄弱，琴南探本溯源之用心，顯而易見。

五、結　語

　　本論文側重在林琴南與桐城派關係上之探究。而由於桐城派與清代王朝統治相終始，其支流繁多，餘波漫衍，直迄「五四」之後才逐漸銷聲匿跡。其時間之長、影響之大，歷來僅見。故而於選取桐城文家上，作家之多，絕無法一一臚列，僅就其中深具代表性者，與琴南較論，以明其分合。詳言之，得下列諸大端：

　　（一）琴南與桐城派文人交往頗洽，曾深得吳汝綸稱許，又與馬其昶、姚永概等切磋古文，深受桐城派之影響，推重方望溪、服膺姚姬傳之文，論文竭力維護桐城正宗地位，主因是琴南與「五四」新文化運動對抗中，極力為延續桐城古文命運之一線而掙扎，故而與桐城派站在同一營壘，具體主張與桐城契合之處頗多，故學者遂將之歸於桐城派，得殿軍之目。

　　（二）唯琴南於文集、文論和詩論再三重申「生平未嘗言派」、「吾非桐城弟子為師門捍衛者」之主張，堅決反立派別，並屢言桐城無派，表明欲與當時飽受批評攻擊之桐城保持距離，予人一超然文派之外的印象，保留修正桐城末流創作弊端之權利。足見，若將琴南歸之桐城，顯有不妥。

　　（三）琴南對桐城派有頗多繼承之處，如於古文之主張上，推本《六經》，取徑秦、漢、唐、宋、馬、班、韓、歐之文，思想內容強調儒家「義理」、「獲理適道」。由「法」的角度，論述古文所忌之病，以期臻於「雅潔」之境。於學古文之法上，當「會其神而離其跡」，師古而能變化；明「聲調」感人之深，藉文章音節字句去領會作者之神情氣韻，期心與古合。

　　（四）琴南對桐城文論並非全盤接受，仍有其對桐城派之批評與修正處，其格調與桐城頗多殊異，諸如特重以「義理」論文，厭惡「考據」之學，究其原因，實乃時勢使然。在「聲調」之主張上，雖有前承，亦有新意，重作者之平時積累，性情、道理、書味深厚，形諸於文，讀之神氣自可得之。於文章風格上，主「斂氣蓄勢」，方不致流於「氣息柔弱」，文之情韻、神味方可得之。再者，琴南與桐城派古文家於師法上，仍見異調，諸如對《漢書》、柳宗元與歸有光文之傾心，琴南則有過之而無不及，琴南之文得力於此頗多。

　　（五）在古文日趨式微之際，琴南承繼傳統，與桐城爲伍，力挽頹勢，雖不敵新文學的洪流，然其努力，亦能於桐城之外，造成餘響，顯其特色，而得「古文殿軍」之目。其將古文義法的應用範圍拓展至向爲桐城文家所鄙視的小說，翻譯大量西方文學名著，引進西土文學，一新國人耳目，開拓國人視野，成爲「五四」新文學的不祧之祖。

主要參考書目

1. 《畏廬論文等三種》，林紓，台北：文津影本，民國 67 年 7 月。

2. 《畏廬文集·詩存·論文》，林紓，台北：文海影本，未著年月。

3. 《林紓選評古文辭類纂》，慕容眞點校，浙江：古籍，1986 年 3 月。

4. 《韓柳文研究法》，林紓，台北：廣文影本，民國 65 年 4 月。

5. 《左傳擷華》，林琴南，高雄：復文影本，民國 70 年 10 月。

6. 《林琴南學行譜記四種》，朱義胄，台北：世界，民國 54 年 4 月。

7. 《林氏選評名家文集·元豐類稿》，林紓選評，上海：商務，1924 年 7 月。

8. 《林氏選評名家文集·方望溪集》，林紓選評，上海：商務，1924 年 8 月。

9. 《論文偶記·初月樓古文緒論·春覺齋論文》，范先淵校點，香港：商務，1963 年 5 月。

10. 《林紓詩文選》，李家驥、李茂肅、薛祥生整理，北京：商務，1993 年 10 月。

11. 《林紓研究資料》，薛綏之、張俊才編，福建：人民，1983 年 6 月。

12. 《林紓評傳》，張俊才，天津：南開大學，1992 年 3 月。

13. 《百年沈浮——林紓研究綜述》，林薇，天津：教育，1990 年 10 月。

14. 《嘉祐集》，蘇洵，台灣：中華，民國 55 年 3 月。

15. 《方望溪全集》，方苞，江蘇：中國書店，1991 年 6 月。

16. 《惜抱軒全集》，姚鼐，台北：世界，民國 56 年 5 月。

17. 《曾文正公集》，曾國藩，台北：世界，民國 41 年 7 月。

18. 《曾國藩家書家訓日記》，曾國藩，北京：古籍，1994 年 4 月。

19. 《評註古文辭類纂》，王文濡評註，台北：華正，民國 72 年 6 月。

20. 《昭昧詹言》，方東樹，台北：廣文，民國 51 年 8 月。

21. 《文學研究法》，姚永樸，台北：廣文，民國 60 年 8 月。

22. 《柳文探微》，章士釗，台北：華正，民國 70 年 3 月。

23. 《桐城文派學述》，尤信雄，台北：文津，民國 78 年 1 月。

24. 《桐城派》，王鎮遠，台北：國文天地，民國 80 年 12 月。

25. 《桐城文派述論》，吳孟復，安徽：教育，1992 年 5 月。

26. 《最近三十年中國文學史》，陳炳坤，上海書店民國叢書第一編文學類 58，未著年月。

27. 《現代中國文學史》，錢基博，台南：唯一，民國 64 年 9 月。

28. 《中國近代文學論著精選》，郭紹虞，台北：華正，民國 71 年 6 月。

29. 《中國新文學史》，司馬長風，台北：駱駝，民國 76 年 8 月。

30. 《中國近代文學發展史》，郭延禮，山東：教育，1990 年 3 月。

31. 《近代文學批評史》，黃霖，上海：古籍，1993 年 2 月。

32. 《中國散文史》，陳柱，台灣：商務，民國 76 年 6 月。

33. 《文論散記──詩心文心的知音》，周振甫，北京：學苑，1993 年 3 月。

34. 《中國散文美學》，吳小林，黑龍江：人民，1993 年 5 月。

35. 《清代學術思想的變遷與文學》，馬積高，湖南：湖南，1996 年 1 月。

36. 《論林琴南文學》，孔祥河，香港能仁學院碩士論文，1983 年。

37. 〈林紓傳〉，曾憲輝，福建師大學報哲社版，1981 年 2 月。

38. 〈林紓古文理論述評〉，張俊才，江淮論壇，1984 年 3 月。

39. 〈林紓文論淺說〉，曾憲輝，福建師大學報哲社版，1985 年 3 月。

40. 〈後期桐城派與五四新文化運動〉，關愛和，江淮論壇，1986 年 1 月。

41. 〈左海畸人林畏廬──《林紓詩文選注》前言〉，曾憲輝，福建師大學報哲社版，1987 年 2 月。

42. 〈林琴南古文的陰柔美〉，張俊才，河北師大學報，1988 年 3 月。

43. 〈林紓的古文與文論〉，夏曉虹，文史知識，1991 年 3 月。

44. 〈林紓論文的「取法乎上」──畏廬文論摭議〉，曾憲輝，福建師大學報哲社版，1992 年 2 月。

附錄四　林琴南論古文意境

摘　要

　　文之有意境，猶如人之有血肉，不可缺乏；文家爲文若侈談文采，不重意境，將如無根之木、無源之泉，欲求木之生長，泉之不絕，實屬不易。是以古來文家，莫不以意境爲創作之前提，以求文質相備之文。其中尤以詩、詞爲最，並以之評論文之優劣。試觀於源遠流長之中國文論發展史中，文家陸續賦與意境更深廣之內涵，豐富意境之生命。唯多止於詩詞，罕言及古文。迄至清末之林琴南，著有《畏廬論文》一書，該書爲一部極具理論系統之文論專著，於「應知八則」中首揭「意境」，特立專篇，系統論述，始將「意境」一詞入於古文文論中，其爲古文所投注之心力，顯而易見。本文試圖探究林琴南的古文意境論，由「意境爲行文之關鍵」、「意境生成之歷程」、「意境構成之條件」、「意境論於選評諸書之應用」諸端，以見其古文意境論之具體與落實。其中論述以《畏廬論文》爲主，而以林琴南相關著作如《文微》、《畏廬文集》及選評諸書如《左傳擷華》、《韓柳文研究法》、《評選古文辭類纂》爲輔，期能相互發明，彼此印證，試將林琴南之古文意境論發微闡幽，以彰顯其特色之所在。

關鍵詞：意境、境界、文境、奇正、意在筆先、高潔誠謹

一、前 言

　　林琴南，名紓，號畏廬，又曰群玉、徽及秉輝，福建閩縣人（今福州市）人。因居閩之瓊水，所居多楓樹，因取「楓落吳江冷」詩意，自號冷紅生。〔註1〕客居杭州，又自號六橋補柳翁。民國肇立，自號蠡叟，晚號踐卓翁。民國二年，閩縣、侯官併為閩侯縣，學者遂稱之為「閩侯先生」。生於清文宗咸豐二年壬子九月二十七日（西元1852年11月8日）卒於民國十三年十月九日（西元1924年9月11日）享年七十有三。卒之百日，門人會而私諡曰「貞文先生」。〔註2〕

　　林琴南身處政治、社會、文學風尚遽變之晚清，外有西學之沛然東來，內有文體改革呼聲之高漲，傳統古文遭受此兩股洪流衝擊下，逐漸趨式微，為力延古文一線之脈，仍孳孳謹守古文義法，靠攏於桐城，為桐城張目，以形成柢柱中流。其於古文、詩歌、繪畫、譯述西土小說之理論與創作成績，蔚為可觀。以今視之，其於譯述西土小說之成就，或為學界所大力肯定者，然林琴南卻言：「六百年中，震川外無一人敢當我者！」〔註3〕其頗以古文自詡，可見一斑。故除積極投入古文創作外，更有豐富之古文理論問世。其中論古文創作，多集中於《畏廬論文》一書，該書首先揭櫫「應知八則」，從「意境」、「識度」、「氣勢」、「聲調」、「筋脈」、「風趣」、「情韻」、「神味」八則，就古文所追求之基本內容與要求，提出具體之論述與總結。所論實受桐城派大師姚鼐「神、理、氣、味、格、律、聲、色」〔註4〕古文理論之啟發，而更見完整。林琴南於《畏廬論文》中專論「意境」，並將之置於「應知八則」之首，足見其對「文境」之推崇。因此，本文試圖探究林琴南在古文意境上著力之處。

〔註1〕林紓《畏廬文集‧冷紅生傳》，頁25下，台北：文津出版社，1978年7月。

〔註2〕朱羲冑《林琴南學行譜記四種‧貞文先生年譜》云：「清白守節曰貞，不隱無屈曰貞，內外用情亦曰貞，道德博聞曰文，勤學好問曰文，慈惠愛人亦曰文。而清室遜帝，又嘗頒賜先生『貞不絕俗』匾額，宜體忠貞之悃，居貞於文上，乃擬『貞文』二字。」，卷一，頁1，台北：世界書局，1965年4月。

〔註3〕林紓〈與李宣龔書〉，原文不見，引自錢鍾書《七綴集‧林紓的翻譯》，頁104-105，上海：上海古籍出版社，1985年12月。

〔註4〕姚鼐《古文辭類纂‧序目》中云：「凡文之體類十三，而所以為文者八：曰神、理、氣、味、格、律、聲、色。神、理、氣、味者，文之精也；格、律、聲、色者，文之粗也。」頁31，台北：華正書局，1983年6月。此乃姚氏為文「八字訣」，乃從古文創作之客觀要求出發，可避免作家主觀思想之局限。

　　在中國古代文論中，意境之說，實有其濫觴、形成、發展、總結之過程。然綜觀學界認定，大抵以唐代爲意境之形成與誕生期。〔註5〕有唐一代僞託王昌齡所作之《詩格》，則直接將之作爲文論之專用名詞，文中首先揭示「詩有三境」，即於「物境」、「情境」之外，更有「意境」，〔註6〕此爲「意境」引入文論之首見。對此「三境」之詮釋，今人葉朗及李鐸曾有明言。〔註7〕至於王氏所謂「張之於意，思之於心」之「意境」說，則偏重於「境」之範疇，以爲「意境」乃「意之境」，與現念情景交融之「意境」，多從「意」與「境」之並列關係言之，兩者涵義有異。

　　唐代以後，意境之內涵，經文論家不斷發揮，而益形豐富。〔註8〕直至有清一代，「意境」一詞，更普遍運用於品評詩、詞作品，〔註9〕王國維之《人

〔註5〕　有關論意境史之著作，大抵皆視唐爲意境之形成與誕生期。如藍華增《意境論》第三章「詩論意境史」，頁44-62，昆明：雲南人民出版社，1996年3月。又薛富興《東方神韻──意境論》第一章「意境的歷程」，頁1-60，北京：人民文學出版社，2000年6月。

〔註6〕　今本署名盛唐王昌齡所作之《詩格》，收于《詩學指南》卷三中。《詩格》云：「詩有三境。一曰物境：欲爲山水詩，則張泉石雲峰之境，極麗絕秀者，神之於心，處身於境，視境於心，瑩然掌中，然後用思，了然境象，故得形似。二曰情境：娛樂愁怨，皆張於意而處於身，然後馳思，深得其情。三曰意境：亦張之於意，而思之於心，則得其眞矣。」

〔註7〕　葉朗《中國美學史大綱》對「三境」釋云：「『物境』是指自然山水的境界，『情境』是指人經歷的境界，『意境』是指內心意識的境界。」，頁266，台北：滄浪出版社，1986年9月。李鐸《中國古代文論教程》亦釋云：「所謂物境，是山水草木在心靈中的映象；所謂情境，是人的七情六欲對心靈的影響，直接在外在的感官上的表現；所謂意境，指心靈對外界的感受，但它祇是內在的思想感情活動。簡言之，即是『寫物』、『寫情感』、『寫理性感思』三種」，頁141，北京：北京大學出版社，2000年11月。葉氏之說較簡要，李氏之說則較詳，皆有助於對「意境」之了解。

〔註8〕　較重要者如皎然《詩式》之「取境」、劉禹錫之「境生于象外」、司空圖之「思與境偕」、嚴羽《滄浪詩話》之「興趣」說、王士禎「神韻」說等，皆爲「意境」論之發揮。詳參藍華增《意境論》第三章「詩論意境史」，昆明：雲南人民出版社，1996年3月。

〔註9〕　如陳廷焯《白雨齋詞話》評柳永詞爲「意境不高」（唐圭璋《詞話叢編》冊十一，頁3803）；論納蘭詞爲「意境不深厚」（《詞話叢編》冊十一，頁3807）。又況周頤於《蕙風詞話》中亦大量使用「意境」一詞，如《雲莊詞·酹江月》云：「『一年好處，是霜輕塵斂，山川如洗。』較『橘綠橙黃』句有意境。」（卷二）〈鳳棲梧〉歇拍云：「『別有溪山客杖屨，等閒不許人知處。』意境清絕、高絕。」（卷三）

間詞話》，更將歷來之意境論作出較明確之總結，〔註10〕惜偏於以「意境」或「境界」論詩、詞，卻不及於古文，爲其美中不足之處。然由於歷來文家對意境之詮釋，龐雜紛歧，並非本文主要探討範疇，本文僅就林琴南之古文意境論，提出其對古文意境之獨特見解。

二、意境爲行文之關鍵

　　林琴南於《畏廬論文‧應知八則》中首揭「意境」，視「意境」爲創作之首要、行文之關鍵，其說云：

　　　　意境者，文之母也。一切奇正之格，皆出於是間。不講意境，是自
　　　　塞其途，終身無進道之日矣。（《畏廬論文‧應知八則‧意境》）

林琴南視「意境」爲「文之母」，予以「意境」至高之地位。劉勰於《文心雕龍‧知音》中提出「將閱文情，先標六觀」〔註11〕之批評方法，其中有「觀奇正」一法，亦即觀作家之行文措詞是否新奇雅正。而琴南於此之「奇正」一詞應指文章於風格、體式、布局、語言運用等外在形式之靈活變化。蓋所有新奇、典雅之格調，皆由「意境」衍化而來。若文家不重意境之創造，則堵塞自身創作之途，終生將無法入門。是以意境決定表現形式，亦即表現形式須與文本之「意境」相呼應。林琴南言：

　　　　若無意者，安能造境？不能造境，安有體製到恰好地位？（《畏廬論
　　　　文‧應知八則‧意境》）

意境決定文章體製與表現形式，欲使體製妥貼，則須先致力於「立意」與「造境」，而形成「意境」。因此，極佳之體製，實已先寓極佳之意境，體製恰到好處，內容與形式渾然爲一。故林琴南於〈意境〉云：「一篇有一篇之局勢，境即寓局勢之中。」正是此理。而林琴南視意境爲行文之先決關鍵者，如其言「後文采而先意境」、「須講究在未臨文之先」，〔註12〕將古文意境之重要極

〔註10〕薛富興《東方神韻——意境論》對王國維之「意境論」頗多盛讚之語，薛氏
　　　　以爲王國維是「意境範疇發展史的最後一位總結者，亦是其終結者」、「意境
　　　　範疇始被旗幟鮮明地推舉爲中國古典美學最高範疇」、「忠誠地守護意境這一
　　　　藝術的古典審美理想」、「以近代西方哲學、美學觀念闡釋意境這一東方古典
　　　　藝術審美理想的第一人」，頁 54-60。以王國維之成就，薛氏對其大力肯定，
　　　　自然無庸置疑。然多重於詩詞之意境，古文之意境則未如林琴南之具體闡述
　　　　者。
〔註11〕范文瀾《文心雕龍註》，卷十，頁 715，台北：學海出版社，1980 年 9 月。
〔註12〕《畏廬論文‧應知八則‧意境》頁 21 下、頁 22 下，台北：文津出版社，1978

力提升，推意境爲古文美學之最高範疇。蓋有意境之文，可提升文章本身之審美品位，自屬上乘之作。與林琴南同時之王國維亦云：「詞以境界爲上，有境界則自成高格，自有名句。」、「文學之工不工，亦視其意境之有無，與其深淺而已。」〔註13〕王氏雖主論詩詞，然重意境於文之地位及其作用，則與林琴南論文境之見解一致。

三、意境生成之歷程

意境非憑空得來，自有其生成之歷程。林琴南提出意境形成之次序，嘗云：

> 文章唯能立意，方能造境。境者，意中之境也。……意者，心之所造。境者，又意之所造也。（《畏廬論文·應知八則·意境》）

林琴南從「心」、「境」、「意」三者間之關係，闡明「文境」之概念。蓋意境爲古文創作中之構思過程，其形成自有其階段性，林琴南以爲其生成之歷程爲先由「心」，其次爲「意」，再其次爲「境」，最後方形成「意境」。所謂「心」爲思維之中樞；「意」爲文家之思想；「境」則爲文家所虛構之景象。林琴南從而確定「境者，意中之境」，以爲「意境」中之「意」主導意境創造之過程，因「唯能立意，方能造境」，以「立意」爲先，文家先有創作情思與意念，而後再去營造景象。由此可知，「意」若能先立，「境」當可生成。「境」若不先有「意」，則「境」亦無由而得。蓋「意」由「心」而來，亦即文家須將寫作意圖及寫作對象之情思與意念表達明確，是以此「意」即透過主觀情意去支配客觀之題材，實則已是主體與客體之結合。林琴南並提出「文境」之審美標準，須「有海闊天空氣象，有清風明月胸襟」，〔註14〕「海闊天空」乃指文境之高遠，文境高自可遠離塵相，文境遠則可「味不盡」；〔註15〕「清風明月」則指文境之清明，「清明」即爲王國維之「不隔」，即「語語都在目前」，意境自可明快顯豁；若有「隔」，文境便如「霧裡看花」。〔註16〕由此觀之，文境之妙，在於高遠清明之境界。林琴南又於〈意境〉中所謂「無意之文即是無理。無意與理，文中安得有境界」，再三強調作文當以「意」爲主，文采由意

　　年7月。

〔註13〕王國維《人間詞話》，頁1、頁132，台北：天龍出版社，1981年12月。

〔註14〕《畏廬論文·應知八則·意境》頁22下。

〔註15〕方東樹《昭昧詹言》卷二一，台北：廣文書局，1962年8月。

〔註16〕王國維《人間詞話》，頁41-42。

境決定。此種意境決定論，側重內容決定形式之觀點，顯然成為其文論中之特色。《文微》中亦言：

> 為文要立脈，使意常在筆先，即此便是經營。（《文微‧造作第四》）

文以立意為先，構思妥當，下筆為文，方可文從字順。故林琴南對於一味追求形式，不講求意境之作，頗表不滿。如其於〈意境〉中曾評唐代皇甫湜《皇甫持正集》之文云：「其言理敘次，都是著力鋪排，往往反傷工巧。」由於為文之過度鋪排，而失之險奧，損害文章之藝術性。是以為文懸一意境為鵠的，以杜絕陳詞濫調、千篇一律之弊，方能增進文章之表現力。

四、意境構成之條件

意境構成之因素，除有作家主觀之情意外，亦有其客觀之造境條件，林琴南以為來自三者：

> 詩書、仁義及世途之閱歷，有此三者為之立意，則境界焉有不佳者。
>
> （《畏廬論文‧應知八則‧意境》）

意境之構成，雖有作者欲表達之寫作意念，其中亦有對於客觀題材之支配，是以文家之創作必然會受到諸如生活環境、社會地位、人生經歷、見識、學養等客觀條件之制約，其作品亦因而造成各師其心，其異如面之差異。蓋平日多研讀聖賢著述，自能明理；取聖賢思想之精髓，自能重道；多所閱歷，自能見識廣博。以此綴文屬篇，境界自高，但此亦非一朝一夕之功。因而林琴南引朱子之語云：

> 澤之以詩書，本之以仁義，深之以閱歷，馴習久久，則意境自然遠
>
> 去俗氣，成獨造之理解。（《畏廬論文‧應知八則‧意境》）

論意境以仁義為根本，不離儒家之文以載道。文章為案頭之山水，人情練達即是文章，登臨名山大川，閱歷世態人情，自然有助文章之意境。且為學重視積累，積習日久，則意境自能遠去鄙俗，戛然獨造。是以詩書、仁義、閱歷三者正提供意境創造之極佳養分，亦為創造意境之基本條件。然因文家之個別差異，有其各自之個性特徵，林琴南云：

> 譬諸盛富極貴之家兒，起居動靜、衣著飲食，各有習慣，其意中絕
>
> 無所謂甕牖繩樞、啜菽飲水之思想。貧兒想慕富貴家饗用，容亦有
>
> 之，而決不能道其所以然，即使虛構景象，到底不離寒乞。故意境
>
> 當以高潔誠謹為上著。（《畏廬論文‧應知八則‧意境》）

> 凡作文字，猶相體而裁衣，欲狀何人，即當肖其人之口吻。……左
> 氏每敍一人，必宛肖此一人之口吻，能深心體會，自能悟出其妙。（《左
> 傳擷華》卷下，〈齊陳逆之亂〉評語）

為文當如實傳真，猶相體裁衣，量身訂做，不可嚮壁虛造，捕風捉影。描寫
對象因社會地位、經濟生活、生活環境、社會經驗之不同，而呈現個別差異，
遂顯現獨特之「意境」特徵。可見客觀環境對文家之認知、思想、感情有其
影響，並制約其意境創造，此觀點為王國維論意境所未嘗觸及者，正可彌補
王氏之不足。〔註17〕而在論述意境之個性特徵，除客觀外在環境外，亦深入
文家內在之精神層面，企圖找尋產生意境之內在依據，林琴南云：

> 凡學養深醇之人，思慮必屏卻一切膠轕渣滓，先無俗念填委胸次，
> 吐屬安有鄙俗之語？須知不鄙倍于言，正由其不鄙倍于心。（《畏廬
> 論文‧應知八則‧意境》）

凡學養深醇，胸襟不俗，方能擺脫蹊徑，進行創造發明，可見豐富之「學養」
正是形成意境之內在利器。文家於學問、道德方面之修養，必須追求「深醇」
——深邃與醇正。由此可見林琴南極為強調文家心境與修養對「意境」之決
定作用。文家若能心胸朗徹，先把靈府中淘滌乾淨，自能創造意境。此觀點
實承自劉勰《文心雕龍‧神思》而來，〔註18〕蓋為文構思，應排除一切干擾，
心方能「虛靜」，心能「靜」，「置身若在空明之中」，凝神專注之創作方能進
行。再輔以積學、酌理、研閱，方可駕馭文辭，亦即學養深醇之後，綴文屬
篇，方能免於鄙俗，方可臻於「高潔誠謹」之美學要求。林琴南又認為煩碎
之考據，實有害於文境，應予屏棄，不應「以考據助文之境」，〔註19〕嘗於〈國
朝文序〉論云：

> 世之治古文者，初若博通淹貫，即可名為成就，顧本朝考訂諸家林
> 立，而咸有文集，陸離光怪，炫乎時人之目，而終未有尊之為真能

〔註17〕趙伯英〈林紓論意境——《畏廬論文》札記〉，鹽城師專學報社科版，1984
　　　年2月，頁41-45，後輯入上海師範大學圖書館編《中國大陸傳記資料》第九
　　　十八冊「林紓傳記資料」，未著出版年月。趙氏以為林琴南強調客觀環境足以
　　　左右作家之意境創造，深中林琴南之文論要旨，此亦為王國維未具體言明之
　　　處。
〔註18〕劉勰《文心雕龍‧神思》云：「陶鈞文思，貴在虛靜，疏瀹五藏，澡雪精神，
　　　積學以儲寶，酌理以富才，研閱以窮照，馴致以懌辭。」見范文瀾《文心雕
　　　龍註》，頁493。
〔註19〕姚鼐《惜抱軒尺牘‧與陳碩士》，北京：中國書店出版社，1992年。

古文者。(《畏廬文集》)

林琴南否定考訂之文,以爲非「眞能古文者」,其「生平厭考據煩碎,夙著經說十餘篇,自鄙其陳腐,斥去不藏」,〔註20〕林琴南於《畏廬論文‧論文十六忌》中亦專設〈忌陳腐〉一文,強調「古文無不由道理而出」、「以文明道大非易事。唯醇,故不陳;唯精,故不腐」、「平日熟讀經史及儒先之書,須鎔化爲液,儲之胸中,臨文以簡語制斷之,務協于事理,此便是道。」爲文精醇,道理自能存於其中,意境方可闊大高潔,反對以考據「使事于經史中」,而主張以理解「析理于經史中」,以期臨文之先「心胸朗徹,名理充備」,〔註21〕林琴南之意境論與其「明道」思想之緊密結合,可見一斑。

五、意境論於選評諸書之應用

林琴南之意境論,雖多薈萃於《畏廬論文‧應知八則‧意境》中,然於評古文與小說之序跋,亦多以「意境」評文,同樣肯定意境之重要。如評《左傳‧僖公二十八年》〈城濮之戰〉中云:

> 觀左氏之敍曹衛事,簡易顯豁,明明是曲,讀之則直而易曉。明明是深,讀之似淺而無奇。凡文字頭緒繁多,事體鞿輵,總在下字警醒,則一目了然,不至令人思索,此等文境,亦大不輕易走到。(《左傳擷華》卷上)

左氏於頭緒紛煩之事,能馭繁就簡,讀來簡易顯豁,了然於心,若非先立意,於胸中先慘澹經營,文境自難獲致。此更印證爲文意在筆先,文境始得之論。林琴南更於《吳孝女傳後》云:

> 孝女生時,論文以文氣、文境、文辭爲三大要。三者之中特重文境。

雖說此爲吳孝女(慶增)之文論主張,但林琴南對文境之高度重視,亦與吳孝女相同。意境爲文之首要,文采由意境所決定,唯有追求意境,方能杜絕千篇一律、陳腔濫調之弊端,增進文章之表現力。此種內容決定形式,意境決定文采之觀點,成爲其文論之中心。林琴南之評韓、柳古文,便以重意境爲上,如評退之〈答李翊書〉云:

> 自無望速成,無誘勢利起,至其言藹如也,爲一段,是取法上。擇術端,到文字結胎後,生出意境,已成正宗文派。(《韓柳文研究法‧

〔註20〕 張僖《畏廬文集‧序》,台北:文津出版社,1978 年 7 月。
〔註21〕 《畏廬論文‧應知八則‧意境》,頁 22 下。

韓文研究法》)

退之〈答李翊書〉，旨在爲立聖人之言，行仁義之途，行文「如剝蕉乾，剝進一重，更有一重，把公一生工夫，和盤托出。逐層均有斟酌，亦均有分兩，未嘗一語凌越也。」〔註22〕行文中頗見退之之用心，漸漸入微，力臻上流，至結穴則滿生意境，味之靡不善者。至於柳宗元，林琴南舉其〈愚溪詩序〉爲例，文末評云：

> 子厚舍去溪上境物，用簡筆貫串而下，數行之中，將「八愚」完結
> 清楚。即由「愚」字生出意境，借溪之不適于用，以喻己之愚，寓
> 牢騷于物象之中。(《選評古文辭類纂》卷二)

本文以「愚」字開拓文境，舍溪上境物，而標己之愚，不惟筆妙，亦屬心靈。蓋境生於象外之意，能解其意，則文之境界始開。又如林琴南評歐陽脩〈峴山亭記〉云：

> 歐陽永叔〈峴山亭記〉，表面輕淡平易，而其意境，實有千波萬疊。
> (《文微·唐宋元明清文平第八》)

林琴南所謂「有意境，曰深」，〔註23〕意境欲深，必先有深醇之學養，豐富之閱歷，吐文屬辭，虛實互用，層層開展，漸入佳境，亦如波瀾之起伏，山脈之綿延，有無窮無盡之意境於其中。韓愈、柳宗元、歐陽脩皆得箇中之妙。

六、結　語

　　由意境論發展史中，自僞託王昌齡所作之《詩格》以降之論「意境」者，多將焦點集中於詩、詞之創作與評論之中，首先將「意境」一詞移至古文理論方面者，厥爲林琴南。其論文雖承桐城餘緒，倡「義法經緯」之文，以爲文章之極致。然特闢〈意境〉專篇論述，較之桐城先輩，更著重於「意境」美之追求。重意境，講義法，一直爲林琴南古文理論之核心，觀其評選古文，亦以此爲準據。由於林琴南於古文之精髓妙理，寢饋既深，體會獨到，復以古文義法繩愆西土小說，故其古文理論，自能「獨標新解，不依附前人」(周振甫《中國文學批評家與文學批評·林紓的文章論》)。若論林琴南之意境說，究竟於前人之基礎上有何開拓之處，論者多與所謂「意境的終結者」之王國維

〔註22〕林紓《選評古文辭類纂》評〈答李翊書〉，頁 153，杭州：浙江古籍出版社，1986 年 3 月。

〔註23〕林紓《文微·通則第一》，見李家驥等編《林紓詩文選》文末所附，頁 387，北京：商務印書館，1993 年 10 月。

相較論，實各見擅場。雖一主詩詞，一主古文，然兩人皆推意境為藝術美之最高範疇，為意境發展史添上最後有力之一筆。林琴南對「文境」之概念與王國維之「境界」範圍基本一致，但各有所側重而已。至於對意境之生成，林琴南於王國維由「心」而「境」之基礎上，再增添中介之「意」，顯比王國維細膩。再者，王國維所謂「必經過三種境界」（《人間詞話》）則偏於以事業、學問所達到之三階段上立說，至於文學創作精神活動之階段，則未明確指明。林琴南特出之處，在於強調意境形成階段論，非但深入內在精神活動，亦觀照外在客觀環境之制約，實獨具隻眼。更將「意境」論入於古文中，專篇論述，系統探討，分析意境形成之主要因素及其規律，提供意境提升之途徑，將其具體化、生活化，使人易知易行，而非玄妙、朦朧不可測者，並具體落實於品評古文之中，所論周備詳盡，精闢獨到，為一篇自成體系之意境論。是以林琴南之古文意境論，為今後研究意境，尤其古文，提供更寬廣之研究視野。

參考書目

本文參考書目之編列次序，除第三類中清代以前著作依作者時代先後為序，近、今人著作依出版時間先後序外，其餘各類均依出版或發表時間先後次序排列。

（一）林紓著作

1. 《韓柳文研究法》，林紓，台北：廣文書局，1976 年 4 月。
2. 《畏廬論文等三種》，林紓，台北：文津出版社，1978 年 7 月。
3. 《畏廬文集》，林紓，台北：文津出版社，1978 年 7 月。
4. 《左傳擷華》，林紓，高雄：復文圖書出版社，1981 年 10 月。
5. 《選評古文辭類纂》，林紓，杭州：浙江古籍出版社，1986 年 3 月。

（二）研究林紓之專著

1. 《林琴南學行譜記四種》，朱羲冑，台北：世界書局，1965 年 4 月。
2. 《百年沉浮——林紓研究綜述》，林薇，天津：天津教育出版社，1990 年 10 月。
3. 《林紓評傳》，張俊才，天津：南開大學出版社，1992 年 3 月。
4. 《林紓詩文選》，李家驥等編，北京：商務印書館，1993 年 10 月。

（三）相關專書

1. 《文心雕龍注》，梁・劉勰著，范文瀾注，台北：學海出版社，1980 年 9

月。

2. 《評註古文辭類纂》，清‧姚鼐著，王文濡評註，台北：華正書局，1983年 6 月。

3. 《惜抱軒尺牘》，清‧姚鼐，北京：中國書店出版社，1992 年。

4. 《白雨齋詞話》，清‧陳廷焯，台北：台灣開明書店，1954 年 3 月。

5. 《蕙風詞話》，清‧況周頤，台北：河洛圖書公司，1980 年。

6. 《昭昧詹言》，清‧方東樹，台北：廣文書局，1962 年 8 月。

7. 《詩學指南》，謝無量，台北：台灣中華書局，1958 年。

8. 《人間詞話》，王國維，台北：天龍出版社，1981 年 12 月。

9. 《詞話叢編》，唐圭璋，台北：新文豐出版公司，1988 年 2 月。

10. 《中國文學批評家與文學批評》，周振甫，台北：臺灣學生書局，1984年 5 月。

11. 《七綴集》，錢鍾書，上海，上海古籍出版社，1985 年 12 月。

12. 《中國美學史大綱》，葉朗，台北：滄浪書局，1986 年 9 月。

13. 《中國文學批評史》，郭紹虞，台北：藍燈事業股份有限公司，1988 年10 月。

14. 《中國文學理論史》，成復旺等，北京：北京出版社，1991 年 9 月。

15. 《近代文學批評史》，黃霖，上海：上海古籍出版社，1993 年 2 月。

16. 《中國散文學通論》，朱世英等，合肥：安徽教育出版社，1995 年 12 月。

17. 《意境論》，藍華增，昆明：雲南人民出版社，1996 年 3 月。

18. 《桐城派研究》，周中明，瀋陽：遼寧大學出版社，1999 年 7 月。

19. 《中國散文史》，郭預衡，上海：上海古籍出版社，2000 年 3 月。

20. 《東方神韻——意境論》，薛富興，北京：人民文學出版社，2000 年 6月。

21. 《中國古代文論教程》，李鐸，北京：北京大學出版社，2000 年 11 月。

（四）期刊論文

1. 〈林紓論意境——《畏廬論文》札記〉，趙伯英，鹽城師專學報社科版，1984 年 2 月。

2. 〈林紓古文理論述評〉，張俊才，江淮論壇，1990 年 3 月。

3. 〈林紓、王國維比較論〉，李彬，徐州師範學院學報哲社版，1990 年 3月。

4. 〈林紓論文的「取法乎上」〉，曾憲輝，福建師範大學學報哲社版，1992年 2 月。